Laurent Colombeau

À ma Reine,
pour toutes les épreuves traversées ensemble.

Prologue

Je suis le numéro 11. Aucun rapport avec le nombre de personnes présentes dans l'équipe, leur place dans la hiérarchie ou leur âge. C'est juste le numéro que l'on m'a attribué lors de ma cooptation. Actuellement, nous sommes dix.

La France possède des commandos de la Direction Générale de la Sécurité Extérieure chargés des "opérations homos": les homicides. On les appelle parfois les Alphas. Comme nous, ils s'entraînent toute l'année à tuer, mais ne seront que rarement déployés. Ils sont là pour agir par anticipation ou en représailles d'actions contre la Nation. Nous, nous allons encore plus loin.

Nous sommes des assassins d'état. Nous pouvons nous attaquer à des ennemis du pays, à leurs proches, à des gens parfaitement innocents, mais dont la mort peut servir de levier politique. Bref, personne n'est à l'abri de nos "compétences". Nous n'avons pas de noms.

Nous sommes un peu moins entraînés que des commandos des forces spéciales ou des agents des services secrets, mais nous ne sommes soumis à aucune règle, aucune déontologie et nous avons été choisis, car nous n'avons aucun remords.

Beaucoup d'entre nous sont passés par des unités ou des

services prestigieux, mais une particularité psychologique nous a mis un peu à l'écart du système. D'autres ont jugé que cette particularité pouvait être utile.

Nous ne sommes pas des psychopathes, des sociopathes, des fous, des tueurs en série. Chacune de nos histoires est différente. Nous arrivons à travailler en groupe et à vivre en société. Nous avons tous des familles. Seulement, un jour, un élément déclencheur nous a fait passer de l'autre côté d'une barrière psychique invisible. Nous avons été amenés à tuer de sang-froid, en représailles ou par justice. Et nous sommes capables de le refaire sur demande, par tous les moyens, sans état d'âme.

Un peu comme ces personnages que les auteurs de cinéma ou la littérature aventurière inventent pour leurs scénarios, il y a parmi nous des experts en tir de précision, en démolition, en sports de combat, en armement, des nageurs de combat, des parachutistes, des spécialistes de la montagne, de la jungle ou du désert.

La difficulté vient du fait que nous avons tous des points forts, mais devons compter sur l'expertise des partenaires pour pallier nos faiblesses. Nous n'avons pas un effectif suffisant pour envoyer un groupe complet spécialisé sur une mission, avec un moyen d'insertion particulier. Il nous faut en conséquence nous adapter en permanence. Heureusement, nous pouvons compter sur les réseaux de la France partout dans le monde.

Je m'appelle Franck et je suis le numéro 11, car on m'a attribué la place de la personne qui portait ce numéro avant que j'intègre le groupe. Elle a pris sa retraite. Elle a été chanceuse. Beaucoup n'ont pas eu le loisir de le faire. Si je tombe ou si je me sens trop vieux, un nouveau numéro 11 prendra ma place.

CHAPITRE 1

Il me semble bien ce type. Un mec avec la tête sur les épaules. Mis à part son regard triste, rien ne peut laisser transparaître qu'il s'agit d'un ancien infirmier militaire. Richard est grand, svelte, blond aux yeux bleus et ses cheveux mi-longs font plus penser à un surfeur de la côte Californienne qu'à un soldat. Impossible d'imaginer qu'il a connu les combats en Afghanistan, par trois fois, mais aussi certains coups de feu en Afrique. S'il y a quelqu'un qui a vu les choses dégueulasses de la guerre, c'est bien lui ! Que ce soit en portant secours à des soldats ou en prodiguant des soins aux populations locales, Richard avait connu tout le panel des blessures liées aux conflits. C'est comme cela que l'on me l'avait présenté et il était facile d'imaginer quel formidable atout cela pourrait être pour l'équipe. De telles expériences peuvent aussi, en partie, expliquer ses yeux un peu vides. Il aurait certainement pu faire des photos de mode, mais un sourire n'apparaissait pas de façon naturelle sur lui. Il devait avoir un succès fou avec les filles, sous peine qu'il soit capable de se dérider un peu...

Nous terminons un parcours de tir à l'arme de poing, en tenue civile. Il a fallu enchaîner les réactions en fonction de l'apparition de diverses cibles hostiles ou non, au milieu de vieux bâtiments. Richard avait paru un peu rouillé au début, surtout sur ses automatismes un peu lents lors des rechargements, mais on pouvait voir que ce n'était pas un débutant. Ses annonces de cible étaient claires, ses positions correctes. Le résultat au tir de Richard aurait pu être bien meilleur, même si je n'ai pas eu le temps d'analyser tous ses impacts, mais cela semblait suffisant, pas exceptionnel, mais suffisant pour un gars qui n'avait pas touché une arme depuis près d'un an. Il ne lui faudrait pas longtemps pour retrouver un niveau opérationnel acceptable.

Alors que nous arrivons au final, Sarah s'écroule au sol, révélant une blessure par balle à l'abdomen - en fait une prothèse en caoutchouc réaliste qu'elle avait collée sous son chemisier. Au moment où j'ai tiré en l'air et que mon équipière s'est jetée à terre en hurlant et en se tenant le ventre, la réaction de Richard a été immédiate. Gardant son arme en main et en direction des cibles, il m'ordonne de l'aider à mettre notre victime à l'abri puis de tomber en garde pendant qu'il se jette sur Sarah en enlevant son petit sac à dos noir pour établir un premier bilan et stabiliser son état. Un médecin de la DGSE que je ne connais pas s'approche alors et s'agenouille pour écouter le rapport de l'infirmier pendant que ce dernier réalise des gestes qui me semblent très professionnels. Trois autres de nos officiers restent en retrait. Ils ont analysé la partie tactique et technique du tir; c'est maintenant terminé pour eux. Le doc ne dit pas un mot, mais à la manière dont il remue la tête de haut en bas de façon très régulière, j'imagine que Richard est dans le vrai. Alors qu'il demande une évacuation médicale factice à travers sa radio qui n'est pas branchée, le docteur sourit et tape amicalement sur l'épaule de Richard en émettant un petit rire moqueur.

- Impossible mon garçon, vous évoluez sans aucun soutien sanitaire ou logistique ! Au fait, l'aorte est sectionnée. Dépêchez-vous, vous avez dix secondes pour me donner la suite des événements.

Nous n'avions pas eu de thème tactique précis à l'exercice, pas de scénario, seulement une progression de la gauche vers la droite avec des déplacements avant et arrière et des apparitions aléatoires de cibles fixes et mobiles. L'idée était vraiment de déstabiliser Richard en le prenant complètement au dépourvu. Comme nous, il ne porte qu'une trousse individuelle de secours, qui ne lui permet pas de traiter de cas réellement graves, du moins pas longtemps et donc il ne pouvait pas réellement s'attendre à être interrogé sur ses connaissances en secourisme de combat. Sarah et moi étions par contre dans le coup dès le début et notre avis compterait lors de l'évaluation finale. Mon équipière joue parfaitement son rôle, briefée auparavant par le docteur sur les symptômes qu'elle devait faire apparaître en fonction des mesures prises.

- Dans ce cas, je ne peux rien faire pour elle, je pourrais lui donner un peu de morphine, mais cela va juste la soulager en attendant la mort si je ne peux pas l'évacuer.

- Alors que faites-vous ?

- Je lui tire une balle dans la tête. Si je peux, j'emporte le corps, sinon je le détruis partiellement.

Richard sort alors une grenade de la poche intérieure de sa veste et fait mine de la glisser sous le corps de Sarah.

- Vous n'essayez pas plutôt de soulager sa douleur ?

- Non. La mission n'est pas finie et je risque d'avoir besoin de mon matériel pour l'autre équipier ou moi-même plus tard.

- D'accord. FINEX !!!

FIN d'EXercice. C'est terminé. Le docteur en a assez vu et entendu, moi aussi. Richard, le visage perlé de sueur, aide Sarah à se remettre sur pied. Elle chasse la poussière collée à ses vêtements et à ses cheveux. Nous mettons nos armes en sécurité en direction des cibles et nous nous dirigeons vers le petit abri en bois à l'entrée du stand de tir où sont posées de petites bouteilles d'eau. Il fait déjà chaud sur Perpignan en ce mois d'avril et l'exercice nous a déshydratés. Sarah est en tête et je guette un regard en biais de Richard en direction de son postérieur. Mais non ! Décidément, soit il est réellement blasé de la vie, soit il est homosexuel. Même un homme marié comme moi ne peut pas s'empêcher de jeter un œil sur le cul de Sarah. Elle avait été embauchée par la DGSE en partie pour ses atouts physiques et elle savait les entretenir et les mettre en valeur. Si Richard était gay, ça ne changerait rien à son professionnalisme, mais s'il était complètement insensible, ça risquait de poser un problème relationnel avec les autres membres de l'équipe. On nous demandait de ne pas avoir d'états d'âme au moment de presser la détente, mais il fallait qu'un lien se créer entre nous pour qu'une réelle cohésion naisse. Une fois à l'ombre, le doc nous serre la main sans un mot et s'éloigne vers le bâtiment principal en compagnie des autres recruteurs, déjà en grande discussion. Nous engloutissons tranquillement une bouteille chacun, rangeons nos armes dans leurs petites valises plastiques et vidons nos chargeurs des munitions restantes, que nous jetons dans une caisse en fer, en vrac.

Les jours précédents, Richard était passé entre les mains de plusieurs officiers puis d'un psychologue et enfin du psychiatre. Il avait ensuite enchaîné, rien d'extraordinaire, avec la visite médicale et les tests physiques obligatoires afin de vérifier qu'il n'y avait pas de "vices cachés". Ces tests ne reprenaient ni plus ni moins que certains standards des anciens COVAPI (COntrôle de la Valeur Annuelle Physique Individuelle) de l'Armée de Terre française, à savoir un cent mètres nage libre enchaîné avec une plongée en apnée immédiate sur dix mètres minimum plus une course de huit kilomètres en treillis et rangers. La Direction avait décidé d'ajouter pour nous un parcours d'obstacles traditionnel. Nous avions tous suivi ce même processus de recrutement une fois que nous avions donné un premier accord à notre incorporation. Même s'il passait tous les tests brillamment, rien n'indiquait que Richard intégrerait finalement notre unité. Tous les membres de l'équipe devaient le rencontrer, de préférence au cours d'un exercice et donner leur approbation. Dans tous les cas, cette affectation n'était jamais définitive. Si les membres de la cellule estimaient qu'un des agents n'était pas ou plus à sa place et si, bien sûr, la requête était motivée, justifiée ou faisait l'unanimité, alors la Direction écartait la personne.

J'avais eu le CV de Richard entre les mains en début de matinée, mais je voulais qu'il me raconte lui-même son histoire. Sarah nous laisse seuls et nous nous asseyons face à face sur deux chaises de jardin en plastique échouées là.

- Je me suis engagé à 19 ans comme sous-off, puis j'ai rejoint le 8e RPIMa à l'issue de ma formation d'infirmier. Ce qui me branche, c'est le secours au combat. Dans l'ensemble, j'ai trouvé ce que je cherchais.

Le 8e Régiment Parachutiste d'Infanterie de Marine de Castres était l'un des meilleurs de l'Armée de Terre. Souvent engagé parmi les premiers dans les opérations extérieures.

- Des OPEX ?

- Oh oui ! J'ai été plongé rapidement dans le bain. J'étais à Mitro en 2000, j'ai dû soigner pas mal de personnes, notamment des victimes de mines antipersonnelles.

Moi aussi j'avais fait ma première OPération EXtérieure au Kosovo et j'avais vu les dégâts que pouvaient causer les mines, notamment sur les enfants de l'hôpital de Mitrovica. J'encourageais Richard à continuer d'un signe de tête.

- Ensuite, j'ai fait la Côte d'Ivoire puis trois fois l'Afghanistan. Deux fois en détachement et la dernière avec le régiment.

- Uzbeen ?

L'embuscade d'Uzbeen, le 18 août 2008 dans la province de Surobi, avait provoqué la mort de dix soldats français, dont 8 du 8e RPIMa, de leur interprète et avait fait plus de vingt blessés, notamment lors des opérations de secours qui ont duré quasiment quarante-huit heures. C'est l'attaque moderne la plus meurtrière qu'a connue l'Armée française, et à l'époque, les réactions avaient été houleuses, du côté des familles des victimes tout d'abord, puis chez les politiques. Une partie des méthodes stratégiques avaient évolué à cause, ou grâce, à cet événement, et depuis il en était ressorti l'adage: "plus un pas sans appui", le grief principal étant que la section de parachutistes s'était engagée sans reconnaissance préalable dans une vallée très encaissée où le risque d'accrochage était hautement probable. Les chefs avaient choisi d'évoluer sans contrôler les hauteurs et les talibans avaient pu tranquillement s'installer et attendre que les soldats français entrent dans le piège en "U" qu'ils avaient mi en place.

Le visage taciturne de Richard semble se tendre encore puis il se radoucit un peu après un moment suspendu dans le temps. Un moment de pudeur entre deux hommes qui connaissent le sentiment étrange de vivre avec les fantômes de camarades tombés au combat.

- C'est moi qui devais partir avec la section. Mais un gros con a trouvé préférable de me garder pour soigner ses ampoules aux pieds.

Je n'ai pu aller sur place que le lendemain avec les secours de la seconde vague. J'ai eu pas mal de boulot dans la vallée. Les hélicos n'arrêtaient pas de faire des rotations. À peine le temps de conditionner un gars pour l'évacuer qu'un nouveau arrivait avec une blessure différente, ou des lésions multiples. On était à court de matos, une véritable merde à gérer ! Ce qui m'a le plus gonflé, c'est que l'officier pensait que je lui étais redevable de m'avoir gardé, que ça m'avait sauvé la vie. Mais ma place était là-bas...

N'étant pas psychologue, je préfère abréger le sujet et enchaîner:

- Et ensuite, tu as fait quoi ?

- Quand j'ai fini mon contrat, je pensais ne devoir plus rien à l'Armée. J'ai vaguement cherché du boulot pendant quelques mois, mais je ne me voyais pas laver le cul des vieux dans un village ou changer des draps dans un hôpital, alors je suis parti en Irak pour une société de sécurité anglaise. Ils aimaient intégrer un "*médics*" dans chacune des équipes. J'ai fait trois tours de six mois. C'était chaud ! Mais on n'a jamais eu rien de grave; je faisais surtout des petits bobos. Ce qui était bien, c'est qu'ils me payaient un recyclage entre chaque mission. J'ai toujours pu garder un bon niveau opérationnel. Et vous, vous venez d'où ?

- Ça mon pote, tu le sauras si tu restes... Tout ce que tu as besoin de savoir, c'est que l'on a vraiment besoin d'un type comme toi. Alors, si je peux te filer un conseil, un seul, c'est de tomber un peu ton masque et de revenir parmi les humains.

Oui vraiment, il me semble bien ce type ! On verra dans quelques semaines ce que le reste du groupe en conclura, mais je reste persuadé qu'il fera parfaitement l'affaire. Dans la voiture qui me ramène au Centre, mes pensées vont déjà aux quelques jours de congé qui m'attendent en famille. Impossible de partir, car ma femme n'a pas pu prendre de vacances, mais ça fait toujours du bien de poser son cul dans le canapé et de revoir ses potes civils, de décrocher un peu même si je compte fréquenter plusieurs fois le stand de tir et continuer le sport de façon plus ou moins intensive.

CHAPITRE 2

- Allô Franck ? C'est Rémy ! Ça va ? T'es seul, je peux parler ?

Même s'il ne s'était pas présenté, j'aurais reconnu entre toutes la voix grave et rauque du bonhomme. Amplifiée par le Bluetooth dans l'habitacle de mon monospace, elle me procurait un léger frisson dû à l'adrénaline. Dès ses premières intonations, je ne pouvais déjà plus tenir en place. Notre officier traitant n'appelait jamais simplement pour prendre des nouvelles des enfants ou du chien. Je savais que ça allait bouger !

- Salut Rémy. Ça va oui merci, je sors du stand de tir et rentre à la maison. Je suis seul. Tu préfères me rappeler plus tard ?

En fait, je mentais effrontément à mon officier. Mon ami Cédrick m'accompagnait, comme à chaque fois, trop rares fois, où nous étions en vacances ensemble. Lui était toujours militaire d'active et moniteur de tir, ce qui m'était du coup profitable et permettait de garder un bon niveau opérationnel même en congés. Cédrick était la seule personne au courant de mon activité réelle, de toute façon je n'aurais pas pu garder le secret longtemps; j'avais besoin d'une soupape de sécurité et je préférais que ce soit lui qui soit dans la confidence plutôt que ma femme, elle se serait fait trop de soucis, déjà que...

- Non ça ira pour ce que j'ai à te dire. C'est bien, tu t'entretiens. Et ce stage de conduite, c'était intéressant ?

- Ah ouais, on s'est éclaté! Je ne vais pas balancer, mais certains n'ont plus leurs réflexes de jeunes. De vrais dangers au volant. On a quand même appris beaucoup de choses.

Nous étions partis à trois, avec Arnaud et Christophe, suivre un stage de conduite rapide et de protection à l'École de Conduite Spécialisée de la Police Nationale à Abbeville. Au programme: freinage d'urgence, évitement, conditions d'adhérence difficiles, passage en force de barrages, etc. Par rapport aux autres stagiaires qui passaient habituellement à l'école pour y recevoir une instruction plutôt sécuritaire, défensive, nous avions demandé une formation plus agressive, plus offensive comme arriver à faire sortir un véhicule de la route en provoquant le moins de dégâts possibles sur sa propre voiture. Cette formation avait un goût particulier pour moi, car suite à notre dernière mission, j'aurais dû y participer avec le regretté Jean, mort de ses blessures pendant notre extraction de Corée du Sud. Nous avions été confrontés à une course-poursuite périlleuse et nos capacités en conduite de sécurité avaient été insuffisantes. Dès que j'ai eu mon brevet de parachutiste, interrompu par le déclenchement de la mission, nous avions demandé ce stage pour pallier nos lacunes en conduite opérationnelle.

- Et le petit nouveau, il t'a plu ?

- Il m'a l'air très bien. Faudra un peu plus d'entraînement sur l'aspect tir et combat pour qu'il retrouve des automatismes, mais on a vraiment besoin d'un toubib. Je pense qu'il a ce qu'il faut. Je lui ai aussi conseillé de se dérider un peu. Je peux comprendre qu'il ait vécu des choses difficiles, mais on n'a pas besoin de robot !

- Bon, c'est bien, on verra ce que la Direction et le reste de l'équipe décident.

- Ce serait dommage qu'il se fasse recaler pour ça.

- Écoute, il faut que tu sois à Bruxelles vendredi. J'ai convoqué cinq autres gars. Je t'envoie les détails du briefing par message privé comme d'habitude.

- OK ! Ça roule. Tu seras sur place ?

- Oui, j'ai repris les rênes. La dernière fois, j'ai eu comment dire, un « empêchement ».

- Tant mieux ! Tu sais, ça a vraiment merdé.

- Oui, j'ai eu le rapport final et j'ai lu vos comptes-rendus. Je suis désolé, mais vraiment je ne pouvais pas m'occuper de vous.

- J'imagine, Rémy; personne ne t'en veut. C'est le boulot ! Tu as une durée approximative de mission ?

- À vue de nez ? Je te dirais trois semaines, un mois maxi.

- D'accord ! Ciao, à dans trois jours.

Nous échangeons un regard avec Cédrick.

- Hé bien mon gars, tes vacances auront été bien raccourcies !

- Ouais. Tu vois qu'on a bien fait de venir griller quelques cartouches !

Comme bien souvent pour nos missions, pas de MCP - de Mise en Condition avant Projection - le nouveau terme militaire à la mode depuis le conflit afghan, qui permet aux unités déployées de s'entraîner spécifiquement sur la tâche qui les attend, voire de s'acclimater aux conditions locales. Pas de passage non plus cette fois-ci par le siège de la DGSE à Paris ou par l'un de nos centres d'entraînement de Cercottes, près d'Orléans, de Perpignan ou de Quelern, en Bretagne où étaient notamment formés nos nageurs de combat. Ce sera certainement une entrée en territoire étranger sous fausse identité plutôt qu'une insertion militaire clandestine par parachutage, posé d'assaut, débarquement ou plongée sous-marine.

Les Alpilles s'éloignent dans mon rétroviseur et je passe le Rhône alors qu'un fort Mistral me force à serrer mes mains sur le volant pour ne pas perdre le contrôle sur le pont à haubans séparant la Provence et le Languedoc. Cédrick sent que je me perds dans mes pensées et n'ose pas me déranger. J'adore Rémy. Il avait participé à mon recrutement et le courant était rapidement passé entre nous. Avec lui, pas d'histoires, pas de fausses promesses. S'il savait que la mission était trop risquée aux vues des moyens engagés, il nous le disait immédiatement et faisait tout pour que l'on reçoive l'aide supplémentaire nécessaire en cours de route. C'était un peu ce qui nous avait manqué en Corée et au Japon il y a quelques semaines, alors que Rémy avait dû être remplacé au pied levé. Il n'y avait pas eu d'explications et de toute façon la Direction n'avait aucune raison de nous en donner, mais si Rémy n'avait pas pu gérer, c'est qu'il y avait une bonne raison.

Un premier débrief avait eu lieu à chaud dès notre retour sur Paris, uniquement avec Éric, l'officier de liaison remplaçant Rémy sur cette mission. L'ambiance avait été glaciale et Éric n'avait pas insisté. Ensuite, lors de la séance complète qui s'était déroulée dans une petite maison de campagne entourée d'une forêt de chênes au fin fond du Tarn-et-Garonne, deux personnel en civil de la DGSE étaient présents, en plus d'Éric, ainsi qu'un des psychiatres de la Direction.

Nous avions dû prendre des risques supplémentaires pour trouver de l'armement lourd nécessaire à la mission et nous avions passé trop de temps en sous-effectif. Notre officier de liaison resté en France nous avait paru un peu « léger » en termes de logistique. Et cela avait en partie coûté la vie de Jean, notre équipier le plus expérimenté. Mais pas question pour nous de tomber sur Éric comme la foudre. Tout d'abord, parce que le psy y aurait sûrement trouvé matière à analyser et surtout parce qu'un briefing collectif a tendance à devenir un peloton d'exécution si tous les opérateurs, emportés par l'effet de groupe, se lâchent en reproches sur le responsable de l'organisation. Le fait que la réunion ait lieu plusieurs jours après la fin de la mission avait commencé à faire descendre notre tension. Maintenant, il était temps de passer à du constructif, afin que les mêmes erreurs ne se reproduisent plus. Tant pour l'officier de liaison, s'il était suffisamment intelligent pour tirer les enseignements des ratés de la mission, que pour nous, qui pourrions à présent travailler sur nos points faibles et voir les ennuis arriver plus en amont en cas de mauvaise préparation de la mission.

Nos séances de débriefing commencent toujours par la phase de planification de l'opération. C'est là que l'officier de liaison prend généralement le plus la parole, car c'est lui, avec une équipe très réduite de collaborateurs, qui met en place la mission, les aspects logistiques et techniques, afin de laisser le moins de vide à combler pour "l'équipe action". La belle assurance et le faux air d'espion de cinéma qu'Éric s'était donnés lors de notre première rencontre avaient disparu. On sentait bien qu'il était sous tension. Est-ce qu'il était conscient d'avoir merdé ? Bien sûr, puisqu'on lui avait bien fait comprendre dès notre retour.

L'un des civils lui demanda immédiatement de présenter son travail. Éric s'expliqua et tout était correct et conforme à la réalité jusqu'à ce qu'il aborde le sujet de l'armement et du matériel. Là, Éric avoua que, pressé par le temps, il n'avait pas pris les mesures suffisantes et ne disposait de toute façon pas du temps nécessaire pour que nous puissions bénéficier de nos armements sur place dans les délais, ce qui avait engendré une première fusillade alors que nous allions négocier un achat de flingues au marché noir. À mon niveau, je ne comprenais même pas comment quelqu'un à la DGSE avait pu donner son feu vert à une opération aussi mal montée. J'avais posé donc la question, davantage à l'attention des deux types en civil:

- Vous ne pensez pas, Messieurs, que la Direction aurait dû prendre l'opération sous un angle différent ? Je comprends bien que l'on était court en délai, mais c'était dangereux pour "l'équipe action".

Giles avait appuyé derrière moi:

- Et puis, si l'on avait dû laisser un gars sur place, les Coréens auraient rapidement fait le lien avec le pays.

Les deux gus nous avaient regardés en silence, puis ils se contentèrent de prendre des notes et de dire qu'ils feraient remonter les informations.

Les briefings sont aussi l'occasion d'aborder les points positifs et nous parlâmes de Louis, le restaurateur installé au Japon, qui nous avait apporté une aide logistique précieuse, notamment des armes de qualité et sans qui notre mission aurait été un échec. Ce gars devait être récompensé comme il se devait; nous espérions que la Direction ne l'oublierait pas.

Le professionnalisme de l'équipe avait quand même repris le dessus et nous pouvions à présent aborder sereinement les parties "infiltration" et "communications". Là au moins, Éric avait fait son boulot correctement. Nos légendes étaient suffisamment solides, notre planque bien sécurisée et les moyens téléphoniques avaient bien fait leur office.

La discussion se tendit à nouveau lorsque l'un des membres de la Direction nous demanda notre avis sur la qualité des renseignements. Nous savions tous qu'à ce niveau-là, la tâche d'Éric n'avait été que de transmettre les informations reçues de la Direction du Renseignement. L'éternel problème des ordres ou des informations fournies par des personnes qui n'avaient pas forcément été sur le terrain et qui se basaient presque uniquement sur des données électroniques plutôt qu'humaines vis-à-vis des opérationnels refit surface. La France était moins fermée que certains de ses alliés anglo-saxons qui avaient perdu la culture de l'espionnage de terrain au profit, surtout, du renseignement électronique. Mais, sur la mission précédente, il était évident que personne n'avait réellement enquêté sur place et nous nous sommes retrouvés à gérer plusieurs cibles au dernier moment alors que tout était concentré depuis le début sur un seul immeuble. Ajouté au manque de moyens techniques, tout cela avait entraîné la mort de Jean. Ni Éric ni aucun des civils n'osait s'opposer à nous sur ce terrain trop sensible. Tout le monde prenait des notes, j'espérais seulement qu'elles n'iraient pas jaunir au fond d'un tiroir puis pourrir dans un carton d'archives.

Nous avions attaqué ensuite le débriefing des différentes séquences "actions" auxquelles nous avions été confrontés afin de nous mettre face à nos choix tactiques, nos décisions, notre efficacité pure au combat, que ce soit de façon collective ou individuelle. C'est à ce moment-là que nous avions décidé de remettre une couche sur le manque d'armement adapté à la première partie de la mission. Éric n'avait pas réagi, ce qui eut tendance à m'exaspérer un peu plus. Nous avions relevé la faiblesse de notre niveau en conduite offensive en expliquant que nous avions été obligés d'improviser alors qu'il nous fallait percuter un véhicule afin de l'arrêter et pouvoir nous saisir d'un adversaire pour l'interroger et gagner ainsi de précieux renseignements. Notre requête avait été entendue puisqu'un stage de formation avait rapidement été mis sur pied. Évidemment, la scène ayant provoqué la mort de Jean fut décortiquée. Il nous fallait travailler encore plus nos procédures d'entrées et d'effractions de portes même si sur ce coup-là, une grande partie de notre échec reposait sur la malchance. La grenade placée comme piège au-dessus de la porte était tombée côté couloir, nous obligeant à nous jeter au sol en donnant l'avantage à l'espionne ennemie qui avait pu ainsi sortir, abattre mon équipier dans le dos et prendre la fuite.

Il ne restait plus à espérer que si jamais nous devions travailler à nouveau avec Éric, il ferait preuve de plus de minutie dans les préparatifs de mission et d'autorité vis-à-vis de la hiérarchie pour tenter d'obtenir des moyens supplémentaires.

Aussitôt arrivé à la maison, affalé sur mon canapé, je me connecte sur un forum dédié aux sports de combat où je reçois tous mes messages en provenance de la Direction. Ma boite de réception privée est encore vide, je laisse la page ouverte et je vais me préparer un café bien serré. Cette façon de recevoir des instructions n'est pas la plus sécurisée, mais elle est toujours moins risquée qu'un mail direct sur une adresse quelconque laissant une trace de l'I.P. de la machine et qui nous obligerait à nous rendre dans un lieu public pour consulter nos messages. De toute façon, aucune info compromettante ou classifiée n'était jamais transmise si la communication n'était pas cryptée et donc sûre.

La petite enveloppe sur l'écran se ferme quinze minutes plus tard alors que je réactualise la page. Je me saisis de ma tasse brûlante et m'assieds devant la machine :

« Bonjour à tous,

rendez-vous au restaurant de l'hôtel Shératon de l'aéroport de Bruxelles-Zaventem pour 12 h le jour convenu. Moyen de transport de votre choix.

Étudiez bien les coutumes des Touaregs; notre réunion portera dessus. Vous ne repasserez pas par le siège à l'issue, mais tout a été prévu et pris en charge.

Durée du séjour estimée à trois semaines maximum.
Portez-vous bien. »

Rémy

Il fallait maintenant annoncer la nouvelle à madame et aux enfants lors du repas du soir. En attendant, je m'autorise une petite sieste sur le canapé. En fin d'après-midi, je me réveille avec la tête défaite, m'enfile un café, une banane et un shaker de protéines. Une fois sorti du brouillard, j'attrape mon sac de sport, y glisse une bouteille d'eau et me rends à la salle, histoire d'échanger quelques coups et de me rouler par terre avec mes potes d'entraînements. J'arrive une heure avant le début du cours, histoire de me recycler un peu en Krav-Maga avec Cédrick. Je n'aime pas tout dans la méthode israélienne, mais il y a toujours de bons trucs à prendre partout. Une fois ma gorge et mes yeux déjà bien rougis par les coups et ma coquille de protection bien sollicitée, nous enchaînons avec quasiment deux heures de MMA, mes élèves étant plutôt contents de me retrouver, vu mon taux élevé d'absentéisme. Avec le tir, les sports de combat ont toujours été ce qu'il y avait de mieux pour me vider l'esprit et m'apporter de la sérénité. Et pour affronter avec aplomb la famille ce soir, il allait m'en falloir de la sérénité. Ma femme est plutôt rodée depuis treize ans qu'elle vit avec un hyperactif, mais les enfants ont plus de mal, surtout en grandissant.

Suite à la dernière mission d'où j'avais ramené une belle estafilade à la cuisse et où Jean était décédé, mon épouse m'avait exposé beaucoup de doutes et de toute évidence elle ne croyait plus en ma couverture de formateur d'agent de sécurité à l'étranger. Mais en bonne femme d'ancien militaire, elle savait ne pas poser les mauvaises questions. L'argent rentrait bien, les fiches de paye étaient authentiques, mais elle ne me regardait plus de la même façon quand je lui mentais au sujet du boulot. Même les photos du stage de conduite que l'on m'avait autorisé à prendre pour asseoir ma couverture n'avaient pas suffi à lui enlever le doute. Les femmes sont douées pour repérer les menteurs. Et je ne suis pas très bon à ce jeu-là.

La présentatrice météo qui succède au journal de David Pujadas annonce une nouvelle hausse des températures et du coup aussi quelques orages. Je fixe mon blanc de poulet et mes haricots verts sans dire un mot, ma fourchette se plantant de façon mécanique et mes dents croquant les aliments sans vraiment en sentir la saveur. Je sais que je vais devoir me lancer. Ma femme ne dit rien non plus, mais je suis sûr qu'elle se doute de quelque chose. La tension est palpable dans l'air. Je choisis cette fois-ci un demi-mensonge et profite que le tout petit s'excite comme un démon sur sa chaise pour prendre la parole.

- Les enfants, papa va devoir repartir pour environ un mois, dans le désert.

Je prends toujours un délai supplémentaire à celui de Rémy. Cela me laisse une marge confortable et toute la famille est contente quand je rentre plus tôt, même si je suis du coup obligé de trouver un autre subterfuge pour justifier mon retour.

- Ouah ! Trop cool ! s'exclame mon aîné. Tu me feras des photos de vipères à cornes et de scorpions ?

- Où exactement ? Me demande mon épouse, qui n'a pas cillé, mais qui est évidemment beaucoup moins enthousiaste et bien plus soupçonneuse.

J'ai un peu de mal à soutenir son regard et je sens mes joues rosir sous l'effet de la honte. Elle suit l'actualité internationale et connaît tous les pays à risques. Les infos ne parlent que du Mali en ce moment, d'ailleurs Cédrick s'attend à y être envoyé d'ici quelques mois.

- Au Tchad. On va former des agents de sécurité chargés d'escorter les convois dans le sud du pays. Comme il y a de plus en plus d'islamistes et de pillards, la société qui les emploie veut limiter les risques d'attaques. Le but sera de leur restituer les techniques que l'on a appris à Abbeville avec en plus des procédures de tir et radio.

- Tu seras basé où ?

- À côté de N'Djamena.

- On pourra te joindre ?

- Je ne sais pas, certainement, je verrais sur place. On va passer pas mal de temps dans la nature et j'ignore si le réseau internet est au point là-bas.

Maintenant, c'est sûr qu'elle ne me croit plus !

- Tu pars quand ?

- Jeudi. Faut que je chope un billet d'avion ou de train pour Bruxelles; on a rendez-vous là-bas.

- Et tu vas accompagner les convois aussi ?

- Normalement non, mais on ne sait jamais. Peut être qu'au début ils vont vouloir tester notre savoir-faire, mais ça ne craint pas beaucoup.

Les questions s'enchaînent ensuite comme des rafales, dignes d'un enquêteur de police, et je comprends qu'elles servent surtout de défouloir et permettent à ma femme de me faire passer un message : « arrête de me raconter tes salades, je te laisse partir, mais sois bien conscient que je ne suis pas idiote ! »

J'aimerais tout lui dire, tout lui avouer, je suis sûr au fond de moi que cela ne changerait en rien la nature de notre relation, elle en serait même renforcée, car notre histoire est basée sur la confiance depuis le début. Depuis cette nuit du jour de l'an 2000 ou après notre premier baiser, je lui avais immédiatement avoué que je partais pendant trois semaines en stage Commando à Givet, dans les Ardennes et qu'il ne fallait pas forcément qu'elle s'attache à un jeune Engagé Volontaire de l'Armée de Terre. On ne s'est rien promis, rien juré; on a juste laissé faire le temps. Et il a bien fait les choses...

Ma femme s'était bien rendu compte que quelque chose avait changé lors de mon retour du Kosovo un an plus tard, mais elle a attendu sans poser de questions. Elle a attendu encore pendant quatre ans, que je rentre de missions, de gardes, de soirées arrosées entre soldats, venant inlassablement me chercher et me ramener à la gare les week-ends où je pouvais redescendre dans mon sud natal. Elle a compris mon choix quand je lui ai annoncé mon désir de quitter l'armée, qui ne m'offrait pas ma dose d'adrénaline suffisante, la faute à mon régiment qui ne faisait pas partie des unités prioritaires sur les missions importantes. J'ai pris ce boulot officiel de formateur, qui masquait mon appartenance à la DGSE et me permettait de partir aux quatre coins du monde pour assassiner des gens. Elle a dit d'accord, encore une fois.

Alors qu'est-ce qui m'empêche encore, après plus de dix ans d'une relation stable et deux enfants, de dire toute la vérité sur ma vie et mes sentiments à mon épouse ? La nécessité du secret d'État ? De la fierté masculine mal placée ? De la peur ? Les effets d'un syndrome post-traumatique jamais pris en charge ? Seulement de la connerie pure et simple ? Sûrement un mélange de tout ça. Il y aurait de quoi faire travailler un psychiatre pour un bon bout de temps !

Je me fais déposer le jeudi soir à la gare d'Avignon, seule solution pour être à l'heure le lendemain, en prenant un hôtel à proximité de la gare de Bruxelles. À moi la grasse matinée le vendredi.

Impossible de tenir le compte des fois où j'ai embarqué depuis ce grand bateau retourné, moderne et lumineux, qu'est la gare TGV de la Cité des Papes. Une fois passées les portes vitrées, je fais toujours un détour par le point presse du rez-de-chaussée, je m'y sens attiré comme un aimant et achète systématiquement un roman: du Tom Clancy, du Duncan Falconer ou du Chris Ryan voire une revue militaire. On ne se refait pas !

Assis à l'étage, dans un fauteuil design, contre les vitres bordant le quai, je feuillette indolemment mon magazine pendant qu'une pluie fraîche de printemps lacère la baie vitrée et trempe le parquet en bois à l'extérieur. Je survole plus que je ne lis ma revue qui traite inévitablement du conflit au Mali, le regard attiré systématiquement par tout nouvel arrivant. J'ai volontairement choisi un siège individuel pour être sûr que personne ne vienne s'asseoir à côté de moi. Quelques années de monde clandestin ont suffi à développer en moi une sourde paranoïa. Je m'imagine des ennemis partout; je repère systématiquement les sorties de secours, les agents de sécurité, les policiers, parfois même ceux en civils. Je guette la moindre bosse qui pourrait trahir une arme portée sous un costume. En cette soirée de semaine, la gare est quasiment vide, ce qui me permet de me détendre alors que la lumière extérieure décroît lentement et tamise les lieux. Je ne porte pas d'arme lors de mes déplacements hors mission. Inutile de se faire coincer en France par la police et d'obliger la Direction à me sortir de la merde. Le trajet dans le train se fait dans les mêmes conditions, sous une pluie battante accélérée par la vitesse. Pas très reposant ! J'essaie de ne pas m'endormir afin de mieux trouver le sommeil dans ma chambre d'hôtel, mais des microsiestes me gagnent, la seule autre personne de la rame, une vieille dame d'environ 70 ans, ne devrait pas représenter un danger important. À chaque fois, je me réveille en sursaut et le cœur un peu palpitant en regardant tout autour de moi. Il faut vraiment que je me calme; la mission n'a même pas commencé !

Après un passage à la voiture-restaurant où je me fais copieusement racketter pour un minuscule club-sandwich, une barre de chocolat et une petite bouteille d'eau, je termine ma revue et arrive dans la capitale belge bien après minuit, avec plus de quarante minutes de retard. Si, depuis plus de quinze ans que je prends le train je devais comptabiliser les heures que me doit la SNCF, je pourrais me payer des mois de vacances aux Caraïbes. « Donner aux trains des idées d'avance » qu'ils disaient. Pour l'instant, ils n'avaient que les idées...

Finalement, la matinée ne sera pas aussi grasse que prévu, car j'ai un peu de mal à trouver l'hôtel et n'arrive devant sa façade éclairée de néons bleus qu'aux alentours de 2 h du matin. Comme de bien entendu, la flotte n'a pas cessé de tomber; c'eut été trop beau dans le plat pays. Je tape mon code d'accès et me dirige vers l'accueil, tout ruisselant. Je n'ai trouvé qu'un établissement low-cost, mais ça suffira pour une nuit. Je réveille à moitié le veilleur de nuit obèse qui ne fait pas vraiment d'effort pour me saluer. Je me fais alors le plaisir de jeter trois pièces dans le distributeur de boissons qui fait tomber une bouteille d'eau gazeuse dans un bruit d'enfer. Le veilleur grogne un truc incompréhensible et je suis les flèches menant à ma chambre au rez-de-chaussée. Pour les bagages, pas la peine de me surcharger, je n'ai pris qu'un sac à dos avec du nécessaire de toilette et des sous-vêtements de rechange. Je sais que Rémy a tout prévu et qu'il va me ramener l'un de mes "sacs déserts". Il s'agira certainement du sac avec l'équipement "civil" vu le lieu de rendez-vous. Notre organisme étant composé de divers spécialistes: plongeurs, parachutistes, tireurs d'élite, experts en explosifs ou en filature, un premier regard aux membres du groupe présent suffirait à me donner l'ambiance tactique dans laquelle nous allions évoluer.

Le lit est simplement composé d'une planche de bois et d'un fin matelas surmonté d'une couchette plus petite, mais il va complètement remplir son rôle vu l'état de lassitude dans lequel m'ont laissé le club-sandwich, mon retard et la tête d'abruti du veilleur. Comme dans tous les pays du monde, les programmes de la nuit sont ennuyeux à mourir et je choisis Eurosport et une rediffusion de je ne sais quel open de golf. C'est bizarre comme un tel sport peut me fasciner, sans pour autant m'empêcher de tomber dans les bras de Morphée.

La salle de réunion est somptueuse: murs et rideaux d'un brun brillant raffiné, table avec nappe blanche déjà dressée pour le repas, tapis et épaisse moquette qui étouffent les bruits de pas. Je suis déjà assis devant une tasse d'un excellent arabica colombien Suprémo, isolé dans cette salle du restaurant réservée au nom de Rémy, lorsque ce dernier arrive.

- Je me suis permis de mettre le café sur ta note.

Sa mine est joyeuse, il a l'air heureux d'être là.

- Oh ! Si tu savais combien va nous coûter ce briefing. Je ne ferai pas d'histoires pour un café.

Le temps que le breuvage retrouve une température acceptable pour mon palais, j'avais déjà fait un rapide tour de la pièce à la recherche d'éventuelles caméras de surveillance ou de micros grossièrement cachés. Rien à signaler ! Avec sa barbe rousse, son teint rougeaud et son ventre de buveur de bière, Rémy pourrait passer pour un supporter de rugby irlandais. D'ailleurs, même si son costard-cravate est plutôt bien taillé, j'ai du mal à le voir autrement que comme le vieux baroudeur qu'il est. Impossible de savoir s'il est toujours un opérationnel de terrain, ce dont je doute, mais si c'est le cas, je pense que le vieux soldat doit plus compter sur sa roublardise que sur sa condition physique. Je le vois mal réussir à passer par-dessus les deux mètres du mur du parcours d'obstacle ou même simplement courir un petit kilomètre à bonne allure.

Avant d'engager toute conversation, mon officier traitant place un petit boîtier au centre de la table et appui sur un interrupteur. Je regarde mon téléphone portable et confirme à Rémy par un hochement de tête que le brouilleur est bien actif. Nous allons pouvoir maintenant parler sans nous soucier d'éventuelles oreilles indiscrètes. La salle de réunion a beau être équipée d'un écran géant et d'un système vidéo, hors de question que les éléments confidentiels que nous allons examiner puissent être interceptés par un petit génie du piratage informatique.

- Tu sais que l'on va tous choper un cancer avec tes joujoux qui envoient des ondes hyper puissantes ?

- Au moins chez toi le cancer ne pourra pas se fixer au cerveau !

- HAHAHAH !!! C'est vrai que toi tu respires l'intelligence. Tous les mecs de ta génération ont dû se faire trouer la peau et il ne restait plus que toi pour tenir la boutique.

- Tout à fait. Et j'en ai même troué certains moi même !

Nous échangeons des banalités pendant que l'ancien installe son ordinateur portable et un rétroprojecteur puis j'enfourne le petit spéculoos destiné à accompagner mon café. Ça, c'est la Belgique ! Rémy me chambre sur la position de ma dernière cicatrice, à la limite de la cuisse et de mon fessier gauche et je me défends en lui rétorquant que s'il prenait une balle dans le ventre, ses organes vitaux ne seraient jamais en danger, sa surcharge pondérale faisant sûrement un travail plus efficace que le meilleur des gilets pare-balles du monde.

Peter et Giles nous rejoignent les premiers.

Il y a plusieurs mois que je n'ai pas vu Peter, depuis le dernier grand entraînement en commun juste avant les fêtes de fin d'année. Il est le seul membre de notre cellule originaire de l'Armée de l'Air et a servi dix-neuf ans sous les drapeaux. Peter a gravi tous les échelons de la hiérarchie, jusqu'à commander sa propre cellule au sein du CPA10, le prestigieux Commando Parachutiste de l'Air numéro 10. Cet ancien sous-officier supérieur est un véritable couteau suisse en matière de spécialités. Tout d'abord transmetteur, il a été qualifié tireur d'élite puis a intégré le CPA20, pendant cinq ans. Avec sa grande expérience, Peter est aussi bien capable de traiter toutes les informations par réseau informatique que de guider avec la plus grande précision une frappe aérienne. Il a été de toutes les opérations françaises de ces vingt dernières années: il a traversé l'Afrique dans toutes ses diagonales, connaît chaque recoin des Balkans et fait ses adieux officiels aux armes en Afghanistan. Comme moi, il a été recruté à sa sortie de l'institution, avant même d'avoir pu commencer la moindre reconversion, alors qu'il s'apprêtait à rejoindre une grosse société militaire privée basée au Luxembourg qui lui faisait les yeux doux. Contrairement à la plupart des membres du groupe, il n'a jamais connu de problèmes disciplinaires, mais son fort caractère et sa grande gueule l'on fait apparaître très rapidement sur les radars de la DGSE qui est venue le cueillir quasiment à sa sortie de la caserne.

Giles, lui, est un cinglé, un savant fou. Tout ce qui peut exploser ou faire de la fumée lui procure un bonheur indescriptible. Ses talents nous avaient d'ailleurs été très utiles lorsqu'il fut envoyé en renfort lors de notre dernière mission. Je me suis toujours demandé comment un gars aussi taré avait pu finir avec le grade de commandant dans l'Armée française et le statut d'expert NEDEX (Neutralisation, Enlèvement, Destruction des EXplosifs). Giles frôle la cinquantaine, il a d'ailleurs connu la première Guerre du Golfe et devrait se trouver actuellement dans un établissement pénitentiaire. Il avait mis sa connaissance des explosifs à profit pour faire sauter la moitié de son quartier gangrené par des dealers, sous couvert d'une soi-disant fuite de gaz. Puisque les moyens de la police étaient insuffisants et que la justice brillait par son laxisme, il avait tenté de régler le problème à sa manière. Toute notre petite équipe donnait un vrai remake des 12 Salopards, avec le "Service Action" dans le rôle du recruteur-rédempteur...

Avec l'arrivée de ces deux-là, la moyenne d'âge s'élève terriblement d'un seul coup. Mais l'expérience de ces gars vaut toutes les performances athlétiques. Grâce à l'entrée de Mohamed, les chiffres sont revus à la baisse. Tout à l'heure, je parlais de grandes gueules au sujet de Peter, mais avec Mohamed, vous y ajoutez l'accent marseillais et vous avez le gros lot. Un sketch à lui tout seul, une caricature du sud de la France, le Patrick Bosso de l'opération clandestine ! Mon accent est assez prononcé, mais alors avec lui, on atteint des sommets. Un vrai Pagnol !

Seulement vingt-huit ans, le benjamin du groupe, mais un terrible guerrier ! Issu des nageurs de combat du Commando Jaubert, ce petit gabarit est efficace avec tout ce qui permet de lancer des projectiles. Sa carrière fut écourtée après une mission en Afghanistan où sa désobéissance aux ordres permit malgré tout de sauver toute sa section. Malheureusement, les œillères de l'institution sont dures à écarter, parfois même chez les forces spéciales et Mohamed a payé le prix fort pour son héroïsme. Prends ta médaille, mais n'oublie pas de prendre la porte par la même occasion. Il aurait pu être recyclé à un autre poste que la Marine Nationale lui aurait proposé, mais son caractère ne l'aurait pas supporté. Nous sommes heureusement plus ouverts d'esprit et avons volontiers récupéré ce petit *djinn*.

Vient ensuite Romuald, pile à l'heure et enfin Christophe, avec un peu de retard. Tous deux anciens légionnaires et snipers, le premier est le plus jeune, mais déjà une « légende », car porteur du titre non officiel de tireur le plus prolifique de l'Armée française avec dix-huit tirs létaux confirmés. Malheureusement pour lui, son dernier tir sur le théâtre afghan atteignit à la tête un chef taliban avant que l'ordre d'ouvrir le feu n'arrive ; et comme Mohamed, il prit sa breloque sur la poitrine, mais aussi la porte de sortie. Pas question de laisser à la presse une occasion de faire passer les soldats français pour des assassins, des francs-tireurs que l'Armée ne maîtrisait pas. Quand on connaît le temps et l'argent qu'il est nécessaire d'investir pour former un excellent tireur d'élite, on est en droit de se demander si les responsables militaires se préoccupent bien de l'argent du contribuable.

La carrière de Christophe au sein de la Légion fut beaucoup plus longue, notamment au sein du prestigieux 2e Régiment Étranger Parachutiste de Calvi où il servit pendant dix ans. Mais des problèmes récurrents avec la hiérarchie le poussèrent d'abord vers un emploi d'instructeur de tir à Djibouti et après une nouvelle incartade lors de laquelle il prit à partie un officier, dans les bras de la DGSE qui pouvait placer les fortes têtes dans notre cellule.

Rémy sait combien il est important pour la cohésion du groupe de nous laisser un peu de temps afin de nous retrouver, nous raconter nos vies, ce que l'on a fait ces dernières semaines et prendre des nouvelles des familles, car nous avons tous la même couverture, ce qui permet aux plus proches géographiquement, de se connaître un petit peu en dehors du cercle professionnel. Du coup, il est aussi possible d'asseoir nos alibis auprès de nos familles en ne racontant que de demi-mensonges.

Lors de ma première carrière militaire, je me plaignais sans cesse que les entraînements manquaient de réalisme et que l'on n'était pas assez engagés en opération, passant parfois des semaines entières cloîtrés en chambre à jouer à la PlayStation, ou à monter des gardes afin de surveiller des entrepôts à moitié vides. Maintenant au moins, je bénéficie des meilleures formations possibles, souvent à la carte et suis régulièrement envoyés aux quatre coins du monde. Après la dernière mission, je pus bénéficier de quinze jours de congé, vacances pendant lesquelles j'avais rejoint le reste de l'équipe pour rendre visite à la veuve de Jean, puisque nous ne pourrions pas assister à ses funérailles. J'ai enchaîné sur la fin de mon brevet militaire parachutiste avec Romuald dans notre centre de Cercottes, formation qui avait été interrompue par le déclenchement de la dernière mission. Je me languis déjà de mon premier déploiement où je pourrais mettre en œuvre les techniques acquises, même si mon niveau était encore celui d'un débutant avec seulement les six sauts réglementaires. Ensuite, il y eut ce fameux stage de conduite, une spécialité qui nous avait tant fait défaut en Corée et au Japon. Christophe m'y avait accompagné ainsi qu'Arnaud, mais celui-ci n'était pas convié aujourd'hui. Ce dernier étant un pur nageur de combat et Rémy nous ayant orientés sur les Touaregs dans son e-mail, il était aisé de comprendre que nous allions intervenir loin de l'eau et que le sable sur lequel nous marcherions ne serait pas celui d'une plage. Tous les regards se tournaient actuellement vers le Mali, mais nous n'étions jamais intervenus dans une zone de conflit où des militaires français étaient déjà en action. Le mystère restait complet pour l'instant.

Mohamed quant à lui, était retourné à Strasbourg, au "Centre de Formation Interarmées au Renseignement" pour terminer son stage de langues arabes, également interrompu par le départ pour l'Asie. La politique internationale laissait présager que ce genre de stage sur différents dialectes serait très à la mode pour les gens de notre équipe dans les mois à venir. Le plus difficile, dans l'immensité des langues parlées à travers le monde, était de cibler celles qui pourraient ouvrir le plus de portes en missions opérationnelles or les capacités en langues de chacun des membres de l'équipe étaient assez disparates.

Après un petit quart d'heure de flottement et une fois le repas servi directement à l'assiette, Rémy demande à tout le monde de s'asseoir autour de la grande table et vérifie la fermeture des épais rideaux donnant sur l'extérieur. Il verrouille également la porte pour éviter toute intrusion inopinée d'un serveur trop zélé. Tout le monde coupe son téléphone portable, même si les réseaux sont brouillés et retrouve immédiatement son sérieux. Une ambiance studieuse s'installe autour de la table, ce qui ne nous empêche pas de dévorer le contenu de nos assiettes.

CHAPITRE 3

À chaque fois que Jamaal pensait à Mohamed, il sentait une formidable boule de haine lui monter de l'estomac. Ses poings se serraient à s'en faire entrer les ongles dans les paumes jusqu'au sang. Tout le monde l'appelait Abou Zeid, mais pour Jamaal, il restait Mohamed, de son véritable nom Mohamed Ghdiri. Comment son ami de presque vingt ans, son frère, avait pu le trahir, lui montrer un tel manque de confiance ? Il lui avait toujours été fidèle. Il l'avait suivi, d'abord au "Groupe Islamique Armé", puis au GSPC, le Groupe Salafiste pour la Prédication et le Combat. Enfin, quand il avait fallu réellement fuir l'Algérie et prêter officiellement allégeance au groupe d'Ossama Ben Laden en 2006, Jamaal avait encore dit oui et ils avaient rejoint ensemble Al-Qaeda au Maghreb Islamique. Vingt ans de vie clandestine, d'attentats, de meurtres, de sabotages et d'enlèvements où il avait bien souvent été utilisé en première ligne, s'était exposé aux dangers alors que Mohamed, qui était la tête pensante, recueillait les lauriers et gravissait les échelons de la hiérarchie terroriste. Il était devenu en secret l'un des combattants en activité les plus expérimentés du monde tout en restant à l'ombre des radars des services de renseignements puisque seul Mohamed se faisait de la publicité. Jamaal aurait pu revendiquer plus d'une centaine de morts, rien qu'en Algérie, lors de la période noire de la guerre civile, surtout des gendarmes et des policiers. Il savait qu'Allah reconnaîtrait ses actes, mais à présent Jamaal en voulait plus.

Son ami lui avait toujours promis la responsabilité d'une katiba lorsque lui-même monterait encore en grade, ou même sa succession en cas de mort prématurée. Et lorsqu'il fut tué dans un bombardement de l'aviation française en cette fin février 2013, Jamaal pensa que son heure était arrivée. Pourquoi l'aurait-il laissé en base arrière sinon, alors que lui se lançait pour une fois à l'assaut des grandes villes du sud du Mali ? Mohamed pensait que la victoire serait facile, l'armée malienne étant inefficace et reculait systématiquement au moindre accrochage. Jamais il n'aurait imaginé que la France interviendrait si rapidement et que son aviation frapperait aussi vite sur le territoire malien. À présent il faudrait reformer en grande partie la compagnie, car les pertes avaient été lourdes, mais Jamaal s'en sentait capable, il avait beaucoup de connaissances en Algérie, au Mali et même en Europe et il était doué pour recruter des jeunes en mal de reconnaissance qui pouvaient trouver dans le djihad une cause noble à servir.

Tous les lieutenants survivants se réunirent quelques jours après, dans des cavernes très à l'est de Tessalit, en présence d'Abdelmalek Droukdel en personne, l'émir d'Al-Qaeda au Maghreb Islamique, l'homme de l'alliance de 2006 entre le groupe algérien et la nébuleuse internationale, venu en urgence pour éviter une guerre fratricide entre les prétendants. Ce dernier, après un poignant discours rassembleur, présenta alors une vidéo enregistrée quelques semaines plus tôt dans le plus grand secret, où Abou Zeid donnait des instructions quant à sa succession à la tête de la Katiba Tarik Ibn Ziyad. Une sorte de testament audiovisuel, comme s'il savait ou sentait qu'il allait lui arriver quelque chose. Jamaal n'avait pas connaissance de cette vidéo et il sentit que les choses n'allaient pas se passer comme prévu.

Lorsqu'il entendit Mohammed suggérer les noms de Djamel Okacha ou de Said Abou Moughatil pour le commandement de la Katiba, Jamaal entra dans une rage profonde et une violente bagarre éclata dans le campement semi-troglodytique perdu au milieu de l'Adrar des Ifoghas. Avant d'être maîtrisé, Jamaal blessa deux frères avec son couteau et en tua un accidentellement dans une chute. La garde rapprochée de Droukdel l'appréhenda: comme un chien, il fut mis dans un cachot de fortune, plié dans une cage d'un mètre de côtés et jugé dès le lendemain par ses pairs.

Agenouillé sur le sol dur et les mains liées dans le dos, il fut soumis à un tribunal militaire. Cette juridiction improvisée (composée de l'émir et de tous ses opposants) choisit de l'excommunier, pensant que la honte serait la pire des punitions et un châtiment plus grand encore que la mort. Il partit à pied, avec pour seul équipement une outre d'eau chaude et reçue même quelques pierres dans le dos alors qu'il laissait le campement derrière lui. Il devint donc un *kâfir mourtad*, un mécréant apostat qui se verra fermer toutes les portes auxquelles il se présenterait. Les imbéciles! S'ils croyaient l'arrêter avec ça! Seul Allah pouvait le juger. Et puis cette excommunication ne valait que pour les oulémas d'AQMI. Des islamistes d'autres obédiences seraient bien contents de récupérer ses capacités, ses connaissances techniques et son réseau. C'est lors de sa fuite qu'une idée germa dans sa tête.

Il marcha pendant deux jours vers le sud, sans croiser personne, avant de tomber sur un berger touareg. Seul son désir de vengeance le maintenait encore en vie, la gorge complètement asséchée, le visage brûlé par le soleil, fiévreux et avançant péniblement sur ses jambes flageolantes. Le nomade offrit l'hospitalité à Jamaal, lui donna les premiers soins et puisa dans ses maigres réserves de vivres, ne se doutant pas qu'il nourrissait son propre assassin. Jamaal s'était inventé une histoire de capture par des terroristes auxquels il avait réussi à échapper. Dès la nuit tombée, le djihadiste se saisit d'une pierre au bord du feu de camp et fracassa le crâne de son pauvre sauveur en plein sommeil. Il récupéra les quelques provisions du berger et surtout son dromadaire afin de rendre la fin du trajet moins pénible.

Il se réfugia à Kidal où il disposait de connaissances: fidèles musulmans en qui il pouvait avoir confiance, ou personnages moins pieux, mais qui lui devaient bien souvent de l'argent. Des alliances qui avaient été scellées depuis la fin des années quatre-vingt-dix, lorsque le GSPC fuyait les représailles algériennes en se réfugiant au nord

Mali, déjà. La ville ne comptait qu'un peu plus de 5000 habitants, mais c'était suffisant pour s'y cacher, d'autant plus qu'au même moment, l'aviation française avait lancé une campagne de bombardement sur les sanctuaires djihadistes dans l'Adrar des Ifoghas. Jamaal était finalement plus en sécurité au sein de la cité que ses anciens compagnons l'étaient dans leurs refuges montagneux. Depuis le 30 janvier, les troupes au sol de la coalition étaient présentes à Kidal. Elles avaient repris la ville et se la partageaient en partie avec le MNLA. L'étau était serré autour de lui, mais Jamaal sortait peu, car il ne savait pas si les Français et les Maliens disposaient de moyens pour l'identifier. Heureusement, il avait renfloué ses finances et pouvait compter sur suffisamment d'hommes de main pour s'occuper de la logistique. Quelque temps après, une fois ses forces recouvrées et ses plans complètement finalisés, il fit partir des messagers vers tous les pays du Maghreb et d'Afrique noire les plus proches. Là où il avait des contacts et après seulement quelques semaines, il réussit à rassembler autour de lui une quinzaine de combattants en rupture avec AQMI et d'anciens djihadistes qui pensaient comme lui que le mouvement originel du cheikh Abdullah Yusuf Azzam et d'Oussama Ben Laden s'était trop éloigné du combat initial. Ils se rassemblaient tous plusieurs fois par jour à la mosquée, après les prières, pour mettre au point un nouveau plan d'action. Habillés comme des Touaregs, ils passaient complètement inaperçus et logeaient séparément chez des sympathisants. Les Français n'osaient jamais aller contrôler les personnes dans les lieux de cultes et contrairement à ce qui se passait en Afghanistan, ils ne fouillaient pas les maisons. Ils respectaient trop les conventions ces imbéciles et c'est ce qui causera leur défaite.

Puisqu'il était honni au sein d'Al-Qaeda au Maghreb Islamique, Jamaal devait trouver un nouvel allié capable de lui donner une ouverture internationale et suffisamment de moyens pour réaliser des actions audacieuses. Le nom de Boko Haram commençait à circuler aux informations internationales et il se disait dans les cercles islamiques que ses membres faisaient preuve d'une grande cruauté dans leurs actes afin d'imposer une charia très stricte au Nigéria. La secte était responsable de plusieurs centaines de morts par an. Il savait que des contacts avaient déjà eu lieu avec de hauts responsables d'AQMI depuis plus de dix ans. De petits effectifs s'étaient entraînés ou avaient même combattu ensemble, mais aucune action concrète d'envergure n'avait été entreprise en commun. Il était temps de monter en gamme, de voir plus loin. Il aurait pu aussi essayer de créer un contact avec les gens de l'État Islamique en Irak et au Levant, mais leur scission avec la branche centrale d'Al-Qaeda était trop récente et Jamaal estimait ne pas avoir le recul suffisant pour accorder sa confiance au nouveau mouvement. De plus, contrairement à l'Irak, le Nigeria était tout proche et mettre le feu à la zone serait plus facile que de s'exporter au Moyen-Orient.

N'ayant jamais eu lui-même de lien avec l'organisation nigériane, Jamaal chargea Ousmane, un Nigérien originaire de Diffa, en bordure du territoire de Boko Haram, d'établir le contact avec les terroristes. Ousmane était très noir de peau et parlait plusieurs dialectes du nord. À trente-sept ans, il avait parcouru de nombreuses fois toute la région. Souvent impliqué dans toutes sortes de trafic et de tractations, il faisait un excellent porte-parole. Très érudit, il était parfaitement aux faits des différentes coutumes de la région. Son extrême maigreur et sa longue barbe déjà blanche le faisaient paraître sage et plus vieux que son âge, ce qui était un avantage lors des indispensables palabres avec des chefs de tribus ou d'autres katibas. Charge à lui de convenir, sinon d'un accord, au moins d'un rendez-vous avec des responsables de la secte. Un paquet fournit par Jamaal contenant pas moins de 15 000 dollars et un lingotin de cinq cents grammes d'or comme preuve de bonne foi et d'encouragement accompagnait Ousmane. On avait beau être djihadiste, on pouvait aussi être pragmatique ! Et les valeurs, surtout l'or et les dollars, étaient un langage universel.

Les armes arrivaient aussi, mais elles restaient trop rares au goût du chef renégat. Quelques gars parvenaient à s'en procurer, via l'Algérie toute proche, ou directement au Mali. Deux frères, des jumeaux, en avaient ramené quelques-unes de Libye: une dizaine de vieux fusils et des kalachnikovs. Mais cela nécessitait la présence d'un stock plus important pour pouvoir les remplacer ou pour fournir des pièces détachées. Il y avait aussi quelques grenades à main et des révolvers. Mais ce qui manquait le plus, c'était des équipements lourds, des mitrailleuses et des lance-roquettes, indispensables en cas d'accrochage sérieux avec n'importes quelle faction ou force de sécurité locale. Et puis des explosifs, très utiles pour des opérations médiatiques et spectaculaires. Jamaal n'était pas un adepte de l'attentat suicide de petite envergure. Il pensait que les vies des combattants devaient être préservées au maximum afin de pouvoir exterminer un maximum de mécréants au moment du sacrifice final. Il aimait viser gros et loin...

CHAPITRE 4

- J'ai une chambre ici. Tous vos sacs nécessaires à la première partie du voyage s'y trouvent. À l'issue du briefing, vous venez les récupérer et vous me laissez ce dont vous n'avez pas besoin; je m'occuperai de tout rapatrier sur Paris. Réfléchissez bien, parce que sur place, il n'y aura pas moyen de faire un tour au supermarché.

Mohamed, à moitié affalé dans son fauteuil, ne peut s'empêcher d'envoyer la première pique.

- Ah ben bravo ! Nous on se tape des trains-couchettes pour traverser le pays et Môssieur se paie le Shératon! C'est le comptable de Mortier qui va être content!

Romuald décide alors d'enfoncer le clou.

- Et puis le costard sur mesure, ça va faire cher sur la note de frais. Surtout qu'il a dû falloir une belle quantité de tissu pour faire le tour du propriétaire. Si tu abuses du buffet, il va exploser sous toutes les coutures.

Tout le monde sourit et Rémy retient son envie de répliquer vertement. Notre cellule n'est pas particulièrement visée par les restrictions budgétaires, mais nous sommes tous conscients des difficultés financières qui touchent le Ministère de la Défense en ce moment. Les moindres dépenses non justifiées font l'objet d'une enquête par les services comptables du siège de la Direction, boulevard Mortier à Paris et il y a toujours un putain de bureaucrate qui épluche les factures et les notes de frais et trouve que les hommes de terrain pouvaient faire tout aussi bien avec beaucoup moins d'argent.

- Nous n'avons pas les mêmes valeurs très cher ! Vous n'êtes que de la piétaille et moi je suis tout en haut avec les faucons.

- Et même avec les vrais !

Mohamed ne pouvait pas s'en empêcher.

- Bref ! Je ne vais pas vous refaire l'histoire du pourquoi de l'intervention française au Mali, vous la connaissez presque aussi bien que moi: les islamistes se sont alliés avec les Touaregs, ils ont d'abord saisi le nord, puis quand ils ont décidé de descendre vers la capitale, la France est entrée dans la danse à la demande de Traoré, le Président par intérim. Par contre, vous vous souvenez aussi de la prise d'otages de septembre 2010 sur le site minier d'Arlit?

Tout le monde opina du chef. Dans la nuit du 15 au 16 novembre 2010, un commando d'une vingtaine de combattants d'AQMI emmenés par Abdelmalek Droukdel en personne avait attaqué le site minier d'Arlit, dans le nord du Niger. Sept personnes furent prises en otages, dont cinq Français et il n'y eut officiellement aucune victime. L'opération avait fait la "une" des journaux pendant quelques jours en France, puis le sort des otages avait été progressivement relégué au second plan. Nous avions tous reçu une note à l'époque, comme pour tous les faits divers internationaux importants, qui nous présentait tous les protagonistes, avérés ou supposés. Bien sûr, la DGSE suivait l'affaire de près, mais cela ne concernait pas vraiment notre cellule. Le Service Action avait ses propres sections en charge des libérations d'otages, nous, nous n'intervenions toujours qu'a *posteriori*, pour rappeler aux ennemis de la France qu'elle n'oubliait jamais.

Nous voyons apparaître sur l'ordinateur un visage arabe, barbu, au regard dur, provocateur, coiffé d'un *tagelmoust* noir, le chèche touareg traditionnellement bleu-indigo. Il est assis en tailleur sur un tapis persan, devant le drapeau noir d'AQMI, une kalachnikov tenue dans sa main droite et une cartouchière de 7,62mm en croix sur sa poitrine. Quelques grenades sont accrochées à sa ceinture. Il s'agit d'une capture d'image vidéo tirée d'internet et le fondamentaliste semble en pleine diatribe, certainement anti-occidentale. L'image respire la haine. On peut reconnaître en arrière-plan un mur en pisé et l'éclairage semble artificiel, certainement fourni par un spot sur trépied alimenté par batterie.

Rémy continu son exposé, comme un professeur d'université.

- L'assaut a été mené par la katiba de l'émir Abou Zeid. Vous devez être au courant que ce dernier a été abattu fin février dans le nord du massif du Tirgharghar au Mali. D'ailleurs, les djihadistes en général prennent une sacrée branlée en ce moment. Tous les groupes ont éclaté. Un de ses lieutenants, Jamaal Abou El Malek, que vous pouvez voir sur cette photo, était présent lors de la prise d'otage et il s'est vu récemment refuser le commandement de la katiba. Il a donc fait sécession avec une dizaine de ses fidèles et établit un contact avec la secte islamiste Nigériane Boko Haram.

Je me permets alors une petite remarque en me rappelant avoir lu une note interne sur la possible mort de Zeid. À l'époque, il s'agissait d'une supposition et rien n'était confirmé.

- Ça vaut de l'or tout ça comme renseignement, ne me dit pas qu'ils ont été assez cons pour faire leurs petites affaires par téléphone et que nos grandes oreilles ont gentiment intercepté les conversations ?

- Bien sûr que non. Heureusement que l'on est meilleur que les Américains en renseignement humain.

Une façon polie de dire qu'un gros travail d'espionnage traditionnel sur le terrain, par des hommes de la Direction, avait été fait. Des sources avaient parlé. Les Américains revenaient à se type de travail après deux décennies à ne jurer que par le renseignement électronique au détriment du ROHUM, le renseignement humain ce qui leur avait coûté leurs plus gros revers dans la guerre contre le terrorisme. La France avait limité les dégâts en préservant une bonne partie de ses ressources sur le terrain, surtout en Afrique où elle avait toujours eu des intérêts.

Je ne suis pas très fort en géographie, mais il me semble avoir un doute et je relève donc encore une question.

- Il n'y a pas de frontière entre le Mali et le Nigeria ?

- Non. Et c'est pour ça qu'El Malek doit rencontrer des émissaires de la secte au Niger, près de la zone d'influence de Boko Haram. Il y a déjà eu des échanges à l'aide de courriers solitaires lancés à travers le désert, mais cette fois-ci, il s'agit de sceller le pacte. On sait que la rencontre se fera dans la région d'Agadez. Vous devrez lancer une filature et les garder à l'œil, car je sais que je ne pourrais pas maintenir une surveillance électronique constante ni activer nos sources humaines si près du dénouement. Je ne veux et je ne peux pas éveiller les soupçons des autres services de renseignements.

Avec au moins deux services en charge de la collecte des renseignements, la DGSE et la Direction du Renseignement Militaire, auxquelles peuvent s'ajouter certaines "oreilles" de la Direction Centrale du Renseignement Intérieur, tous ces services eux-mêmes desservis par de multiples unités, la France avait un maillage très serré dans la bande Sahélo-Saharienne. En plus des unités du Commandement des Opérations Spéciales que l'on pouvait s'attendre à rencontrer sur un théâtre d'opérations récemment ouvert, comme le 13e Régiment de Dragons Parachutistes, des cellules plus conventionnelles travaillaient déjà sur le terrain, tels le 28e Régiment de Transmissions et ses moyens satellitaires ainsi que les spécialistes en guerre électronique du 44e Régiment de Transmission. L'armée de l'Air pour sa part possédait tout un réseau de satellites permettant la prise de renseignements électromagnétiques ou par l'image. Bref, difficile de se déplacer ou de communiquer dans la région sans intéresser les services français.

La secte islamiste Boko Haram avait fait parler d'elle pour la première fois en 2002 en enrôlant, parfois de force, beaucoup d'enfants et d'étudiants et en se déclarant rattachée aux talibans afghans. À partir de 2005, elle était passée totalement à la clandestinité. On lui devait de nombreuses attaques et massacres dans le nord du Nigeria qui est sa zone d'influence. En 2012, les activités de la secte étaient en pleines expansions avec la participation de certains de ses membres à la guerre au Mali où ils étaient formés entre autres aux attentats suicides. La même année, ils enlevaient un ingénieur français puis une famille complète de nos ressortissants au début de 2013.

Même s'il existe plusieurs versions possibles, la traduction courante de l'expression Boko Haram signifie: l'éducation occidentale est un péché. Tout un programme. L'objectif principal d'Abubakar Shekau, le leader du mouvement, est la création d'un grand califat dans une zone comprenant le Nigeria, le Tchad et le Cameroun. Une alliance avec des combattants islamiques confirmés lui permettrait d'asseoir sa position de leader du djihad dans cette partie de l'Afrique, voire à terme, sur tout le continent. Chacune des apparitions de Shekau est une nouvelle déclaration de guerre aux mécréants et sa haine ne fait que grandir. Nul doute que les actions de la secte allaient connaître une montée en puissance en termes de violences et de cruauté.

Le groupe sait malgré tout s'adapter au monde moderne et travaille beaucoup avec internet. Il a également corrompu de nombreux politiciens du Nord-Nigeria qui voyaient en lui un bon moyen pour prendre le pouvoir dans le pays. Bref, il faudrait arriver à couper la tête du serpent avant qu'il ne grossisse trop et représente une menace trop importante, comme on l'avait souvent laissé faire de par le monde, notamment les talibans afghans « originels » ou tous les autres groupuscules islamiques. Mais quel pays occidental allait se lancer dans un tel combat ? Il y avait bien une importante réserve de pétrole, la plus grande d'Afrique et un peu de métal précieux, mais de là à se lancer dans un conflit, il y avait un pas important que personne ne semblait prêt à faire.

- Donc, c'est lors de cette fameuse rencontre que vous intervenez. Pas de prisonniers, sauf si Shekau est présent, ce qui est peu probable, je dirais même impossible. Vous faites attention aux flics nigériens, ce sont des alliés, si vous pouviez éviter de trop en flinguer, ça nous arrangerait. Pour la couverture, vous voyagerez ensemble, une fois n'est pas coutume. Vous êtes des observateurs travaillant pour la société Fluxis, qui gère le transport de gaz naturel vers la Belgique et qui cherche à se diversifier avec l'uranium. Vous allez visiter le site minier d'Arlit au Niger. Ça fonctionnera au moins dans ce pays. À partir du moment où vous passerez au Mali, il faudra vous démerder. De toute façon en ce moment, les contrôles de police sont inexistants dans l'est du pays et tout ce qui pourrait représenter un risque pourra être considéré comme hostile, sauf nos forces bien entendu.

Rémy nous montre rapidement un organigramme et un historique de la société Fluxis ainsi que des photos du site. Il y a encore pas mal d'Européens qui travaillent là-bas, même si beaucoup sont rentrés suite à l'attaque de 2010.

- Bien sûr, je vous donnerai un dossier à chacun pour que vous puissiez tout étudier tranquillement, vous ne prenez l'avion que demain après-midi. Sur place, vous transitez de Niamey vers Arlit où vous serez pris en charge par un chauffeur local qui travaille pour nous. Il s'appelle Ibrahim Buhari. Il ne posera pas de questions. Vous irez jusqu'au son domicile, juste à côté du complexe minier. La Direction lui a versé une belle somme pour vous héberger et il a dû vous trouver un guide sûr pour le reste de la mission.

- Et nous, quand est-ce qu'on nous verse une belle somme ?

- Mohamed, tu es déjà bien trop payé pour ce que tu fais !

La ville d'Arlit, dans le nord du Niger, est une agglomération de plus de 100 000 habitants, dont environ cinq cents Français, qui compte son propre aéroport. Elle n'a pas encore cinquante ans, dans une région où certaines citées sont plusieurs fois millénaires, est née pour servir exclusivement l'exploitation minière et mourra certainement avec elle.

Peter commençait à trouver le temps long :

- On ne peut pas accélérer un peu là? La mission justement, ça se déroule comment exactement?

- Mais vous êtes vraiment tous des boulets! Vous n'avez pas un brin de patience. J'y viens! Mardi à 22 h, heure locale, vous avez rendez-vous en plein désert avec un ventilateur du 4e Régiment d'Hélicoptères des Forces Spéciales. Les coordonnées GPS sont dans le dossier. Les gars vous livrent vos armes, votre équipement complet et repartent aussi tôt. Pas de palabres. Communications avec eux réduites au strict nécessaire. Ensuite, vous entrez au Mali.

Rémy fait une pause pour se désaltérer et pour afficher d'autres diapos sur son ordinateur. Nous saisissons l'opportunité pour demander une pause et Peter saisit le téléphone interne afin de commander du café pour tout le monde. Un serveur apparaît quelques minutes après et s'enfuit presque une fois son plateau posé sur la table. Au moins, on pouvait être sûrs que la discrétion de l'établissement était au niveau.

- Reprenons! Phase suivante de l'opération, vous vous approchez de Kidal, vous prenez contact par téléphone avec une équipe de recherche du 13e Régiment de Dragons Parachutistes qui est en surveillance sur la planque de la cible. Ils vous filent les coordonnées ou vous accompagnent sur place, peu importe, je ne connais pas leur dispositif, vous prenez la filature à votre compte et vous suivez les djihadistes jusqu'à ce qu'ils retournent sur Agadez.

Giles leva la main :

- Deux choses. D'abord, comment ça se passe si, d'ici notre arrivée, les méchants changent de place ? Et pourquoi le «13» ne reste-t-il pas en surveillance jusqu'à la fin au Niger ? Ils sont équipés et mieux formés que nous pour ça. Nous on arrive, on flingue et l'on repart. C'est ce qu'on sait faire le mieux. Vite fait, bien fait!

- Ils n'ont pas à connaître la finalité de l'opération. Comme ils travaillent autant pour la Direction du Renseignement Militaire que pour le COS, ça fait trop de risques de fuite. Si la cible bouge avant que vous ne soyez sur place, ils suivront au maximum tant que ça reste au Mali. Sinon tant pis, faudra reprendre les recherches à zéro et vous serez hors-jeu ou tout du moins en stand-by. Au moment où ils vous transmettront les informations, je veillerais à ce qu'ils soient redirigés sur une autre mission, ça leur évitera de gamberger. De plus, les effectifs du Commandement des Opérations Spéciales sont un peu limités dans le coin, ils ne sont que cent cinquante sur Kidal dans le cadre de l'Opération Sabre et ont encore beaucoup de boulot dans le nord avec les différents groupes djihadistes qui sont toujours très actifs. Ils seront bien contents d'être relevés sur ce coup-là, ils ne devraient pas poser trop de questions.

Des éléments du COS et une surveillance satellite rien que pour nous. Les moyens étaient riches pour cette mission et les objectifs multiples: venger la prise d'otage d'Arlit, montrer à ceux que Paris appelait les GAD, les Groupes Armés Djihadistes, que la France ne laisserait rien passer et enfin, commencer la prise en compte du risque que représentait Boko Haram.

En bon élève, je levais à mon tour la main pour prendre la parole, obnubilé par les questions d'armement, comme toujours.

- On aura quoi en gros, comme équipement?

- À part un des snipers qui sera en fusil lourd Barrett, vous aurez tous des Heckler & Koch 417. Les canons seront filetés et des réducteurs de sons seront fournis, à vous de voir si vous en avez l'utilité. Un lance-grenade vous sera livré, vous déciderez de qui le monte sur son arme. On n'a pas été avares en munitions, car vous ne pourrez sûrement pas être ravitaillés, donc les sacs seront lourds. Mais rassurez-vous, la majeure partie du travail sera faite en 4x4. Et puis enfin, je vous mettrai un assortiment de grenades, offensives, défensives et fumigènes.

- Les armes sortent d'où?

- Ce sont des armes du service. Normalement, elles seront réglées pour vous et vous aurez tous des dispositifs d'aides à la visé. Des copies simplifiées de vos carnets de tir seront dans les sacs, vous pourrez vérifier vos réglages.

Au Centre Parachutiste d'Instruction Spécialisée de Perpignan, l'un des centres de la DGSE, nous disposons d'une armurerie très bien achalandée avec les armes les plus courantes au monde. Des Colts M4, des Kalachnikovs, toute une panoplie d'armes de poing et quelques fusils de précision. Ces flingues sont intraçables, tous les numéros de série ont disparu et nous utilisons un mélange de munitions venant du monde entier, mais toutes de bonne qualité. Nous avons déjà rencontré des problèmes avec certaines munitions, sud-africaines par exemple, et c'est très désagréable de se retrouver avec des incidents de tir à résoudre au milieu d'une fusillade. Le HK 417 avait fait ses preuves en Afghanistan et au Mali. Il « tient » bien le désert, la mécanique supporte bien la crasse et la poussière et il a l'avantage de pouvoir servir autant de fusil de tir de précision que de fusil d'assaut pour qui sait tenir son calibre de 7,62mm.

- Pour l'approvisionnement en nourriture, vous verrez sur place. Votre guide sera le mieux placé pour vous conseiller même si vous trouverez une base de rations lyophilisées pour quelques jours dans les sacs livrés par hélicos.

Giles demande enfin les modalités d'extractions.

- Il vous faudra revenir jusqu'à l'aéroport d'Arlit. Vous appelez le numéro que je vais vous donner et nous organisons votre sortie dans la demi-journée qui suit. Nous allons terminer par les points de ralliement d'urgence.

Les points de ralliement d'urgence sont les lieux où chacun devait essayer de se rendre si quelque chose tournait mal. Si la mission devait être abandonnée, si tous les membres de l'équipe sauf un avaient disparu ou avaient été éliminés, c'est là que l'on devait se rendre pour être évacué. Généralement, il s'agissait de lieux sécurisés ou tout du moins discrets. Ce coup-ci, à cause des grandes distances à travers le désert et du manque de contrôle sur le terrain, les PRU seraient particulièrement difficiles à rejoindre, surtout si nous devions les rallier de façon autonome.

- Donc, comme pour l'extraction, le premier PRU est l'aéroport d'Arlit. Le second est encore un aéroport, mais celui de Niamey. Et enfin au Mali, votre seule chance reposera sur le camp du Groupement de Forces Spéciales « Sabre ». Nous y avons une antenne de la Direction. Mais il va de soi que si vous devez utiliser ce point, votre couverture sera grillée et vous serez mis au vert pour au moins plusieurs mois. Peut-être même que nous serions obligés de dissoudre la cellule.

- Nous contactons le même numéro ?

- Oui. À chaque fois le même numéro, vous avez suffisamment d'informations à ingurgiter, pas besoin d'en rajouter.

Nous réglons les derniers détails opérationnels, recueillons toutes les coordonnées GPS nécessaires, les numéros de téléphone à contacter sur place et nos carnets individuels contenant nos légendes et nos couvertures, au moins jusqu'au Niger. Rémy range son matériel puis désactive le brouilleur.

- Dernière surprise, vous avez tous des chambres individuelles ici pour cette nuit, donc on se retrouve à 20 h 30 au restaurant. Soirée détente, all-inclusive, réfléchissez aux dernières questions éventuelles. En attendant, venez chercher vos sacs que je ne sais plus où foutre mes pieds dans ma piaule !

Le Shératon ! C'est la première fois de ma vie que je vais dormir dans un véritable hôtel de luxe. J'avais bien pris un cinq étoiles pour mon voyage de noces, mais les standards de République Dominicaine étaient bien éloignés de l'établissement dans lequel je me trouvais ce soir.

La suite Junior est immense, matelas épais, coin salon avec télé grand écran, bureau et minibar bien équipé. Je jette mon gros sac sur le lit et commence ma visite de sécurité, à la recherche d'hypothétiques caméras ou micros. Luminaires, tableaux aux murs, prises électriques, faux plafonds, miroirs, télévision, cuvette des toilettes, VMC, coins de moquette, tout y passe et j'essaye de ne rien laisser au hasard malgré le peu de probabilités que ma chambre soit sous surveillance. Une fois ma tâche terminée, je sors les affaires qui me seront nécessaires pour le repas de ce soir et j'attrape une bière du minibar. Autant pour le bureau-comptable de la Direction. J'étudie le dépliant de l'hôtel où j'apprends que nous avons accès à la salle de sport et même à la piscine du complexe. Une bonne idée pour le lendemain matin, histoire de se fatiguer un peu et de pouvoir dormir dans l'avion. À près de trois cents euros la nuit, tout est fait pour satisfaire le client. De ma chambre, j'ai une vue parfaite sur les pistes détrempées de l'aéroport de Bruxelles-Zaventem, l'un des deux aéroports internationaux de la capitale et le ballet incessant des véhicules de service, mais aucun bruit ne filtre à travers l'épais vitrage. Avant de passer par la douche, je lance un mail à ma femme, lui promettant en mentant effrontément que je lui donnerais des nouvelles une fois arrivé au Tchad.

Pendant que je laisse l'eau ruisseler sur mon visage, un petit coup de cafard s'empare de moi. Je ferme les yeux, plaque mes deux mains contre la faïence et essaye tant bien que mal de faire le vide dans ma tête. Le jet s'écrase sur mon crâne et je me retrouve seul au monde. Je me persuade que je suis fait pour ce job et qu'il ne faut prendre que les côtés positifs. La méthode Coué a toujours très bien fonctionné pour moi. Je refais dans ma tête le chemin parcouru, me dis que chacun de mes choix depuis mon départ de l'armée ont été les bons, que j'offre un confort de vie très convenable à ma famille tout en prenant du plaisir à faire ce que je fais. Une fois la petite boule dégagée de mon estomac, je peux enfin terminer ma toilette.

Avant de descendre, je lis la réponse de mon épouse. La vie suit son cours à la maison, rien de particulier, les gosses sont horribles comme souvent lorsque je ne suis pas à la maison. Les deux sont à la limite de l'hyperactivité, ce qui ne manque pas de rajouter du travail et des soucis à mon épouse en plus de sa journée de boulot déjà bien remplie. Heureusement qu'elle est habituée à gérer tout ça d'une main de maître, je peux au moins partir avec le cœur un peu moins chargé. J'enfile une tenue légère, pantalon en lin et chemisette, je frappe aux portes de Mohamed et Giles qui encadrent la mienne, mais n'obtenant aucune réponse, je comprends que l'apéritif a commencé sans moi. Je regarde ma tête dans le miroir de l'ascenseur. Les années commencent à passer sur moi, de petites pattes-d'oie se dessinent légèrement aux contours de mes yeux, des cernes se creusent sous mes yeux et quelques poils blancs font leur apparition sur ma barbe et mes tempes. Rien d'alarmant, mais les années ne défilent pas sans laisser de trace. Ma femme a raison, en grandissant mes enfants me ressemblent et moi en vieillissant je ressemble de plus en plus à mon père. Le cycle éternel.

Lorsque j'arrive au bar, toute la troupe est là et à voir le teint rosé des joues de Rémy, il ne doit pas en être à sa première pression. Il s'en fout, demain soir il sera certainement chez lui dans son lit, alors que pour nous, tout a déjà commencé. Bien sûr, aucune discussion professionnelle ne se tient au comptoir, même si nous sommes les seuls sur les dix derniers mètres de l'immense zinc que nous avons privatisé, avec le serveur typé Italien, mat de peau, brun, bras de chemise et cheveux gominés. L'ambiance est très détendue, bonne enfant, et je prends exceptionnellement une seconde bière en anticipant sur la soif que j'imagine cauchemardesque dans le désert. J'ai connu des milieux bien différents tout au long de ma carrière, des jungles guyanaises aux sommets des Alpes en passant par la moiteur réunionnaise, mais jamais je n'ai crapahuté dans le sable. Mon imagination est pleine de tous les clichés traditionnels : dunes à perte de vue, soleil écrasant, mirages, carcasses de chameaux et véhicules enlisés ; je me voyais déjà comme dans Tintin au pays de l'or noir...

Une fois cette tournée achevée, nous regagnons tous une grande table réservée pour nous au fond du restaurant Gullivers. Il y a peu de clients, quelques trentenaires en costards-cravates, certainement de jeunes attachés parlementaires européens et tous sont à assez bonne distance, ce qui nous permet d'échanger quelques expériences, notamment Peter et Christophe, qui connaissent le Tchad et ses décors sahariens semblables à ceux du Mali et du Niger. Je comprends alors en les écoutant que je rencontrerais probablement autant de pierres que de sable. Leur conversation tourne essentiellement sur les températures que nous allons rencontrer, la pression atmosphérique et l'humidité relative dans le désert.

Lorsque le serveur nous apporte les menus, Rémy nous confirme que nous sommes libres de prendre ce qui nous plaît sur la carte. La réaction de Mohamed ne se fait pas attendre.

- C'est une blague? Qu'est-ce que ça cache? C'est le dernier repas du condamné?

En effet, ce n'était vraiment pas habituel de jeter l'argent par les fenêtres dans des hôtels guindés. Normalement, il n'y a que James Bond qui a droit au traitement de luxe.

- Mais non, ne vous inquiétez pas. Profitez et ne posez pas de questions. Les jours qui vont suivre vont être pénibles physiquement. Vous n'aurez pas le temps de vous acclimater, vous serez plongés directement dans le bain et il va falloir être endurant. La Direction est consciente du boulot que vous fournissez, c'est une façon de vous remercier.

Nous avons tous un regard entendu. La DGSE savait que la dernière mission n'aurait pas dû se dérouler d'une façon aussi anarchique et que la mort de Jean était un poids pour nous et du coup, ils nous soignaient aux petits oignons.

- J'aurais préféré une mallette de billets...

Le pragmatisme de Peter, imparable.

Une fois la commande passée, une discussion hyper technique s'engagea entre Christophe et Romuald afin de savoir qui se chargerait du tir de précision. La connaissance du fusil américain Barrett qui allait nous être alloué étant meilleure chez Christophe qui avait eu l'occasion de l'utiliser à plusieurs reprises à Djibouti lors de plusieurs échanges avec l'armée américaine, c'est donc l'ancien qui serait préposé au tir et le plus jeune qui servirait de *spotter* et de garde rapprochée du sniper. Le rôle de l'observateur est souvent plus important que celui du tireur, car la moindre erreur de calcul des données balistiques ou d'observation entraînait un échec du tir, même avec le meilleur opérateur derrière l'arme. Encore une fois, le mythe du tireur isolé capable de parcourir seul des dizaines de kilomètres en territoire ennemi pour accomplir sa mission devait être laissé au cinéma. L'histoire militaire moderne comptait certaines missions légendaires de grands snipers, comme l'américain Carlos Hathcock, ayant accompli de tels exploits individuels, mais la physionomie de la guerre et des opérations spéciales avait changé ces vingt dernières années, notamment depuis la Somalie.

Le Barrett M95 est un fusil de sniping lourd, c'est-à-dire qu'il est chambré en calibre 12,7mm, le même que celui des mitrailleuses occidentales. Il trouve toute son efficacité dans le tir contre les véhicules légers et les matériels peu protégés comme les radios, les groupes électrogènes. Il est bien sûr très efficace dans un corps humain, mais aux distances d'emplois habituelles qui se trouvent au-delà de mille voire mille cinq cents mètres, il faut un tir plus que parfait pour atteindre une cible aussi réduite dès la première cartouche. L'entraînement doit aussi être très spécifique pour maîtriser le tir à longue distance avec ce type d'arme. Par exemple en 2009 en Afghanistan, l'Australien Craig Harrisson a abattu deux talibans à une distance record de 2475 mètres. Il fallut neuf tirs au sniper et à son observateur uniquement pour évaluer correctement la distance. Le premier tir réel en cible fut cependant mortel. À cette distance, l'ennemi n'a même pas le temps d'entendre la détonation de départ du tir qu'il est déjà frappé par le projectile.

Peter demande à tout le monde l'autorisation de prendre le lance-grenade sous son fusil d'assaut. Non seulement il excelle dans son maniement à l'entraînement, mais surtout, il n'a jamais eu l'occasion de s'en servir en conditions réelles et, au vu de son sourire en coin, il compte bien remédier à cette lacune. Faute d'un vrai lance-roquettes, cette arme qui se place sous le canon du fusil d'assaut grâce à un rail de fixation apporte une véritable capacité d'appui-feu, que ce soit en tir direct, ou en tir courbe à la façon d'un mortier, même si un rechargement est nécessaire après chaque grenade. Pour ma part, même si je sais l'utiliser, je ne suis pas un spécialiste de la précision avec ce type d'arme et je suis plutôt content de voir un autre s'en charger, cela me fera toujours ça de moins à porter.

Le reste du repas retrouve une ambiance de franche camaraderie, les histoires grivoises succèdent aux anecdotes de campagnes ; manque plus que quelques chants de popotes un peu crus pour que le tableau soit complet. Le cadre ultramoderne du restaurant, les fauteuils blancs immaculés et les couverts en argent ne suffisent pas à nous transformer en véritables hommes du monde. Certes, ce n'est pas réellement l'ambiance des soirées cohésions militaires qui se finissent en beuveries, voire en bagarres capables de ravager un bar pour les nuits les plus chaudes, l'âge et l'expérience de chacun aidant, mais nous venons tous du même creuset, notre culture d'hommes de guerre est toujours présente et nous aimons nous retrouver pour ces petits moments de détente.

Je jette mon dévolu sur une sole meunière et j’ai du mal à reconnaître le plat lorsqu'on me le présente. Cuisine déstructurée qu'ils appellent ça... Au final, une bière, un plat, un dessert minuscule, un café et une crème de whisky, soixante-dix euros ! Et il n'y a que Rémy qui a pris du vin. Bon sang, je suis sûr qu'il va me falloir redescendre manger un morceau avant de me mettre au lit vu les petites quantités servies dans les assiettes, mais finalement, tout est très rassasiant et tant mon moral que mon estomac sont en confiance.

Nous montons tous dans nos chambres après que Rémy se soit accordé un petit digestif supplémentaire. Qu'est-ce qu'il encaisse le choc l'ancien ! Non vraiment, s'il est encore opérationnel, ses terrains de prédilection doivent être les bars à bière et les bouges sordides des bas-quartiers. J'avais émis l'idée d'une petite séance de sport le lendemain matin au moment où l'on nous servait le dessert, mais je ne connus pas un franc succès et ne reçut en réponse qu'une bordée d'injures. Qu'importe, je mets l'alarme de mon téléphone portable un peu plus tôt, certain que le réveil va être difficile, bouche pâteuse et début de migraine. J'ai à peine le temps de parcourir trois pages de ma revue militaire que je m'endors du sommeil du juste, les bières et le digestif aidant sûrement. Pour une fois, mon repos n'est pas troublé de cris d'enfants ou de bruits d'explosions.

Ma préférence va aux salles de sport à l'ancienne, celles ou l'on trouve des haltères et des poids de fontes, des salles ou l'on peut pousser des grognements pendant l'effort, où l'on peut laisser tomber ses charges au sol dans un bruit d'enfer et où vous pouvez porter des débardeurs larges inondés de transpiration sans que l'on vous regarde comme un dérangé.

Le gym de l'hôtel est, au contraire, une pièce moderne, peinte en rouge, qui sent presque trop fort le désodorisant, avec tout un tas de machines guidées et électriques ainsi que de petits miroirs designs en forme de vagues verticales accrochés aux murs. Ici, pas de photos d'Arnold Schwarzenegger prenant la pose ou de miss sexy en bikini. La pièce est éclairée par de petits spots ultras puissants qui vous aveuglent dès votre entrée. Seule une petite rangée d'haltères au fond de la pièce me fait retrouver le sourire ; que je perds rapidement lorsque je m'aperçois que les plus lourds ne dépassent pas les dix kilos ! Une vieille dame se promène sur l'un des tapis de course, habillée comme pour aller à l'hippodrome et maquillée comme un jour de fête. Il ne lui manque plus que son chihuahua tenu en laisse marchant à ses côtés pour terminer le grotesque tableau. Je comprends qu'il va me falloir faire une séance édulcorée si je ne veux pas me faire remarquer. Heureusement que nous ne sommes pas débarqués à quatre ou cinq barbares, en vociférant et en nous lançant des insultes comme il peut nous arriver de le faire dès que l'ambiance se détend.

J'opte donc pour un circuit training où j'enchaîne les différents postes de travail sans temps de repos, afin de stimuler tous les groupes musculaires et le rythme cardiaque en même temps. La vieille dame me regarde de plus en plus de travers au fur et à mesure que mon t-shirt s'auréole de transpiration et que ma respiration devient de plus en plus bruyante. J'attends qu'elle quitte la salle et termine ma séance par quelques rounds de boxe dans le vide, face à l'une des glaces. Là c'est sûr, si quelqu'un entre à ce moment-là, il appelle la sécurité. La piscine chauffée de l'hôtel n'est qu'à quelques mètres, mais je n'ai pas le courage d'ajouter quelques longueurs à ma séance, une bonne partie du solide petit-déjeuner pris deux heures plus tôt est déjà parti en chaleur, ce sera ça de moins pour mes poignées d'amour.

Nous sortons tous ensemble de l'hôtel, je me retourne et jette un dernier regard vers le restaurant select où sont attablés quelques clients pour le repas de midi. Nous n'aurons pas la chance d'y prendre une dernière collation, les délais d'embarquement étant trop courts pour notre avion dans l'après-midi. Heureusement pour moi, j'avais eu le temps d'aller engouffrer un petit en-cas après la séance de sport, je devrais pouvoir tenir. Nous devrons nous contenter d'un sandwich ou au mieux d'un plateau dans une des cafétérias de l'aéroport. Nous ressemblons vraiment à ce que nous sommes censés être : un groupe d'hommes d'affaires en partance pour l'Afrique. Costumes légers aux couleurs claires, bagages de bonnes marques. Le seul point qui pourrait trahir une activité moins respectable c'est l'apparition de barbes naissantes sur les mentons des gars, la mienne étant encore plus fournie, car je la porte en permanence.

Sous une bruine qui se change progressivement en pluie fine, nous saluons Rémy une dernière fois sur le parvis de l'hôtel et partons tous à pied, faisant rouler nos sacs dans un grondement continu vers l'aéroport distant de seulement une centaine de mètres. Toutes nos têtes rentrent instinctivement dans nos épaules pour empêcher l'eau de ruisseler dans nos cous. J'ai une pensée pour notre officier qui se retrouve avec tous nos sacs à dos à rapatrier, entassés dans sa chambre au pied de son lit. J'espère pour lui que les grooms du service d'étage sont efficaces. J'imagine leurs têtes outrées lorsqu'ils vont découvrir le capharnaüm dans la pièce. Nous sommes les seuls fous à pied en direction de l'aéroport, les autres usagers préférant la voiture ou le taxi jusqu'au dépose-minute. Je n'ai jamais vu autant de voitures diplomatiques de ma vie, la plupart portant à l'avant du capot de petits drapeaux bleus cerclés d'étoiles. Quelques sirènes de police se font entendre lorsque des voitures civiles ne dégagent pas assez vite du milieu de la voie de circulation. Une réunion importante doit se tenir dans l'après-midi au Parlement européen. Je ne me souviens pas du thème exact, mais je sais qu'il s'agit d'un sujet traitant de l'écologie. C'est magnifique tous ses hommes et femmes qui vont vanter les mérites de la réduction des gaz à effets de serre alors qu'ils se déplacent tous dans de gros avions et de monstrueuses limousines, souvent avec escorte démesurée.

CHAPITRE 5

Arrivant à Niamey à 4 h du matin, nous sommes aussitôt frappés par la fraîcheur de la nuit. L'avion de Royal Air Maroc avait beau être climatisé, nous sentons la différence de température dès l'ouverture de la porte de l'appareil lorsqu'un courant d'air frais y pénètre. Un dernier salut du personnel de l'avion, nous descendons la passerelle et sommes immédiatement dirigés vers la salle de transit où nous devrons attendre trois heures notre prochain vol qui nous conduira vers Arlit, bien plus au nord. Pas de visite de la capitale au programme aujourd'hui. L'aéroport a beau être le plus important du pays, sa taille modeste lui permettrait au mieux d'être une plate-forme nationale en France.

Le chemin jusqu'à Arlit aurait très bien pu être fait par la route, mais le réseau nigérien, comme beaucoup des pays de la région, est plutôt limité. Il faut donc seize heures de route, parfois chaotiques, pour rejoindre la ville minière depuis la capitale après de multiples détours. Je remercie intérieurement Rémy d'avoir choisi l'option aérienne même si je sais que la sélection s'est faite sur un critère tactique et d'impératifs horaires plutôt que de confort.

Il est clair que les exploitants des lieux ont décidé d'économiser sur la climatisation dans la salle de transit et nos chemises s'auréolent progressivement de transpiration alors que la température monte doucement. Pas de distributeurs de boissons non plus et nous ne pouvons que regarder avec envie la buvette qui se trouve dans la zone publique derrière une grande baie vitrée en contrebas. Au centre du hall d'accueil principal trône une magnifique maquette de plus de deux mètres de ce qui devrait être le futur aéroport international, dans quelques années. Une superstructure de fer et de verre digne de *La guerre des étoiles.* Avant que le chantier n'aboutisse réellement, j'imagine que mes enfants auront pris leur retraite. Les projets africains ont tendance à sortir de terre beaucoup plus lentement qu'ailleurs dans le monde. Les mauvaises langues s'amusent à dire qu'un budget africain doit toujours être doublé, afin de pouvoir payer les pots-de-vin indispensables à toutes entreprises sur le continent.

Il n'y a pas non plus ici de service de prise en charge des bagages en transit, il nous faut donc trimballer nos valises. C'est un bon aperçu de ce qui pourrait nous attendre avec des sacs à dos, du moins pour la température. Pour l'effort, ce sera une autre paire de manches. Je ne savais pas encore combien pèserait mon fardeau, mais il ne ferait pas moins de trente-cinq kilos. C'est un minimum avec le fond de sac pour le change, un sac de couchage grand froid, de la nourriture pour quelques jours et une grande quantité d'eau. Au poids sur le dos, il faudrait ajouter les cinq kilos de l'arme principale tout équipée et de l'arme de poing, quelques kilos de munitions et de grenades supplémentaires et peut-être un gilet pare-balles et un casque, si Rémy s'était bien débrouillé. Rien que d'y penser, j'en ai de nouvelles montées de sueur...

Depuis le départ de Bruxelles, je m'appelle Stefan Guillaso, j'ai trente-sept ans, ce qui me vieillit un peu et je suis censé être ingénieur mécanicien. J'accompagne le groupe afin de déterminer les contraintes qui pèseraient sur les différents moyens de transport que pourrait choisir la société qui nous emploie et budgétiser une nouvelle flotte de véhicules optimisés. Dans mon portefeuille se trouve un photomontage de ma soi-disant famille. Une femme et trois enfants que je n'ai en réalité jamais vu, mais le résultat est bluffant, une vraie tribu contente de passer un week-end dans un parc d'attractions. J'ai dû parler le moins possible afin de masquer mon accent méridional et forcer ma voix à chaque passage en douane. J'arrive de mieux en mieux à dissimuler ma voix chantante typique du sud de la France, mais c'est un travail quotidien, semblable à celui d'un imitateur. J'espère ne pas être interrogé non plus sur des termes trop techniques, car mes connaissances en mécanique sont proches du néant. J'ai déjà du mal à repérer le réservoir d'huile sur une voiture, alors l'ingénierie... Les livrets techniques et autres cahiers des charges qui font partie de mes bagages de cabines n'ont pas suffi à faire de moi un expert en quelques heures de vol. Heureusement, les douaniers nigériens qui nous accueillent font preuve de beaucoup de respect et n'osent pas importuner ces Européens qui représentent une importante manne financière pour leur pays. Ils sont incapables d'imaginer que nous pourrions être une menace, ce qui est vrai au demeurant et je suis persuadé que j'aurais pu passer les détecteurs de métaux avec mon Glock à la main, ils auraient certainement fermé les yeux ou détourné le regard. Même pas besoin de bakchich. Habituellement, le contrôle des visas ne se fait pas en zone de transit et Peter leur demande gentiment la raison du contrôle à ce moment-là.

- J'espère qu'il n'y a pas de soucis avec nos papiers messieurs ? Notre société est extrêmement professionnelle et habituée aux voyages internationaux.

- Pas du tout messieurs, ne vous faites pas de soucis. C'est juste que nous n'avons pas de personnel à Arlit et une fois sur place, vous pourrez prendre vos bagages et quitter directement l'aéroport.

- Nous voilà rassurés. C'est notre première visite dans votre pays et n'y avons pas encore nos habitudes.

Depuis l'autre baie vitrée, qui donne sur la piste, nous voyons s'avancer vers nous un Focker 50, blanc, mais ultra poussiéreux. Le biturbo a été affrété auprès d'une compagnie privée par Rémy au nom de la société Fluxis et doit nous déposer sur l'aérodrome sommaire d'Arlit. J'espère que le pilote sera, sinon plus propre, au moins en meilleur état que son appareil qui n'a pourtant pas plus de 30 ans. La compagnie nationale Niger Airways n'existe que depuis quelques mois et je me dis que si le pilote n'a pas été recruté, c'est qu'il est soit étranger, soit que ses capacités doivent être en deçà des critères nigériens; et ça m'inquiète. C'est finalement le copilote qui vient nous récupérer en personne, dans une tenue impeccable. Je ne pense pas qu'il soit du pays. Il est noir et ne s'exprime qu'en mauvais anglais avec un accent africain qui le rend très difficilement compréhensible. Je pense qu'il est Sud-Africain. Nous récupérons finalement tous nos sacs et sortons sur le tarmac, qui est bien la seule chose en bon état sur l'aéroport de Niamey. Immédiatement, nous sentons la transpiration refaire son apparition en abondance sur nos fronts et empruntons la passerelle qui monte vers l'avion. Pas d'hôtesses, pas d'autres passagers, une cabine vide de cinquante sièges pour nous six et nos bagages. Un large sourire illumine mon visage quand je découvre de petites bouteilles d'eau posées sur les sièges et que je sens un courant d'air conditionné me caresser le visage; mieux que la classe affaires.

- Messieurs, bienvenue à bord. Le vol va durer deux heures. Bon voyage.

C'est tout ce que nous entendrons de notre équipage à travers le micro de cabine. Vu l'accent nasillard du copilote, ma supposition sur leur nationalité sud-africaine semble se confirmer. Ce pays a engendré un grand nombre de mercenaires depuis une cinquantaine d'années, du simple soldat au pilote d'avion ou d'hélicoptère et le comportement discret de notre équipage me laisse penser que ces deux-là ont été payés pour ne pas poser trop de questions.

Au bout de quelques minutes, nous entendons les moteurs s'affoler. L'engin se met à rouler et après quelques virages afin de prendre place sur la piste d'envol, nous entendons les volets se fermer au niveau des ailes puis sentons l'avion accélérer. Nous comprenons qu'il nous faut attacher nos ceintures et que nous n'aurons droit à aucune autre communication de la part des deux membres d'équipage lors du trajet. Je me demande s'il est bien nécessaire de boucler la sangle, mais le rappel de ma première vision de l'avion et du copilote actionne mes mains de façon presque involontaire. Et je cherche tout à coup d'où pourrait bien tomber le fameux masque à oxygène en cas de dépressurisation du cockpit. Finalement, aujourd'hui, les consignes de sécurité habituelles réalisées par les hôtesses que je n'écoute jamais me manquent terriblement.

- Hey les gars ! Si on meurt, on ira tous au Paradis ?

- Non Mo, en tout cas surtout pas toi. Et puis 72 vierges, tu ne saurais pas quoi en faire...

L'aérodrome d'Arlit a connu ses heures de gloire, mais à première vue, malgré l'investissement du pays dans l'aviation civile, c'est du passé. Même s'il possède son propre code international, il s'agit d'un terrain semi-privé appartenant pour moitié à la société Areva. Ici, il devait y avoir à une époque lointaine un tarmac ou un goudron quelconque, mais il y a un moment que le désert a commencé à reprendre ses droits. Du coup, le revêtement ressemble plus à une piste de brousse bien damée sur une belle largeur qu'à un véritable tarmac digne de ce nom. D'ailleurs, lors de notre approche, il m'est difficile de distinguer la zone d'atterrissage de la route. L'aéroport est encore utilisé, notamment de façon ponctuelle par des avions du Commandement des Opérations Spéciales ou de sous-traitants de la DGSE qui possèdent des hommes dans la région depuis la prise d'otage. Plus fréquemment, de petits avions-cargos se posent pour le ravitaillement de la cité ou les déplacements aux longs cours des employés des mines. L'ensemble fait partie d'un vaste territoire clôturé dans lequel j'aperçois des hangars défraîchis marqués des noms des plus grandes compagnies liées au site minier, mais l'activité ne semble pas battre son plein aujourd'hui.

L'atterrissage est rude, nous sommes tous secoués lorsque les roues touchent le sol. Ma tête manque de frapper le dossier devant moi et nous ne pouvons plus rien voir par les hublots tellement le sable, la poussière et la latérite forment un nuage marron. Le coup de frein est lui aussi brutal et le roulage final très court. Des protestations ne se font pas attendre dans la carlingue.

- Putain, mais ils se sont crus au Space Mountain ces cons ?

- C'est bien beau de nous payer des cinq étoiles si c'est pour crever dans un crash le lendemain à cause de pilotes au rabais !

- Bordel, Rémy, quand je vais te croiser je vais te tirer ta barbichette jusqu'à ce que tu en pleures !

Les deux membres d'équipage nous saluent de façon presque militaire à la sortie de l'avion, apparemment contents de leur vol. Je me retiens de saisir le pilote par la cravate pour lui montrer que moi aussi je peux lui donner des sensations fortes. En y regardant de plus près, je pourrais seulement voir les dollars défiler dans leurs yeux à la manière des machines à sous de casinos. Le choc thermique est encore une fois brutal, car après l'abri climatisé de la carlingue, le soleil reprend immédiatement ses droits et l'on approche déjà les quarante degrés. Je chausse immédiatement mes lunettes de soleil et mes yeux cherchent le terminal. Le seul bâtiment proche que j'aperçois sur le côté est une espèce de hutte sombre géante marquée d'un vieux logo d'Air Niger. Nous nous dirigeons donc naturellement vers la bâtisse, mais lorsque l'on passe la porte, personne ne se trouve à l'intérieur. Au moins, nous y rencontrons de l'ombre. Un panneau d'information indique un numéro de téléphone afin de contacter le site minier. De petites affichettes donnent les adresses et numéros des quelques hôtels d'Arlit ainsi que le téléphone d'un taxi. À en juger par la couleur jaunie du papier, il y a longtemps qu'elles ont été déposées là et la plupart des numéros doivent à présent sonner dans le vide. Un vieux comptoir circulaire trône au milieu de la hutte, mais la quantité de poussière qui le recouvre indique que lui aussi n'a pas dû servir depuis des lustres. De vieux câbles électriques sortent des murs, mais ne sont plus reliés à aucun ordinateur. Les gens qui viennent ici sont attendus ou savent très bien où ils vont, le tourisme n'a plus sa place.

Nous ressortons de l'autre côté, face à ce que l'on pourrait appeler une "grand-rue" et une seule voiture se trouve sur le semblant de parking. Un homme plutôt âgé, je dirais soixante-dix ans à vue de nez, agite vers nous un gros carton sur lequel est grossièrement inscrit « Flouxis » au feutre noir épais. Nous comprenons qu'il s'agit d'Ibrahim, notre guide et échangeons un sourire avant de nous diriger vers lui. Visiblement, il nous attend et vient d'une façon chaleureuse à notre rencontre.

- *As-salâm Alàykum* !

La poignée de main est franche, la peau noire est craquelée et tannée par le soleil. Les yeux sont sombres et profonds, pleins de dynamisme et d'intelligence. Une barbe poivre et sel très clairsemée tente sans réel succès de recouvrir ses joues. Seul le bouc est plus fourni et descend un peu sous le menton. Son crâne quasiment chauve est couvert d'un *kufi* beige, une des coiffures de prière musulmane. De plus près, il paraît dix ans de moins. En haut, il porte un boubou jaune, qu'il a enfilé par-dessus sa chemise, jaune elle aussi. Pour compléter la panoplie, son pantalon de coton est de la même couleur. J'étouffe un rire en pensant à un gros poussin avec une tête noire. Son regard malicieux et jovial embrasse tout le groupe, mais se pose finalement sur Giles, le plus vieux d'entre nous.

- J'espère que vous avez fait bon voyage.

- C'était un peu agité, mais pas désagréable merci.

- Je suis désolé, ma voiture est un peu petite, il va falloir vous serrer. Mais ma maison n'est pas loin.

L'embarquement dans le Land Cruiser d'Ibrahim ressemble à une partie de *Tétris*, Mohamed et Christophe occupant le coffre en s'asseyant sur nos sacs au vu de leurs gabarits moins imposants. La Toyota n'est pas une petite voiture, mais il s'agit d'une version cinq portes avec cabine et non d'un pick-up et nous sommes quatre à dépasser les quatre-vingts kilos, plus nos six sacs de voyage qui prennent une place non négligeable. Le voyage se fait dans un silence un peu gêné, imposé tant par la politesse que par l'exiguïté de l'habitacle. Les têtes de nos deux compères dans le coffre sont enfoncées dans le capiton du toit, les trois autres à l'arrière partagent l'odeur forte de leur sueur et je suis le seul, assis à l'avant grâce à mon gabarit plus important, à bénéficier d'un minimum de confort, seuls mes genoux étant profondément enfoncés dans la boite à gant, le siège avancé au maximum pour laisser un peu de place à l'arrière. Heureusement, notre guide a raison et sa maison ne se trouve qu'à dix minutes de l'aérodrome. Nous débarquons devant une grande battisse à deux étages, la seule de ce côté de la rue, en bordure d'Arlit, dans le quartier *Boukoki*, qui veut dire "paillote" en langue Haoussa, seconde communauté de la ville après les Touaregs. L'endroit semble parfait, à peine isolé, avec des axes de vues dégagées grâce, entre autres, à la grande place accueillant un puits de pompage sur la façade avant. La maison semble suffisamment importante pour nous accueillir. Nous ne comptions pas tenir un siège depuis la villa d'Ibrahim, mais les mesures basiques de sécurité nécessitent de pouvoir vérifier que nous ne faisons pas l'objet d'une surveillance.

La demeure de type quasiment européen d'Ibrahim paraît bien trop luxueuse pour sa petite retraite de taxi. Petit jardin faisant le tour de la maison ceinte d'un muret de clôture, un grand salon, cuisine, quatre chambres alors qu'il n'y a plus d'enfants au domicile, une décoration plus chargée que ce à quoi l'on pourrait s'attendre dans cette partie du Niger ; soit Ibrahim faisait beaucoup d'heures supplémentaires pour la DGSE, soit il avait une autre source de revenus. Il faudrait se renseigner pour ne pas avoir de mauvaises surprises. Ça me dérangeait moyennement si Ibrahim avait d'autres activités moins honnêtes, mais on ne pouvait pas jouer sur notre sécurité ni celle de la mission. Les doubles jeux sont aussi moins fréquents que dans les romans d'espionnage, mais notre dernière mission nous avait prouvé qu'ils étaient toujours possibles.

Pas vraiment de visite de la part de notre guide qui nous fait traverser rapidement le hall d'entrée pour accéder aux escaliers menant aux niveaux supérieurs.

- Suivez-moi, les chambres sont par là, vous pourrez déposer vos affaires et vous installer confortablement.

Nous décidons d'occuper les deux chambres du dernier étage et de nous serrer un peu. De toute façon, nous ne devons rester que deux nuits. En plus des lits, de styles européens eux aussi, chaque chambre est remplie de coussins richement brodés et de poufs en peau de vache ou de dromadaire, spécialités de l'artisanat touareg, le tout posé sur d'épais tapis. Ça va être du camping de luxe. Après avoir chaleureusement remercié Ibrahim pour son hospitalité, Mohamed prend soin d'occulter les fenêtres tout en ménageant des orifices pour l'observation. Giles s'occupe de noter minutieusement les marques et immatriculations des véhicules présents dans le quartier, ainsi qu'une description précise des passants, chose facile vu le soleil plombant décourageant les déplacements à cette heure. Le tour de garde est mis en place et nous laissons volontairement traîner nos guides techniques et des prospectus de Fluxis au cas ou un contrôle aurait lieu sur la maison. Cela permettrait au moins à la famille de jouer le rôle d'innocents bernés par de vils Européens.

Aux alentours de 13 h, Ibrahim nous fait descendre pour le repas. Une puissante odeur de mouton flotte dans l'air depuis plus d'une heure et j'ai l'estomac qui est pris de crampes. Il était temps que l'heure arrive, j'étais à deux doigts de m'ouvrir une barre hyper protéinée. Nous faisons un passage par le salon où tous les meubles sont en bois, mais paraissent de bonnes factures, richement décorés. Sur l'un d'eux, les photos des six enfants qu'a eus notre hôte. Aucun n'habite plus ici de toute évidence et je me fais la remarque que nous n'avons pas encore vu sa femme, même si les bruits sortant de la cuisine indiquent qu'elle s'y trouve. Comme les chambres, le sol de la salle à manger est entièrement recouvert de tapis colorés se chevauchant les uns les autres. J'ai un geste de recul et m'apprête à faire descendre la fermeture éclair de mes bottes, mais Ibrahim me tape dans le dos avec un sourire et un signe de la main m'encourageant à avancer malgré mes chaussures.

- Allez-y, allez-y, asseyez-vous, le repas va arriver.

- Cela ne nous dérange pas Ibrahim, nous avons pour habitude de nous plier aux us et coutumes de nos hôtes.

- Non non, vraiment il n'y a pas de soucis.

Mohamed me tapote l'épaule et me glisse à l'oreille.

- Tu ne comprends pas qu'il craint plus l'odeur de tes pieds que la colère de sa femme.

- Va te faire mettre petit con !

Ibrahim entre et prend place à son tour puis lance une phrase dans son dialecte. Sa femme apparaît, vêtue entièrement d'un boubou vert clair montant jusqu'à ses cheveux où il sert également de foulard. Elle ne porte pas le voile intégral à la manière de certains pays plus intégristes et nous apprendrons dans la conversation que l'Islam pratiqué par les Touaregs est plutôt libertaire. Les femmes ne sont pas obligées de se voiler et l'homme peut prendre plusieurs épouses avec le consentement des autres. L'épouse d'Ibrahim semble avoir une dizaine d'années de moins que son mari et son visage, malgré le poids des ans et des enfants passés, me fait penser qu'elle devait être belle il y a trente ans. Elle porte un grand plat presque trop lourd pour elle et Christophe se retient de se lever pour l'aider, encouragé par un regard de Mohamed ; pas question de créer un incident « diplomatique » avec notre hôte. Une fois le repas posé sur la grande table, la femme s'éclipse de nouveau dans sa cuisine sans un regard pour nous.

- C'est du mouton targui, c'est une spécialité touarègue. C'est très très bon !

Nous plongeons tour à tour avec bonheur nos mains dans le plat de ragoût et de semoule pour nous servir.

- Ibrahim, tu féliciteras ton épouse pour ses talents de cuisinière.

- Oh ! Ce n'est rien, elle n'a plus l'occasion de beaucoup faire à manger depuis que les enfants ne sont plus là. Et nous recevons peu à la maison. Lorsqu'il y a des repas de famille, toutes les femmes se rassemblent pour les préparatifs, elles adorent cuisiner et passer du temps entre elles.

Le repas se termine sur des échanges comparatifs de nos cultures et des banalités, personne n'osant évoquer le sujet de la mission au risque de briser la convivialité du moment.

Nous passons l'après-midi dans nos chambres, tant pour surveiller la rue que pour laisser à Ibrahim et son épouse un semblant d'intimité et de vie de famille. Nous sommes heureux de nous trouver dans une construction moderne et non dans une hutte en pisé, car la température extérieure est subitement montée de plusieurs degrés encore. Une certaine léthargie s'empare de l'équipe, assommée par l'inactivité. Je m'imprègne encore une fois des notes relevées dans le dossier de mission. Si quelqu'un tombait sur mon calepin ou si je me faisais prendre, il aurait été impossible de déchiffrer mes hiéroglyphes personnels. J'ai une façon très particulière de coder mes notes et de réaliser mes abréviations. Presque tout y est, cartes du Mali et du Niger avec les distances entre les principaux points particuliers, résumés sur les différentes factions terroristes ou touarègues, leaders politiques. Nous sommes tous surpris de recevoir un coup de fil de Rémy directement au domicile de notre hôte. Nous laissons Mohamed en surveillance dans les chambres et descendons tous suivre la conversation. Peter aborde à demi-mot la possibilité de double jeu d'Ibrahim, mais notre officier de liaison nous affirme son total dévouement.

- Ne vous inquiétez pas. Ibrahim donnerait presque sa vie pour se venger des djihadistes. Ils lui ont pris une partie de sa vie, il ne l'oubliera jamais.

Sans entrer plus dans les détails, il nous confirme également que la mission est lancée et en bonne voie. Les hommes du 13e Régiment de Dragons Parachutistes sont toujours en surveillance et notre future cible n'a pas bougé même s'il n'y a eu aucune identification positive formelle de visages connus.

- Ce sera notre dernier contact jusqu'à votre retour en France, sauf cas de force majeure comme d'habitude.

Nous rejoignons Moh, mais sans surprises, aucun élément particulier ne s'est manifesté.

- Y'a personne dans ce trou à rats, c'est pas possible !

- Ils ont vu ta tête à l'aéroport, la rumeur s'est répandue que tu étais en ville, tout le monde se cache.

En effet, dehors la rue est déserte, Arlit semble vivre au ralenti. Il reste bien quelques Européens travaillant toujours sur le site minier et faisant vivre les commerces locaux, mais l'attaque de 2010 les a rendus beaucoup plus prudents et les courses ou les sorties se font désormais en groupe, de façon organisée et les étrangers ne se promènent plus librement dans les rues de la ville jusque tard le soir, les enfants européens ne jouent plus dans les rues à la sortie des écoles.

Peter en profite pour réviser encore et encore ses procédures transmissions, mémoriser les numéros de téléphones satellitaires et les points GPS des différents contacts et points particuliers, comme les puits du nord-est du Mali ou les oasis les plus connues. Dans un coin, Romuald et Christophe échangent une fois de plus leurs expériences sur le tir en condition désertique. Je prends pour ma part la surveillance d'une des fenêtres et laisse la seconde à Mohamed qui commence à trouver le temps long.

Ibrahim nous fait descendre en fin d'après-midi pour nous offrir du thé et nous arrivons à briser un peu la glace autour de la table. Mohamed prend la discussion à son compte, mêlant le français à quelques notions d'arabe pour tisser un lien et délier la langue du Nigérien. Nous apprenons que le couple a perdu deux enfants, le premier en bas âge et le second il y a quelques années. Même s'il n'entre pas dans les détails, Ibrahim nous avoue avoir touché une très grosse somme d'argent de la part du gouvernement de son pays à la mort de son fils en 2010, ce qui lui a permis à l'époque de se faire construire cette villa plutôt luxueuse selon les critères nigériens. C'est à partir de ce moment-là qu'il a commencé à travailler pour la Direction. Il occupait auparavant une maison de pierre et de terre plus au centre du village, les villas étant réservées aux étrangers travaillant sur le site d'Aréva et ayant des salaires importants. Après le maire d'Arlit, la famille d'Ibrahim fut la seule famille nigérienne à pouvoir s'offrir une telle maison contemporaine. À présent, les enfants restants étaient tous partis à Niamey, la capitale, pour travailler ou finir leurs études et le couple n'allait pas tarder à les rejoindre, une fois le paiement des services français pour cette dernière mission effectuée. Ils pourraient y couler une retraite paisible et attendre l'arrivée de futurs petits-enfants.

Mis à part l'absence de barbe, Amadou est un copier-coller de son frère, avec quelques années de moins. On retrouve la même intelligence dans le regard et son corps semble encore plus dynamique. Les présentations sont chaleureuses, le frère cadet ayant plus l'habitude de fréquenter et de travailler avec des Occidentaux. D'ailleurs, son accent français est impeccable et sa tenue vestimentaire très « moderne », jean, baskets et chemisette à fleurs colorées. On pourrait le confondre avec *Huggy les Bons Tuyaux* de la vieille série américaine *Starsky et Hutch.*

Amadou a passé trente ans de sa vie à conduire des touristes dans le désert. Il connaît tous les recoins du Mali, du Niger et même d'une partie classée réserve naturelle au nord du Burkina Faso appelée Réserve du Sahel. C'est aussi un pilote incroyable si l'on écoute Ibrahim qui ne tarit pas déloges sur les qualités de son frère. Ce dernier connaîtrait toutes les pistes caravanières ancestrales toujours praticables dans un rayon de deux mille kilomètres et serait aussi capable de naviguer en se repérant à la voûte céleste. Les voies de communication du Sahel existent depuis la nuit des temps, elles ont tout d'abord servi au commerce et sont toujours utilisées de nos jours pour la contrebande d'armes, de drogues et pour le trafic d'êtres humains. Nous aurons certainement bien besoin des talents d'Amadou, même si les GPS et les véhicules modernes facilitent les choses. D'ailleurs, le guide s'est mis au goût du jour. Il est arrivé à bord d'un Toyota Hilux quasiment neuf et Ibrahim irait chercher un Land Cruiser plus moderne que le sien et en version pick-up le lendemain matin. De quoi transporter plus confortablement tout le monde ainsi que l'équipement.

Le repas du soir se fait dans une ambiance très détendue, Amadou nous régalant de ses imitations de François Mitterrand et de Jacques Chirac, avec un accent africain surjoué rendant la représentation encore plus hilarante. Le guide a une grande admiration pour la France et l'on sent en lui de la tristesse quand il parle de l'avènement des groupes islamistes dans la région.

- Ils ont tué mon travail et beaucoup de gens proches, souvent même des musulmans.

Je sais que beaucoup de gens n'apprécient pas les groupes armés terroristes.

- Sans compter que certains combattants sont des étrangers qui ne sont pas originaires du coin ?

Ibrahim préfère abréger cette conversation avec une dernière pique et regard lourd de sous-entendus pour son frère.

- Tout à fait. Et ces gens-là ne pratiquent pas l'Islam du Prophète. Ils seront durement châtiés à leur tour au moment du jugement *Inch'Allah* !

Nous comprenons qu'un drame a marqué cette famille, qu'il y a certainement une implication religieuse là-dessous, mais personne parmi nous ne relève le sujet. Nous terminons le repas en évoquant les derniers détails techniques, surtout la logistique et le logement lorsque nous serons sur Agadez. Visiblement, les deux frères ont tout prévu avant notre arrivée et je devine sans trop de difficultés la patte de Rémy là-dessous.

La livraison du second véhicule devant se faire à 4 h 30 le lendemain, avant le lever du soleil, nous décidons de ne pas nous attarder à table et regagnons nos chambres après avoir chaleureusement remercié les deux frères et en demandant à Ibrahim de féliciter une nouvelle fois son épouse pour nous. C'est assez déstabilisant de ne pas avoir plus de contact avec la maîtresse de maison en sachant le surplus de travail que doivent lui amener six gaillards qui sont loin d'être au régime. Nous faisons un cercle afin de synchroniser nos montres. Sachant que la journée du lendemain serait relativement calme, nous n'établissons pas de tour de garde fixe et je prends le premier quart. J'ai une bonne résistance au sommeil et j'adore ces moments où je me retrouve seul avec moi-même. J'aime travailler en équipe, mais je reste au fond de moi un solitaire.

Je réveille Giles vers 3 h 30, l'observation de la rue déserte et sans éclairage a eu raison de ma motivation. Je reçois du coup une rafale d'injures de la part du groupe qui doit se lever une demi-heure plus tard et n'apprécie pas mon manque de discrétion.

Je me réveille en sursaut, le silence de la pièce ayant fait résonner une alarme inconsciente dans mon cerveau. Plus personne, les rayons du soleil me brûlent déjà les yeux à travers les fenêtres. Je jette un coup d'œil à ma G-Shock, il est un peu plus de 8 h. Je saute dans mes bottes, enfile un t-shirt et me précipite dans la salle à manger du rez-de-chaussée. À part Romuald qui monte la garde au second étage, tout le monde est là et ils se mettent à rire en voyant ma mine ahurie.

- Il a fait un gros dodo le nounours ?

Toujours l'humour de Mohamed qui prenait le dessus. Mon cœur bat à deux cents vingt pulsations par minutes.

- Putain, j'ai cru que vous étiez partis sans moi.

- On n'avait pas besoin de toi pour récupérer la bagnole. Comme quoi on n'est pas rancuniers malgré le bordel que t'as mis cette nuit !

- La prochaine fois, je vous réveillerai après une heure de garde ! Ça s'est passé comment ?

Peter me fait un récit rapide.

- Tranquille. Le Land n'est pas neuf, mais il a l'air bien entretenu. Amadou l'a loué à l'un de ses anciens collaborateurs qui organisait des raids pour les touristes dans le désert. C'est un véhicule solide, ce sera parfait. Par contre, la rencontre était singulière.

Et visiblement, l'ambiance avait plu à Moh.

- Ouais, on se serait cru dans un film d'espionnage, petite transaction de nuit dans un coin paumé du désert.

- Ça m'a l'air d'être un sacré débrouillard ce gars, on va en avoir bien besoin. Vous avez fait quoi de la caisse ?

- On l'a mis sous bâche derrière la villa. On charge dès que la nuit tombe, on prend une collation et l'on décolle. Départ maxi 22 h selon Amadou. Les deux frères sont partis en centre-ville faire des provisions, remplir les jerrycans d'eau, faire les pleins d'essence et se procurer le nécessaire pour se désensabler et éventuellement se remorquer en cas de panne.

CHAPITRE 6

L'éclairage du GPS donne une lueur blafarde à l'intérieur de la cabine du Land Cruiser. De l'extérieur, nous devons avoir l'allure de fantômes aux reflets verts. Depuis que nous sommes sortis d'Arlit, la nuit noire nous a rendus quasiment aveugles. Le faisceau réduit des feux de route a du mal à transpercer l'obscurité du désert. L'éclairage public était déjà très limité en ville et ce soir, nous ne pourrons pas compter sur celui de la lune pour au moins apercevoir les collines autour de nous. Bien sûr, nous aurions préféré rouler tous feux éteints avec nos JVN sur la tête, mais nos chauffeurs ne sont pas formés à ce genre de conduite et nous n'avons pas le temps de leur faire une formation accélérée ni d'attendre qu'ils s'acclimatent à l'équipement. La seule chose que nous avions pu faire pour limiter les risques de repérage avait été de limiter l'illumination des feux avant et arrières en plaçant des morceaux de scotchs noirs sur les bords des optiques, ne laissant qu'une mince fente brillante pour éclairage.

Le silence est complet, mis à part quelques grognements lorsque nous devons nous accrocher pour éviter que nos têtes aillent frapper les vitres ou le pare-brise suite à un nid de poule ou une caillasse trop importante. La DDE nigérienne a oublié cette partie du désert depuis longtemps. La tension monte doucement et nos chauffeurs sont extrêmement concentrés sur leur conduite dans ces conditions difficiles.

Amadou a pris la tête à bord du Hilux, avec Giles, Peter et Christophe, les trois plus âgés. L'Africain a insisté pour ne pas allumer le GPS dans son véhicule, nous assurant qu'il connaît parfaitement le terrain et ne veut pas être distrait. Pour ma part, Ibrahim n'avait rien eu contre et la confiance n'excluant pas le contrôle, cela me rassure de voir les chiffres des coordonnées s'égrainer alors que l'écran n'affiche rien d'autre, pas de route, de piste, de relief. Giles s'était assuré d'avoir la dernière mise à jour du logiciel disponible, mais ce coin du monde ne devait pas représenter un marché très important pour le fabricant. Comme si la nuit ne suffisait pas, le Toyota devant nous soulève un tel nuage de poussière que l'on n'y voit pas à dix mètres et que l'on ne peut pas ouvrir les fenêtres pour chasser l'odeur de transpiration qui commence à monter dans l'habitacle. Ma barbe commence aussi à me gratter de plus en plus. Je l'entretiens habituellement pour qu'elle ne soit pas trop longue, mais là elle commence à être de plus en plus broussailleuse et l'épiderme de mes joues et de mon cou à du mal à s'y habituer. Je ne vois les feux arrière du Hilux que par intermittence et nos coups de frein sont brusques quand les feux-stops d'Amadou nous surprennent au détour d'un virage ou derrière une saillie rocheuse. Par réflexe, de temps en temps, je lance la main vers le poste radio pour tenter d'écouter un peu de musique, mais ne reçois que des grésillements. J'aperçois un sourire sur le visage de mon pilote qui n'ose pas me dire que mes tentatives ne donneront rien. J'aurais même apprécié de la musique traditionnelle touarègue ou les infos locales avec un accent de blédard, seulement pour me changer un peu les idées.

Malgré un lourd chargement à base de jerrycan de vingt litres de gazole et de roues de secours, nos 4x4 maintiennent une belle allure. Il n'y a pas vraiment de route qui relient Arlit à la frontière malienne, mais une piste suffisamment propre sur quasiment deux cents kilomètres. Un détour par la ville d'Assamaka aurait été possible en tirant par la piste qui sort d'Arlit directement au nord, puis en longeant la frontière algérienne plein ouest. Seulement un projet d'aménagement d'autoroute transsaharienne est en cours de réalisation sur ce tronçon et nous ne voulons pas manquer de discrétion en croisant tout un tas d'ingénieurs et de contremaîtres. Du coup, nous filons en azimut brutal vers l'ouest. Notre seul repère de civilisation est la traversée de la route d'Assamaka qui relie le milieu du Niger à l'Algérie sur un axe sud-nord direct.

Après deux heures de roulage épuisant, Amadou quitte la trace et prend la direction du nord-ouest. Le rendez-vous est fixé à 1 h dans la région dite des trois frontières, une cinquantaine de kilomètres en dessous de la frontière algérienne, mais toujours en territoire Nigérien. Les hélicoptères doivent arriver du nord, des environs de Tamanrasset, car le nord-est du Mali est peu sûr, trop de djihadistes bien armés grouillent dans la région. D'après les services de renseignements, ils disposent notamment de missiles sol-air SA-7 de fabrication russe et même quelques exemplaires de sa version modernisée, le SA-24, récupérés sur des stocks de la défunte armée libyenne et capable d'engager un aéronef à plus de cinq kilomètres. L'armée algérienne a donné à l'aviation française son accord pour le survol de son territoire depuis le tout début de l'opération Serval, mais elle n'est pas au courant des motifs de cette mission. Du moins, pas de la version réelle.

Quelques minutes avant l'heure prévue, Amadou stoppe son véhicule pile à l'endroit où mon GPS indique les bonnes coordonnées. Ce gars a définitivement gagné mon respect. Même si nous ne sommes pas encore armés, nous sautons tous hors des cabines et nous plaçons de façon à avoir un visuel à trois cent soixante degrés autour de notre point de rendez-vous. Nous sommes sur un site très légèrement surélevé et à cet endroit les lumières de la lune et des étoiles permettent de discerner les mouvements de terrain. Les premières dunes de sable se trouvent à plusieurs centaines de mètres et nous n'aurions aucun mal à repérer un véhicule en approche voire un petit groupe d'hommes, même s'ils se déplaçaient de façon très discrète. Faute de pouvoir engager le combat, nous pourrions au moins prendre rapidement la fuite.

Le silence est total, même pas un brin de simoun, vent chaud et violent venant de l'est, ou du célèbre sirocco, qui tourbillonne du nord-ouest au nord-est, pour troubler la quiétude des lieux. Peter sort une petite lampe de poche noire, le genre d'outil que l'on peut trouver dans n'importe quel magasin de fourniture pour militaires ou aventuriers et y fixe dessus un petit disque rouge. Ce filtre infrarouge permettra au pilote de repérer le signal lumineux en gardant ses Jumelles de Vision Nocturne. Dans cette atmosphère le bruit caractéristique des rotors est donc très rapidement audible et tout le monde baisse la tête en remontant son chèche sur son nez lorsque, sortis de nulle part, un Couguar et une Gazelle font route directement sur nous. La grande ombre noire du Couguar vient se poser sous notre regard. Contrairement aux pilotes qui ont une excellente visibilité, nous ne sommes pas équipés de JVN. Le sable nous fouette le visage et nous sommes heureux de voir la Gazelle se mettre en stationnaire un peu plus loin alors que l'hélicoptère de transport stoppe ses hélices. Quatre soldats, certainement des opérateurs du Commando Parachutiste de l'Air numéro 10, sautent au bas de l'hélicoptère par la porte latérale droite, celle opposée étant occupée par le servant d'une mitrailleuse de sabord Browning de 12,7mm. Ils s'écartent d'une dizaine de mètres et forment à leur tour, sans bruit, une bulle de protection autour de l'appareil.

Peter, ancien de l'unité d'élite de l'armée de l'air, s'approche et échange quelques mots avec l'un des hommes armés qui lui fait un signe vers l'intérieur de la carlingue. Peter s'est complètement enturbanné afin de ne pas dévoiler son visage qui pourrait être reconnu si jamais un de ses anciens coéquipiers fait partie de l'équipe du jour. Le vétéran a bien quelques cheveux blancs de plus depuis qu'il a quitté la base d'Orléans-Bricy, berceau de l'unité, mais nul doute que ses traits soient vite identifiables par un opérateur aguerri aux opérations spéciales. Le chef de soute, invisible d'où je me trouve, attend dans la caisse devant plusieurs gros paquets contenant toutes nos affaires. Les militaires élargissent encore leur périmètre et passent devant nous, leurs visages cachés sous leurs casques légers et des cagoules. Nous pouvons alors rejoindre Peter et commencer une chaîne pour le déchargement de l'hélicoptère. Le chef de soute me tend un gros sac lourd.

- Prenez d'abord celui-là, ce sont les armes. On ne peut pas rester, donc vous vous équipez rapidement et vous assurez votre propre protection.

J'acquiesce d'un signe de tête et il me tend un second sac, plus petit.

- Ça, c'est l'informatique, toutes les informations pratiques pour la suite se trouvent dans l'ordinateur.

Je n'ai même pas le temps de le remercier qu'il part déjà vers le fond de la carlingue en parlant dans son micro de casque. Je passe les fardeaux à Peter en même temps que les instructions à répercuter.

Mohamed et Christophe, en fond de chaîne, s'arrachent les sacs des mains et se mettent à farfouiller dedans. Ils en sortent deux fusils d'assaut Heckler und Koch 417, engagent un chargeur chacun et vont se poster genoux au sol près des hommes du CPA. L'un au nez de l'hélicoptère, l'autre en arrière de la poutre de queue. Sans un mot ni un signe, les militaires se redressent et font marche arrière vers l'appareil, leurs armes toujours braquées vers le néant.

À peine sont-ils à l'intérieur que les portes coulissantes se ferment et que les turbines se remettent à siffler. Nous transportons les sacs restant en courant vers les pick-up et nous mettons à l'abri pendant le décollage. Mohamed et Christophe, les seuls restés en protection, sont criblés de mitrailles rocheuses et fouettés par une nouvelle tempête de sable. Les deux aéronefs s'éloignent rapidement, disparaissant de nos vues, ne laissant qu'un lointain bourdonnement s'amenuiser jusqu'au silence total.

Amadou nous a éloigné de quelques kilomètres afin que nous ne soyons pas surpris par une patrouille de gardes frontières Nigériens attirée par le bruit ou la lumière voire même par un groupe de djihadistes en chasse, toujours à la recherche d'un butin de circonstance. Nous sommes très proches de la démarcation des frontières et un amas de gros rochers nous permettra de prendre quelques heures de repos avant de passer au Mali au petit matin. Encore une fois, tels les pionniers du Far West prêts à être assaillis par des Peaux-Rouges, nous établissons un cercle afin de couvrir tous les axes d'attaques possibles.

Chacun ouvre son sac numéroté et revêt une veste camouflée désert. Ce n'est pas une tenue officielle française, plutôt le genre de camouflage que l'on peut trouver dans n'importe quel surplus bien achalandé, la qualité en plus. Nous avons chacun un gilet tactique, mais malheureusement pas de casque. Bien sûr, je ne l'aurais pas porté en permanence, par souci de discrétion et de confort, mais cela m'aurait rassuré de l'avoir à mes côtés en cas de coup dur. Des plaques de protection au standard NIJ 3A sont insérées dans chaque gilet. Cela signifie que nous serons en mesure d'être impactés par toutes les munitions d'armes de poing sans trop de dégâts. Nous aurons par contre peu de chances face aux fusils d'assauts habituellement aux mains des terroristes. Rien que le gilet pèse plus de quatre kilos. L'éternel dilemme entre protection, confort et manœuvrabilité. Personne n'est obligé de porter tout l'équipement qui nous est livré, mais je m'aperçois que tout le monde enfile son gilet sans rechigner. Nous sommes tous suffisamment expérimentés pour savoir que la chance, même si elle tient une place importante dans notre métier, ne peut pas toujours être de notre côté. Je découvre avec satisfaction que Rémi a pensé à nous fournir des lunettes balistiques Oakley. Plus encore que la relative protection contre les tirs et les éclats, elles trouveront certainement toute leur efficacité contre le sable du désert. Enfin, pour terminer de nous alourdir, mais équipement néanmoins indispensable, je passe une chest-rig de la marque Condor, dans laquelle je peux caser mes six chargeurs de fusil d'assaut, mon pistolet et ses quatre chargeurs dédiés. Cela fait un peu doublon avec le gilet tactique, mais la capacité d'emport de munitions est plus importante. Nous nous aidons mutuellement à ajuster tout le matériel, inutile de se retrouver en pleine fusillade avec une bretelle qui lâche ou un chargeur qui tombe au sol de son rangement.

Je me saisis d'un HK et de quelques grenades puis me rapproche de Christophe avec un sourire moqueur.

- Ça fait quoi de porter une arme plus grosse que toi ?

Le fusil de sniping lourd Barrett mesure plus d'un mètre dix pour environ douze kilos en ordre de combat. J'ai la sensation que notre tireur d'élite ne sera pas capable de le soulever.

- C'est un fusil pour les vrais hommes mon grand, tu peux pas comprendre.

Mon sourire se transforme en fou rire alors que je place mon avant-bras sur le sommet du crâne de mon équipier. J'évite son coup de poing lancé en direction de mes parties génitales et repars en courant reprendre ma position.

- Tu continueras de me parler quand tu auras fini ta croissance petit homme !

Une petite pierre siffle à mes oreilles sans m'atteindre. Je ne prends même pas la peine de regarder Christophe pour lui lancer ma dernière pique.

- Si tu tires aussi bien avec ton flingue, on est dans de beaux draps...

De retour derrière mon rocher, je sors le carnet de notes où se trouvent les réglages que j'ai enregistrés en France sur le HK 417. Je remets ma hausse tambour et les réglages de mon œilleton à zéro et les ajuste du nombre de clics nécessaires. En temps normal, j'aurais eu besoin d'un tir de confirmation, mais impossible ce coup-ci. L'épreuve du feu serait seule juge et il me faudrait rapidement effectuer un report de tir en cas d'erreur flagrante. Très compliqué sous stress en condition de combat.

Nous nous réveillons tôt afin de profiter un peu de la fraîcheur du matin pour rouler, mais ayant eu la chance de ne pas avoir de tour de garde à prendre cette nuit, je me sens en pleine forme. Chacun fait le plein de chargeurs et de grenades et l'on se répartit dans les véhicules. Peter ne va pas être à la fête, car en tant que possesseur du seul lance-grenade, il va devoir passer la journée debout derrière la cabine, dans la benne du pick-up de tête, afin de pouvoir engager tout véhicule hostile qui pourrait se mettre en travers de notre route. Il allait cuire sans pouvoir profiter de la climatisation et récupère donc une plus grande quantité d'eau, malheureusement déjà chaude. Nous tentons de lui fabriquer une tente sommaire en tendant une bâche au-dessus de sa tête, maigre protection contre le soleil plombant qui ne va pas tarder à l'assaillir.

Quelques dattes et amendes plus tard, notre petit convoi repart vers l'ouest. La poussière est un peu fixée au sol et nous pouvons ouvrir les fenêtres des véhicules, au moins pendant la première demi-heure. Le rendez-vous avec les gars du 13e RDP qui surveillent notre groupe de terroristes est prévu pour ce soir ou cette nuit. Nous n'aurons pas le temps de faire du tourisme, il faudra rouler toute la journée.

Nous faisons une pause en milieu de mâtinée et nous rassemblons autour du capot-moteur du Hilux. Peter a allumé son micro-ordinateur durci CF-18. Ce portable, à l'origine créé pour les militaires des forces spéciales et aujourd'hui disponible sur le marché civil. Il est capable de fonctionner même dans une tempête de sable ou après avoir fait une chute d'un véhicule lancé à pleine vitesse. Un outil idéal pour les conditions que nous rencontrons, utilisé depuis plusieurs années avec beaucoup de réussite et qui permet à l'ancien sous-officier, rôdé depuis longtemps à son utilisation, de faire un point GPS tout en ouvrant le fichier contenant les coordonnées téléphoniques de l'équipe des Dragons en planque. Il dicte le numéro à Giles qui appelle immédiatement.

- Salut, c'est la relève !

Sans un mot de plus, l'ancien Commandant note des coordonnées GPS et raccroche.

- Pas très bavard le Dragon comme animal !

- La culture du secret mon pote. Tes amis dans les hélicos n'étaient pas très bavards non plus hier soir.

- Ouais t'as raison. Si c'est pour dire des conneries, autant fermer sa gueule.

Il tend le papier à Peter qui intègre les chiffres dans sa machine. Ils correspondent aux quartiers nord de Kidal. Nous allons devoir parcourir environ deux cent cinquante kilomètres à travers le désert, sans aucune route en dur, seulement sur des pistes caravanières centenaires. L'allure moyenne sera d'environ vingt-cinq kilomètres/heure, suffisant pour être au point de rendez-vous dans les temps sans trop tirer sur les voitures et en limitant le risque de crevaison. Cela permettra aussi à Amadou de repérer un véhicule arrivant en face suffisamment à l'avance et essayer de nous dissimuler. Notre guide ouvre alors une grande carte et nous présente les points particuliers de notre progression pour la journée. Il nous désigne notamment une grande barrière rocheuse qui s'élève à l'est de Kidal et que nous utiliserons pour nous planquer avant la tombée de la nuit si rien ne nous retarde trop.

La ville n'est pas sûre, même si elle est depuis peu contrôlée par le MNLA, le Mouvement National pour la Libération de l'Azawad. L'organisation politique, réclamant l'indépendance d'un état touareg dans le nord Mali, avait officiellement annoncé ne plus avoir de liens avec les groupements terroristes avec qui elle s'était alliée pour tenter d'investir le sud du pays. Le Mouvement est même un allié dorénavant affiché de la France et il coopère régulièrement avec nos soldats de l'opération Serval au Mali, en s'opposant violemment aux intégristes, notamment lors de la reprise des principales villes du nord. Dans cette zone de l'Afrique, les alliances se font et se défont. Une nouvelle mouvance a aussi vu le jour il y a peu, provoquée par des scissions au sein d'AQMI, qui se nomme le MUJAO, le Mouvement pour l'Unicité et le Djihad en Afrique de l'Ouest. On peut trouver également la branche dissidente du mouvement touareg ultra islamiste appelée Ansar Dine, qui enfanta elle-même du MIA, le Mouvement Islamique de l'Azawad. Bref, de quoi en perdre, son latin, son arabe et tout le reste.

Des troupes françaises et tchadiennes sont également basées en ville et un nombre important de sympathisants d'AQMI et d'Ansar, les deux mouvements salafistes, se trouvent toujours dissimulés dans la capitale régionale. Difficile de la traverser en plein jour, armés et en treillis camouflés. Nous savons que la DGSE compte aussi une antenne au sud de la ville depuis mi-février puisqu'il s'agit de l'un de nos PRU, mais impossible pour elle de nous fournir un appui matériel ou des renseignements, ses éléments devant garder leur profil le plus bas possible. De toute façon, ils sont déjà énormément occupés à trouver des cibles que le COS ou l'aviation iront frapper par la suite.

Amadou est vraiment un pilote extraordinaire et sa vision, digne d'un aigle royal. Il est capable de détecter le nuage de poussière provoqué par un engin à moteur suffisamment à l'avance pour nous permettre de sortir de la trace et de nous trouver un abri au milieu de nulle part en attendant que le véhicule nous dépasse. Impossible donc pour nous de savoir si nous avons croisé une patrouille française ou un convoi de combattants islamistes. Notre pilote de tête, toujours sans jeter un œil au GPS a réussi à éviter les villages d'Intadjetite puis de Tin-Essako, seules localités remarquables se trouvant sur notre itinéraire. Les quelques êtres vivants qu'Amadou nous permet de voir tout au long de la journée sont des ânes, des bœufs et des chèvres, parfois avec un berger, qui nous regardent passer comme les vaches regardent passer les trains en France. Les gens du désert semblent tous avoir une grande lassitude au fond du regard. Le regard des peuples habitués à voir couler l'Histoire devant leurs yeux sans jamais en être réellement acteurs et encore moins bénéficiaires.

Le premier pépin survient juste avant la pause déjeuner. Une grosse pierre déterrée par le 4x4 de tête vient déchirer le flanc de notre pneu avant droit, ce qui nous entraîne sur le bas côté où nous nous ensablons. Au moment où je descends, j'ai une pensée pour tous les concurrents de rallye-raids qui changent leurs pneumatiques et qui bricolent en permanence sous cette chaleur. Le dépannage nous prend une bonne demi-heure. Après avoir vidé la caisse de tous les équipements pour alléger au maximum la voiture, nous nous relayons toutes les deux minutes aux pelles afin de dégager l'espace nécessaire à la mise en place des plaques de désensablement. Les injures envers le matériel fusent de tous les côtés, je me retiens même de mettre un coup de pied dans la carrosserie lorsque mon pied glisse sur la barre de cric et que cette dernière vient percuter mon tibia.

- Putain de merde !

Pris d'un accès de colère, je saisis le morceau de fer et le jette derrière moi quelques mètres plus loin. Sans dire un mot, Ibrahim récupère gentiment la barre et prend ma place pour finir le serrage des écrous. Je me sens honteux d'avoir perdu le contrôle.

- Merci mon ami.

- C'est normal, la chaleur vous monte à la tête. C'est plus dur de réfléchir et de s'appliquer au travail.

Amadou fixe une corde qui me paraît trop fine aux deux 4x4 afin de tracter celui de son frère. Après deux tentatives infructueuses, la corde se tend au maximum de sa capacité et le Land Cruiser s'arrache péniblement de son piège. Comment une si petite quantité de sable peut-elle retenir un moteur de plus de 286 chevaux ? Toute l'équipe pousse un hourra de joie collective. Pour ne pas nous surcharger inutilement, nous décidons de laisser le pneu déchiré sur place. Amadou va tout de même enterrer la gomme éventrée à l'écart de la route afin de laisser le moins de traces possibles de notre passage. Autant pour l'écologie... Nous reprenons donc la route tous complètement trempés de sueur et je sens qu'une légère migraine me monte à la tête. J'avale un comprimé de paracétamol en pensant que je n'ai pas vu la moindre goutte de sueur perler sur le front de l'un de nos deux guides, impressionnant.

La zone est surveillée par l'aviation et les satellites français ; nous pourrions à tout moment avoir la visite d'un hélicoptère Tigre équipé de missiles antichars Hellfire ou pire, recevoir une bombe tirée d'un Mirage 2000 D que nous n'aurions même pas eu le temps d'entendre. L'aviation française ne frappe jamais une cible sans confirmation de son appartenance au camp opposé, mais des individus armés non identifiés sont un motif que je pense suffisant pour déclencher une attaque.

Dans sa caisse, Peter, inondé de transpiration, essaye autant que possible de joindre notre base de Cercottes avec son téléphone satellitaire pour signaler au maximum notre position. Afin de limiter un peu la consommation des batteries, il ne passe ses appels que toutes les demi-heures. Il faut ensuite que l'opérateur de notre centre près d'Orléans soit très réactif pour faire parvenir nos dernières coordonnées au PC de l'opération Serval à Bamako, donne un alibi justifiant la présence d'hommes armés et éviter ainsi une reconnaissance ou une attaque aérienne. L'Armée française utilise des brouilleurs pour les téléphones mobiles des djihadistes, mais les satellitaires sont laissés libres, ce qui permet également à la DGSE de les mettre sur écoute. Les seules oreilles indiscrètes qui auraient pu tomber sur la conversation sont celles de notre service.

À trois kilomètres à l'est de la ville s'élève le grand massif rocheux signalé par Amadou au milieu duquel coulent habituellement des rivières et des ruisseaux, asséchés en cette saison. La nuit tombant légèrement, nous nous enfonçons dans un dédale de pierres, en prenant garde de rester éloignés du cours principal du torrent qui doit servir de voie de communication de novembre à juin à croire les traces de pneus et de pas d'hommes et de bêtes dans le limon séché. Le silence est total, pas un chant d'oiseau, pas un glissement d'animal. Les énormes parois jettent sur nous une ombre menaçante et en même temps la vue est à couper le souffle, la pierre prenant une couleur bleu nuit et de minuscules cristaux de quartz la font scintiller comme une infinité de guirlandes électriques. Nous sommes transportés hors du temps en l'espace d'un instant.

Rapidement, nous nous restaurons à l'abri des rochers, hors de vue des pistes passant à proximité. Le fait de pouvoir respirer l'air frais et de ne plus entendre le ronronnement d'un moteur est extrêmement reposant. Nous quittons tous nos brêlages, pare-balles et vestes de treillis afin de faire un peu sécher la transpiration. Au menu ce soir du *kilichi*, de la viande de dromadaire séchée et présentée sous forme de lamelles, très riche en protéines. Je croque avec plaisir dans le morceau dur et un goût salé pas désagréable m'emplit le palais. Quelques tranches suffisent à me rassasier rapidement. J'ajoute à mon repas une barre énergétique puis me prépare un café. Deux sachets de nescafé soluble dans mon quart d'eau déjà chaude comme de la pisse et me voilà prêt à repartir.

Rhabillés, Mohamed et moi prenons à pied la tête du convoi,

avec une petite centaine de mètres d'avance. Tous les autres se tiennent debout dans les caisses des pick-up, surveillants les hauteurs et l'arrière, ne laissant que nos chauffeurs dans les cabines. Nous faisons une pause à chaque intersection afin de ne pas nous faire surprendre. L'obscurité se fait de plus en plus oppressante et nous décidons de ne pas utiliser les feux de nos véhicules pour des raisons évidentes de discrétion. Nous avons tous monté nos *Lucie* sur nos têtes sans casque et la faible image verte dans l'intensificateur fait monter notre niveau de stress. Les imposants murs rocheux s'élèvent si haut au-dessus de nous que la lumière résiduelle est insuffisante pour que l'optique OB70 fasse correctement son travail. L'appareil est parfait dans le désert, mais il montre là ses limites, il devient de plus en plus difficile d'apprécier correctement les distances.

Les moteurs des 4x4 ont beau tourner au ralenti, j'ai l'impression qu'ils font un bruit de tracteur au milieu des blocs de pierre hauts comme des immeubles de trois étages qui répercutent parfaitement tout écho. Nous progressons en boules de billard, les voitures attendant que nous ayons complètement reconnu un embranchement avant d'avancer depuis le précédent pour nous rejoindre, puis Moh et moi reprenons notre cheminement.

Après plus d'une demi-heure de marche au pas, n'ayant parcouru qu'environ huit cents mètres, dans un massif en mesurant le triple, mon regard est attiré par une lueur au loin, au détour d'un virage. Je lève la main gauche, poing fermé et instantanément derrière moi les moteurs s'arrêtent. Le vide se fait autour de moi, je me retrouve dans un univers où l'effet tunnel prend le dessus, je ne perçois plus que du vert devant mes yeux et le bruit de ma respiration qui s'est automatiquement accélérée. Je plante un genou au sol et essaye de focaliser mon ouïe vers la lueur qui se reflète sur la roche. Des sons de voix semblent me parvenir, mais impossible de dire s'ils sont réels ou si mon imagination me joue des tours. La transpiration coule de ma nuque vers le bas de mes reins. Je tape du poing sur mon crâne, signal habituellement convenu en langage gestuel militaire, sens immédiatement la présence de Mohamed à mes côtés et une double pression de sa main sur mon épaule droite. J'aurais pu murmurer dans mon laryngophone, mais la tension, ajoutée à un manque certain d'entraînement, fait que ma formation de base vieille de plus de dix ans et mes réflexes de combattant prennent le dessus sur ma technique de spécialiste. Je pointe l'index vers la source de lumière et Mohamed me répond avec une tape sur l'épaule. Son gabarit moins imposant lui permettra d'être plus discret et rapide que moi dans cette nécessaire reconnaissance. Nous ne pouvons pas nous permettre d'aller à l'affrontement sans avoir connaissance des forces en présence. Et peut-être ne s'agissait-il que de pauvres bergers venus se mettre à l'abri des tempêtes de sable. Si besoin, nous ferions demi-tour, mais pas question de provoquer un déluge de feu qui attirerait tous les djihadistes du coin et pourrait s'entendre jusqu'à Kidal, à cinq kilomètres de distance. Nous avions bien des réducteurs de son, mais sûrement pas ceux d'en face.

Mohamed quitte sa *Lucie* qui risquerait de perturber son appréciation des distances très rapprochées. Il sort un tube de crème de camouflage et s'applique du noir sur toutes les parties en relief de son visage, front, nez, pommettes. Inutile de faire plus, sa barbe brune naissante recouvre le reste. Il dépose son gilet tactique et son fusil d'assaut près de moi, préférant voyager léger et limitant le risque de bruit parasite pouvant autant trahir sa présence que gêner son audition. Je lui tends tout de même son fusil, mais il le refuse d'un signe de tête, ne gardant que son pistolet semi-automatique fixé à son étui de cuisse, maigre consolation en cas de rencontre subite à courte portée.

Je vois mon ami s'éloigner lentement et longer la paroi, accroupi au maximum et prenant garde de ne pas faire rouler de cailloux sous ses pieds. Souple et félin comme le dit l'expression militaire consacrée. Seulement à ce moment-là, j'entends Giles me demander un compte-rendu dans mon oreillette.

- Qu'est-ce qu'il se passe 11 ?

- Une lueur à cent cinquante mètres dans la continuité du corridor. Numéro 1 est parti en reconnaissance.

Mohamed disparaît à ce moment-là de mon champ de vision.

- OK, tu veux qu'on s'approche à pied ?

- Attendez qu'il revienne, on avisera.

Je raffermis la prise sur mon arme et m'apprête à m'élancer en avant au moindre coup de feu. Mon équipier met vingt minutes à s'approcher de l'objectif et à revenir, sans un bruit.

- T'as été long bon sang, t'as ramassé des fleurs ou quoi ?

Pour toute réponse, je n'ai droit qu'au majeur du petit marseillais levé bien haut.

Je reste en surveillance de la piste et tout le reste de l'équipe, pilotes y compris, se regroupe au niveau des véhicules. Je peux heureusement suivre le briefing en audio.

- Y'a quatre barbus. Un des types porte un vieux Mauser et un autre un fusil de chasse juxtaposé. J'ai vu deux kalashs posées contre la paroi. Ils ont fait un feu et sont emmitouflés dans des couvertures. Ils font cuire un lièvre à la broche et ne sont pas du tout méfiants, ils parlent presque trop fort, ce ne sont pas des combattants expérimentés.

- Il est 22 h, nous n'avons plus le temps de faire demi-tour. On appelle les gars du « 13 », on annonce qu'on va avoir un contact hostile qui risque de nous retarder, on se fait les quatre méchants et l'on entre en ville. On n'est pas sûr de pouvoir aller droit au but dans Kidal, on va devoir regagner du temps. Si l'on est trop hors délais, les Dragons vont se barrer et lâcher la surveillance.

Peter est pragmatique, il sait bien que si notre convoi fait marche arrière, il faudrait vraiment forcer l'allure, donc prendre des risques supplémentaires pour contourner le massif rocheux et avoir une chance d'arriver quand même dans les temps. Et l'on n'était de toute façon pas sûr de ne pas tomber sur un autre groupe plus dangereux lors du détour.

Les regards se croisent, on ne peut y voir que de la détermination. Il est rare d'avoir l'initiative du feu, autant en profiter.

- *As-salâm Alàykum* !

Mohamed avance au ralenti au volant du Land Rover, la main

gauche et la tête sortis par la fenêtre, la droite tenant en même temps le volant par le dessous et son pistolet. À ses côtés, Giles a enroulé sa tête dans son chèche afin de masquer son visage d'Occidental. Le foulard de Moh sert aussi à recouvrir le HK que Giles a posé sur ses genoux. Dans la caisse, Peter, Romuald et moi sommes allongés, nos fusils d'assaut prêt à cracher dans leur silencieux. Mon pouce droit est déjà au contact du sélecteur de tir afin de passer de la sûreté à l'option tir au coup par coup, l'index n'est toujours pas sur la queue de détente. La sécurité ne doit pas être une option, inutile de mettre une balle dans la jambe du collègue d'à côté dans la précipitation.

Le temps me semble une éternité. Je suis tendu, tout mon corps attend le moment de la libération, la peur se mêle à l'impatience et à l'excitation. Bizarrement, je suis glacé et je me sens obligé de remuer mes doigts pour les désengourdir. Seul Christophe est resté en arrière avec les chauffeurs et son lourd fusil. Si nous en avions eu le temps, nous l'aurions fait monter sur les hauteurs afin de nous offrir un appui-feu d'une importance capitale.

À la vue du véhicule, les quatre types se défont de leurs couvertures et saisissent leurs armes. Les phares donnent une couleur cuivrée à leur peau noire et les obligent à détourner un peu la tête. L'un des hommes crie, demandant certainement à Mohamed de s'arrêter. Ils sont montés en pression illico, mais pas comme l'auraient fait de vrais pros, en se mettant à l'abri. Comme prévu, Numéro 1 en profite pour arrêter le moteur, ce qui nous permettra d'entendre le signal de Giles. Le reste de notre action dépendrait du positionnement des opposants.

L'homme qui avait crié s'avance seul du côté conducteur, en brandissant sa kalachnikov d'un air énervé d'une main, passant le canon alternativement de Mohamed à Giles, son deuxième bras essayant maladroitement de couvrir ses yeux pour les protéger des phares. Les trois autres se sont mis en travers de la piste, pointant nonchalamment leurs armes sur notre pare-brise. Leurs yeux exorbités dénoncent de toute évidence une consommation excessive de drogue, du cannabis ou du khat. En mâchant les feuilles de khat, vous vous sentiez incroyablement stimulé, confiant en vos capacités et parveniez parfois à une sorte de transe. L'homme pourtant plutôt frêle ne semblait éprouver aucun mal à tenir son arme de plus de cinq kilos à bout de bras. Certaines personnes pensaient alors qu'elles étaient insensibles aux balles. Nous allions leur prouver que c'était faux.

Malgré le silencieux, nous entendons alors la balle de 7,62mm tirée du fusil d'assaut de Giles fracasser le crâne de l'arabe. Au final, l'impact sur le squelette aura fait plus de bruit que le son émit par l'arme. Le projectile a traversé l'habitacle de la voiture, passant devant le visage de Mohamed qui n'a pas bougé et s'est figé dans le visage de sa cible. C'est le signal.

Les autres types, surpris par la mort de leur compagnon, ne peuvent que le regarder s'écraser au sol. Ils ne remarquent même pas les soldats qui se lèvent derrière la cabine du pick-up et n'entendent pas les déflagrations assourdies par les réducteurs de son ni les claquements de culasses qui vont d'avant en arrière à une vitesse incroyable. Nous avons choisi chacun un homme, celui face à nous. Malgré ma JVN, je parviens à aligner sans difficulté le guidon à l'extrémité du canon de mon arme sur ma cible. Mon index presse la détente de façon régulière, rapide, mais sans à-coup, le recul de l'arme bien maîtrisé par ma saisie ferme, mais pas crispée. L'entraînement rend ce geste naturel. Un grand nombre de balles vient frapper les corps désarticulés et les rochers autour, provoquant une pluie d'étincelles et des bruits de pierres qui se brisent. Les trois hommes succombent quasiment en même temps, presque sans qu'un son ne sorte de leurs bouches. Giles n'a pas fini de sortir de la voiture que la fusillade est terminée. La vie humaine est finalement bien fragile.

- Vide !

- Vide !

- Vide !

Sans trop nous en rendre compte, nous avons tous vidé notre chargeur. Le but ici était de choquer par la violence de l'attaque afin que les islamistes n'aient pas le temps de faire usage de leurs armes. Objectif clairement atteint. Les réducteurs de son ont une fâcheuse tendance à réduire la précision des armes sur des tirs à distance, mais là les djihadistes ne se trouvant qu'à une vingtaine de mètres, nos qualités de tireurs ont été suffisantes pour impacter chaque combattant à plusieurs reprises. Nous réapprovisionnons machinalement et vérifions nos armes avant de balayer les hauteurs à la recherche d'éventuels individus attirés par le bruit, mais rien, le silence a repris ses droits.

Alors que nous sautons au bas de la caisse, à présent jonchée d'étuis vides, Giles contourne le capot et loge une balle dans la tête du premier des énervés. Il se dirige ensuite tranquillement, mais avec prudence, vers les autres corps et réitère son geste. Il me semble voir un éclair de haine lui traverser le regard, mais cette impression disparaît aussi vite. Réalité ou simple illusion due aux reflets des flammes sur son visage ?

Nous saisissons chacun une cheville ou un poignet et portons le dernier corps dans le feu. L'odeur âcre commence à devenir insoutenable. La fumée nous pique les yeux et ne me rappelle que trop mon passé dans les Balkans. Je n'arriverais jamais à me défaire de cette odeur si particulière qui me poursuit depuis tant d'années. Nous avions laissé les véhicules avec les chauffeurs nous dépasser après avoir couvert les cadavres avec leurs propres couvertures et surtout nous ne voulions pas choquer nos guides à la vue des corps en feu. Après tout, nous ne savions même pas à quelle faction appartenaient ces hommes en armes et il aurait tout aussi bien pu s'agir de Touaregs, caste dont étaient issu Amadou et Ibrahim, de gens d'Al Qaeda, ou tout simplement de bandits qui se planquaient dans le massif. La fouille des corps ne nous apprend rien de plus, pas la moindre pièce d'identité sur les hommes, ni aucun véhicule dans les parages. Seul un téléphone portable a été trouvé sur le corps de celui qui s'était avancé vers nous et qui semblait être le chef du groupe, mais il n'y a qu'un seul numéro préenregistré. Giles le note dans son fichier informatique. De toute évidence, nous n'avions pas démantelé une cellule internationale. Le mobile rejoint le brasier où il se consume dans une petite pluie d'étincelles, il aurait peut-être été utile aux services de renseignements, mais cela n'est pas à l'ordre du jour pour nous.

Romuald ravive le feu avec les derniers maigres morceaux de bois présents et nous rejoignons le convoi. Les armes de nos adversaires s'empilent à côté de Peter dans sa caisse, ce dernier s'attelant à démembrer le lièvre, histoire d'améliorer l'ordinaire et nous permettant une collation tardive.

Une épaisse fumée noire s'élève du bûcher et dépasse rapidement la hauteur des rochers alors que nous reprenons la route vers Kidal. La lueur jaune et dansante, qui se répercute sur les parois de pierre derrière nous, donne à la scène une allure diabolique. Comme si l'on s'éloignait de l'entrée des enfers. Nous venons en quelques minutes d'enfreindre plusieurs lois et conventions internationales : assassinat, vol, actes de barbarie et profanations de cadavres. Sans pouvoir entrer dans la tête de mes coéquipiers, je ne vois aucun regard choqué, aucun sentiment de regret chez mes camarades. Chacun vit avec ses actes passés et si pour l'instant l'action prend le pas sur les sentiments, aucun doute que, de retour chez nous, malgré le débriefing opérationnel puis la consultation psychologique, la plupart des membres de l'équipe repenseront à ces moments immoraux. Dans nos moments de solitudes, ou une fois éteinte la lumière de la chambre à coucher, seuls face à nos consciences, les questions sur le bien-fondé de notre travail ou sur notre droit à prendre des vies nous assailliraient peut-être.

CHAPITRE 7

Faute d'effectif, tous les points d'accès à Kidal ne sont pas surveillés et la ville n'est pas complètement sûre. Les Français et les Tchadiens n'osent pas sortir de nuit de peur de tomber dans une embuscade et le MNLA, qui tient officiellement la ville à présent, n'est pas suffisamment aguerri pour mener des patrouilles nocturnes efficaces. La semaine précédente, en plein jour de marché, un attentat suicide mené par plusieurs hommes du MUJAO équipés de ceintures d'explosif avait provoqué la mort de trois soldats tchadiens et en blessait quatre autres. Un miracle que le nombre de victimes n'ait pas été plus élevé sur ce lieu d'échange traditionnel qui reprenait vie après plusieurs semaines de quasi-inactivité.

Autant dire que la ville dans laquelle nous pénétrons ressemble plus à un décor de Mad Max qu'à une capitale régionale. Les rues sont désertes, quelques chiens s'enfuient au passage de nos 4x4, emportant avec eux des sacs de déchets éventrés. Les rigoles aux bords des routes sont pleines d'une eau usée noirâtre et malodorante. Quelques flammes au loin montent de bidons qui servent de brûlots à des check-points d'où l'on ne se soucie guère de la présence de nos deux véhicules aux feux tamisés. Les nuits sont froides et découragent les quelques malheureux affectés à la garde qui préfèrent attendre au chaud que le danger ne vienne à eux. Le couvre-feu instauré par les islamistes à partir de 22 heures n'a plus lieu d'être, mais de toute évidence les habitants de Kidal préfèrent rester prudents.

La cité donne directement sur le désert, pas de zones

industrielles ou de banlieues à l'occidentale, prémices de l'entrée d'une agglomération. Seules deux routes permettent d'entrer par le sud-ouest et le nord. Tout le reste n'est que pistes plus ou moins praticables, souvent moins. Le désert s'arrête brusquement et il nous faut arriver très près des premières habitations pour que nous arrêtions de manger de la poussière et du sable. Les abords me font penser à un bidonville tel qu'on s'attendrait à trouver en banlieue de Caracas ou de Bogota. La misère, comme l'intelligence humaine pour y trouver des solutions de fortune et améliorer le quotidien, ne s'arrête pas aux frontières et traverse les océans sans difficulté.

La contrepartie de notre position, c'est que sans aucun signe distinctif sur nos véhicules, nous pouvions être des cibles de choix pour n'importe lequel des belligérants. L'étroitesse des rues et la promiscuité des maisons ne nous permettraient aucune manœuvre de dégagement si nous étions pris sous des tirs de lance-roquettes. Les Américains avaient appris ces leçons tactiques dès la Somalie en 1992, lors de l'opération *Restore Hope*. Une expérience tellement douloureuse qu'ils en avaient tiré le film *"La chute du faucon noir"* peut être pour exorciser le mal. En Irak aussi, les troupes de la coalition avaient été régulièrement confrontées à ce type de combat, notamment lors des meurtrières batailles de Falloujah et de Najaf, mais aussi partout dans le pays où les engins explosifs improvisés immobilisaient les convois avant qu'une petite troupe mobile ne vienne brièvement au contact avant de disparaître. Les bonnes vieilles méthodes de guérilla urbaine qui fonctionnent toujours. Il n'y a pas de solution miracle et universelle en combat urbain, surtout de nuit. Une bonne base tactique est primordiale, mais une grosse faculté d'adaptation rapide peut réellement sauver des vies. Pas d'éclairage public, pas de lumière dans les habitations, mais je sens partout des regards braqués sur moi à travers des keffiehs à carreaux rouges et blancs. Nul doute que chaque camp doit avoir ses indicateurs placés partout en ville. Mes yeux scrutent chaque fenêtre, chaque toit et chaque coin de rue sans jamais voir personne. Le danger est pourtant palpable, comme si je n'avais qu'à tendre la main dans l'obscurité pour toucher le canon d'une arme prête à faire pleuvoir la mort sur nous. Un frisson me parcourt le corps et il n'est pas dû au froid. J'aurais donné une partie de mon salaire pour bénéficier d'une mitrailleuse de 12,7mm en caisse de mon pick-up.

Nous ne disposons que de quelques photos satellites de la ville préenregistrées sur l'ordinateur et des coordonnées GPS du point de jonction avec les Dragons Parachutistes. Kidal n'est pas grande, mais les check-points que nous cherchons absolument à éviter et certaines rues plus étroites que ce que la photo peut le laisser croire nous obligent à de multiples détours et marches arrière, parfois de façon un peu brusque. De quoi faire monter un peu plus la pression même si nous avons encore un peu de marge sur les délais. Une légère nausée s'empare aussi de moi, chahuté dans l'habitacle et les yeux enserrés dans mes JVN.

Nous croisons sur une des grandes artères de la ville un 4x4 blanc crasseux qui surgit d'un carrefour et vient dans notre direction à vive allure. Nous serrons un peu plus nos armes et faisons sauter les sécurités, tout en gardant une attitude la plus neutre possible. Les trois gars à l'intérieur ne jettent même pas un regard vers nous, un morceau de rap tonitruant s'échappe des fenêtres ouvertes. Je reconnais parfaitement le morceau *Death To My Enemies* de l'américain *50 Cent*, et j'ai à peine le temps de lire les lettres M.N.L.A peintes en noir sur les portes. L'inscription n'a pas eu le loisir de sécher, car elle bave vers le bas de caisse. J'imagine sans peine qu'une inscription djihadiste devait la précéder il y a encore quelques jours. Le véhicule disparaît aussi vite qu'il est apparu, ne laissant qu'une forte odeur de cannabis dans son sillage. Il est clair que le temps de la charia est terminé ici, puisque même les soldats du mouvement touareg s'autorisent à écouter de la musique, occidentale qui plus est, et à se taper des joints sans se cacher.

Après quarante-cinq minutes de navigation approximative, nous atteignons enfin le carrefour prévu. Nous faisons stationner les véhicules dans une ruelle très sombre sur la gauche et mettons les plafonniers en position "arrêt" afin de ne pas être trahis par leurs lumières lors de l'ouverture des portes. Nous sortons et mettons immédiatement en place notre bulle de protection à trois cent soixante degrés. Les JVN, qui sont des appareils augmentant la lumière naturelle résiduelle, sont presque inutiles tant l'obscurité est totale, pas la moindre lueur ne filtre des portes ou des volets du quartier, aucun son non plus. Peter sort alors son téléphone et appelle une nouvelle fois les hommes des forces spéciales.

Il est quasiment 2 h du matin quand un signal lumineux lancé d'une torche équipée d'un filtre rouge attire l'attention de Peter de l'autre côté du carrefour. La lassitude commençait à gagner le groupe et la prévision d'un futur déplacement me redonne un peu d'entrain.

- C'est le signal les gars. 11, tu viens avec moi, je vais seul au contact, tu couvres ma traversée.

Je suis ravi de la proposition et aperçois alors seulement à ce moment-là des ombres mouvantes dans la rue d'en face, ainsi que la silhouette sombre d'un véhicule qui recule sans feux.

- OK, c'est parti.

Tout en prenant garde de rester au maximum dans l'obscurité, nous longeons la maison donnant sur notre ruelle et arrivons en bordure du croisement. Le signal clignote à nouveau. Je me poste à l'angle et aperçois très nettement à présent les silhouettes des Dragons. La signature visuelle de leur équipement et de leur véhicule ne permet pas le moindre doute, ce n'est pas un piège. Je scanne les environs et d'un signe de la main, je lance la traversée de Peter. Mon coéquipier a plus le gabarit d'un lutteur que celui d'un sprinter. Ajoutez à tout cela un fusil d'assaut, des rangers et surtout une petite dose d'adrénaline, et il arrive à bout de souffle de l'autre côté alors qu'il n'a même pas parcouru quarante mètres. Kidal n'est pas connu pour être un repère de snipers comme l'avaient été Sarajevo ou Bagdad à une autre époque, mais inutile de prendre le risque de se retrouver immobile dans le secteur de tir d'un fusil de précision russe Dragunov.

Alors que Peter est de l'autre côté depuis quelques secondes, je sens une présence à côté de moi. Christophe s'est avancé avec son Barrett.

- Laisse-moi jeter un œil.

La lunette Leupold, à grossissement dix, montée sur son fusil n'est pas prévue pour une utilisation de nuit, même avec les jumelles de vision nocturne montées sur la tête de notre sniper, mais elle suffira à repérer des mouvements suspects et donner l'alerte. Un module supplémentaire permettant le tir de nuit couplé à la jumelle aurait été idéal, mais si Rémy ne l'avait pas fait livrer, c'est qu'il ne devait rien y avoir de disponible ou de compatible.

Je recule et prends en compte l'autre côté du carrefour, celui par lequel nous sommes arrivés et laisse Christophe s'allonger le long du bâtiment, ne laissant dépasser que son arme et sa tête. Tout au long de la discussion qui se déroule de l'autre côté de la rue, notre tireur d'élite va passer au crible chaque fenêtre du quartier, chaque coin sombre, chaque toit ou terrasse. Le silence est total de notre côté, seul le grésillement de nos radios vient parfois troubler notre concentration dans les oreillettes.

- OK, pour tous, ici 13, vous pouvez me rejoindre. On va suivre les Dragons Paras et les relever sur leur planque.

- Attendez !

Christophe a presque crié, tout le monde s'est figé.

- J'ai un mouvement dans le bâtiment qui fait face au carrefour, dernier étage, à quatre-vingts mètres pleins ouest. Je dois confirmer.

À cette distance, même de nuit, nous ferions des cibles parfaites pour un tireur embusqué équipé d'un bon dispositif de visée adapté au tir de nuit. L'attente dure plusieurs minutes, j'imagine notre sniper en train de se battre avec le réticule de sa lunette pour obtenir une image relativement claire de la zone, puis Peter reprend la parole.

- Les mecs ici s'impatientent. Faut prendre une décision 7 !

- On va y aller, j'ai dû avoir un mirage à cause de la fatigue.

Nous décidons de laisser Christophe en protection, puis d'envoyer les pick-up, derrière lesquels nous pourrons avancer, courbés en deux, mais cachés. Cela nous permettra également de prendre en compte le secteur arrière.

Amadou et Ibrahim ne sont pas en confiance, après tout ce ne sont pas des soldats, mais ils refusent cependant de laisser leur place au volant. Ces deux-là ont des couilles grosses comme des bosses de chameau. J'enlève mon gilet tactique et le coince à cheval sur la portière du premier 4x4, afin d'offrir un peu plus de protection à Amadou. Mohamed fait de même sur le second véhicule. Nos guides nous regardent avec beaucoup de reconnaissance et moi je suis content de donner un peu d'air à mon corps. Mes vêtements sont trempés de sueur et l'air frais de la nuit m'apporte un peu de confort.

Tous feux éteints, le convoi s'ébranle doucement.

Le Barrett tressaillit, le bipied décolle très légèrement du sol et soulève un gros nuage de poussière. Le grondement terrible provoqué par l'inflammation des quinze grammes de poudre et le tir du projectile sort tout le quartier de sa torpeur. Des chiens se mettent à aboyer au loin. Nous mettons une seconde à comprendre que si Christophe a ouvert le feu, c'est qu'un danger nous guette . Je frappe du plat de la main sur l'extérieur de la portière passager et tout le monde comprend le message. Les chauffeurs accélèrent immédiatement, nous obligeant à piquer un sprint pour continuer à bénéficier du couvert des véhicules. Au diable la prise en compte des secteurs de tir, l'instinct de survie prend le dessus.

- Putain, mais pourquoi il tire ?

Le chef d'équipe des Dragons Parachutistes n'apprécie pas que l'on mette sa discrétion en danger, chose qui peut être parfaitement compréhensible. J'ai moi même un doute sur la nécessité du tir. À t-il eu réellement le temps d'identifier clairement sa cible ?

- S'il tire sans nous avertir, c'est qu'il a une bonne raison de le faire. Dites-vous que ces mecs ont certainement plus l'expérience du combat que vous.

Et le compte-rendu de Christophe vient immédiatement confirmer les craintes de Peter.

- Un individu armé sur le toit de l'immeuble signalé. Coup certainement manqué, j'ai tiré trop bas, dans le parapet. Menace disparue.

Alors que nous arrivons de l'autre côté, Peter a pris les devants et se met déjà en position de tir à genoux à l'angle de la rue afin d'aligner son lance-grenades sur le bâtiment cible. Chargé comme une mule, la traversée de Christophe allait être périlleuse, et nous n'avions pas le temps de faire une noria avec un des véhicules, toutes les patrouilles de la ville allaient rappliquer ici dans quelques minutes.

- 7 pour 13, je te couvre !

- Je bouge !

Sans se soucier de rien d'autre que de sa course pour nous rejoindre, Christophe saisit son arme à bout de bras par le boîtier de culasse et s'élance sans un regard en direction du bout de la rue vers la direction dangereuse. Il lui serait de toute façon impossible de riposter avec le Barrett en cas de prise à partie. Tout reposait sur Peter, et nous sommes à notre tour collés au mur derrière lui afin de fournir un appui feu important si nécessaire. Il faut aussi prendre en compte les autres branches du carrefour afin que notre sniper ne se fasse pas contourner. La traversée nous paraît prendre une éternité. Christophe semble courir comme au ralenti, comme dans ces rêves où l'on a l'impression de faire du sur-place au moment ou il faut fuir un monstre prêt à nous dévorer. Il arrive jusqu'à nous à bout de souffle et jette son fusil dans la caisse du Land Cruiser. Il se penche en avant, mains sur les genoux, alors que la transpiration commence à sortir par tous les pores de sa peau. Le Capitaine responsable de l'équipe du 13e RDP s'approche, la mine renfrognée.

- J'en ai plein le cul des Rambos du Service Acti...

Nous entourons tous Christophe et nos regards suffisent à dissuader l'officier de faire la moindre réflexion sur l'action passée.

- Heu ! Bon allez ! Nous passons devant, vous suivez. Quinze mètres entre les véhicules. Vigilance maximale.

Pas sûr qu'il eut été nécessaire de le préciser...

Notre convoi parcourt environ huit cents mètres en ambiance rapide et tous feux éteints. En tête donc, le Panhard VPS du 13e RDP, mené à grand train par un pilote coiffé de JVN. Au milieu de la calandre avant du véhicule, un gros phare rond infrarouge permet une navigation sécurisée pour tous porteurs d'appareils adaptés. Le Capitaine, assis à la place du mort, arme une mitrailleuse Minimi montée face à lui, mais s'agrippe surtout à l'arceau de sécurité autour de lui. Le troisième opérateur se tient debout tant bien que mal derrière une Browning de 12,7mm, forcé de se cramponner aux poignées de son arme à chaque virage pour ne pas être désarçonné. Suit le Land Cruiser d'Ibrahim, concentré comme un joueur d'échecs afin de ne pas perdre de vue les militaires et enfin Amadou dans son Hillux, qui n'avait jamais connu de situation de conduite aussi périlleuse. Nous avons repris nos places dans nos 4x4 respectifs, sauf que nous sommes tous en caisse, prêts à riposter, voire à prendre l'initiative, à la moindre menace. Toute fatigue a disparu de nos corps, laissant place à l'adrénaline qui nous maintient dans un état de conscience et de concentration décuplé. La température encore descendante et la vitesse rafraîchissent la transpiration de nos t-shirts et de nos treillis et nous procurent un semblant de bien-être. Nous sommes assis au sol, collés dos à dos pour ne pas être éjectés, les pieds calés contre les ridelles et les fusils pointés vers l'extérieur. Les bâtiments défilent devant mes yeux à toute allure, provoquent un sentiment grisant et des larmes brouillent un peu ma vue. Une baisse significative de la vitesse après un dernier virage nous fait comprendre que nous arrivons à destination. Je suis incapable de dire si nous nous trouvons au centre de la ville ou en bordure, au sud ou au nord. Le trajet a beau n'avoir duré que quelques minutes, les nombreux détours m'ont complètement désorienté.

Deux soldats cagoulés, équipés de HK 416, les mêmes armes que les nôtres, mais dans le calibre inférieur de 5,56mm, attendent de chaque côté d'une grande bâche marron relevée sur un trou dans un mur à l'arrière d'une maison. Les trois voitures s’engouffrent en coupant le contact et nous nous retrouvons dans un rez-de-chaussée transformé en garage géant par l'absence de cloisons. Seuls quatre piliers de béton nus soutiennent les étages. Un second véhicule du 4e escadron, spécialisé dans les patrouilles motorisées dans la profondeur, est déjà sur place, nez face à la sortie, sa caisse chargée de grandes caisses noires en plastique renforcé. Des bandes de munitions sont engagées dans les mitrailleuses de bord. De toute évidence, les forces spéciales ne veulent pas traîner. Je remarque que chaque VPS est équipé d'une plaque d'acier soudée au-dessus des sièges avant, sorte de pare-soleil géant, nouvelle preuve de l'ingéniosité et de la fabuleuse capacité d'adaptation des Forces Spéciales françaises. Les deux hommes à l'entrée rabattent la bâche, tirent divers meubles en travers de l'ouverture et se mettent en surveillance. L'éclairage est très faible, à peine suffisant pour évoluer en toute sécurité. Nous suivons le Capitaine jusqu'au premier étage qui sert d'espace vie à ses équipes. La maison n'a jamais dû être habitée. Les dalles au sol sont brutes, sans carrelage. Pas de peintures aux murs. Il y a bien des sanitaires installés, mais les lavabos sont tellement poussiéreux qu'ils ne doivent pas être alimentés en eau. Tout ici respire le ciment frais. Une telle maison dans ce coin ne peut appartenir qu'à un riche dignitaire, peut être mis dehors par la poussé des djihadistes, et trop heureux de la louer à prix d'or aux soldats français avant de revenir s'y installer. Les deux grandes pièces sont rangées, plus aucun sac, plus aucun matériel, seuls cinq Dragons l'occupent, assis à même le sol et boivent du café soluble dans leurs gamelles. Nous nous saluons d'un signe de tête. Pas un bruit ne perce de la maison.

Les deux derniers opérateurs se trouvent au second étage, toujours en surveillance. Leurs armes sont posées sur un poncho au sol et une caméra thermique couplée à un télémètre laser trône sur un trépied. Mon regard est attiré par une échelle de bois vermoulu permettant d'accéder au toit, mais ce dernier est barricadé par de larges barres d'acier fermement soudées. Soit les maisons voisines permettent un accès direct, soit elles sont plus hautes et une utilisation discrète du toit en terrasse traditionnel comme planque est de toute façon impossible. Le Capitaine prend la parole.

- On vous a laissé du carburant plus qu'il n'en faut, faites le plein. Je vous laisse trente minutes pour vous mettre en place et prendre les consignes, ensuite, nous, on décolle, on a du travail ailleurs.

Au moins, c'est clair, il avait fait sa part du boulot, pour lui c'était fini, on allait vraiment être seul. Même s'il ne connaissait pas le but final de notre mission, il savait que nous ne faisions pas partie du Commandement des Opérations Spéciales mais de la DGSE, et même si les Forces Spéciales étaient régulièrement amenées à travailler en collaboration avec les services secrets, ce n'était apparemment pas un plaisir pour le capitaine, comme il nous l'avait fait comprendre dans la rue tout à l'heure. Vieille guerre des boutiques. Peut-être se serait-il détendu s'il avait su que la plupart des membres de l'équipe étaient issus des Forces Spéciales ? En tout cas, jusqu'à présent, le plan de Rémy fonctionnait à merveille.

Je ne comprends pas comment les gars d'en face ont choisi leur planque. Leur petite maison de plain-pied est coincée entre deux bâtiments plus hauts, aucune fenêtre ne donne sur la rue de devant, la seule issue étant une porte rouge en tôle fine, le summum de la discrétion et de la protection. C'est sûr que le loyer ne devait pas être exorbitant. À moins de compter sur une équipe extérieure de surveillance qui était restée invisible jusque là, ou d'avoir un réseau serré d'informateurs, je trouve que les djihadistes ne sont pas dans des conditions optimales de sécurité. Les gars du « 13 » nous avaient montré la présence d'un abri pour voitures à l'arrière de la maison avec deux 4x4 Toyota et une vieille moto. Il serait inutile de placer une surveillance de ce côté-ci, car tout déplacement d'un des véhicules serait immédiatement repéré depuis notre fenêtre au deuxième étage qui surplombe la scène et offre une vue imprenable sur le désert qui s'étend au nord. Un fin liseré de lumière perce sur les côtés de la porte en fer, seul signe trahissant l'occupation de la maison, même au milieu de la nuit. Aucun bruit ne parvient jusqu'à nous.

Nous ne savons pas combien de temps nous allons devoir rester en surveillance donc nous optons pour une relève toutes les heures par un seul personnel. Je prends pour une fois le dernier tour de nuit, ce qui me permet de grappiller quelques heures de sommeil, malgré l'adrénaline restant dans mon corps qui retarde mon endormissement. Le moindre bruit me fait dresser l'oreille, quelques ronflements légers s'échappent de mes camarades déjà assommés autour de moi. L'odeur de transpiration sortant des chaussures et des treillis commence à être suffisamment importante pour ne plus être ignorée. Sans même m'en rendre compte, je glisse finalement au pays des songes.

Lorsque je me réveille, je ne perds pas de temps et prends immédiatement mon poste à la fenêtre du second étage en envoyant Giles se reposer. Au bout de quelques minutes seulement, mes yeux me brûlent à force de regarder à travers la JVN et j'ai la sensation de voir des mouvements partout, dans la ruelle en contrebas, sur le toit de la maison des djihadistes, et parfois il me semble même que la porte en tôle s'entrouvre. Afin de conserver toute mon acuité, je quitte mes jumelles toutes les quinze minutes environ, et malgré que la pièce soit plongée dans le noir, des petits points blancs semblables à des flashs papillonnent devant mes yeux. Le froid est saisissant dans cette bâtisse sans isolation et je m'enroule dans mon duvet pour préserver un peu de chaleur. J'ai roulé ma cagoule en bonnet, enroulé ma tête avec mon chèche et gardé mes gants dans lesquels je souffle régulièrement. Un café bien chaud m'aurait fait le plus grand bien, mais pas question d'allumer quoi que ce soit depuis mon poste d'observation. Je me contente de quelques barres de céréales et d'une poignée de fruits secs, maigre consolation.

Lorsque je vois arriver l'aube, je suis heureux de pouvoir quitter mon appareillage; et plus heureux encore quelques minutes plus tard, d'entendre le nouvel imam de la ville annoncer le *Al-Fajr*, la première prière principale de la journée, dans son haut-parleur. Le prêcheur n'était en place que depuis quelques jours, depuis le départ forcé de l'ancien imam proche des extrémistes. La ville retrouvait petit à petit ses habitudes d'avant l'invasion islamiste, même si les conditions de sécurité n'étaient pas encore optimales. Le marché reprenait vie, de la musique s'écoulait de certaines maisons la journée, quelques femmes osaient déjà sortir sans porter le voile et des hommes s'étaient rasé la barbe un peu plus courte. Environ 20 minutes après l'appel à la prière, la petite porte s'entrouvre enfin, laissant apparaître une silhouette élancée. Impossible de voir un visage, l'individu a rabattu la capuche de sa djellaba sur sa tête et prend bien soin de ne pas regarder la rue. Sa démarche est alerte, ce qui me fait pencher pour un individu plutôt jeune. Il dépose un sac-poubelle à l'angle du bâtiment puis poursuit sa marche vers le dépôt d'ordures suivant où il dépose quelque chose dans un sac déjà éventré par un chien. Avec la même discrétion, il regagne enfin la planque puis plus rien. Les rues sont encore désertes, la plupart des habitants encore endormis, les plus pieux étant à la mosquée.

Il est temps pour moi d'aller secouer Mohamed, de lui décrire la scène, seule chose notable de mon quart de surveillance. L'adrénaline emmagasinée depuis l'après-midi ne me tient plus et je rêve d'aller m'allonger avec mon sac sur lequel je pourrais enfin poser ma tête et m'endormir à même le sol. Impossible de nous aménager des couchettes, nous devions être en mesure de déguerpir au moindre mouvement dans la maison d'en face. J'essaie de soulager ma vessie dans les toilettes, mais je suis assailli par une forte odeur dès l'ouverture de la porte. L'état dans lequel ils ont été laissés par les Dragons Parachutistes me force à me rabattre sur le lavabo. Heureusement que je suis grand. Je regrette que la maison ne comporte pas l'eau courante. Mes yeux se ferment déjà alors que je suis toujours debout, et je ne prends pas la peine de quitter mes rangers avant de me coucher.

CHAPITRE 9

Il n'avait pas fermé l'œil de la nuit et pourtant il se sentait dans une forme incroyable, porté par une énergie rare, un feu sacré.

- Yacouba ! *Kawa* !

Le jeune Malien dégingandé arrive avec une vieille tasse sale pleine d'un liquide noirâtre et fumant. Toujours assis sur son lit de camp, sa vieille couverture trouée sur les genoux, Jamaal trempe ses lèvres, fait une grimace, et ajoute deux cuillères de sucres en poudre. Pas le meilleur café qu'il est bu, mais aujourd'hui il pourrait avaler de la pisse de chameau, il n'aurait pas trouvé ça trop désagréable. Il regarde le jeune garçon qui termine de ranger la petite cuisine crasseuse et à l'émail ébréché. Ce n'était pas encore un guerrier, il ne le serait d'ailleurs peut-être jamais vraiment, mais au moins il remplissait à merveille le rôle de majordome.

Yacouba s'était présenté de lui-même à la mosquée de Kidal il y a quelques semaines, dans un état sanitaire déplorable, en guenilles, poussiéreux de la tête aux pieds, jurant que ses parents avaient été tués dans un bombardement près d'Aguelhok, plus au nord. Bien sûr, c'était faux. Yacouba avait fugué, partit de chez lui plein de rêves. Des rêves de combat pour la gloire d'Allah. Il espérait mourir en *chahîd*, en martyr, et profiter de la vie éternelle au paradis du Tout-Puissant en compagnie de ses soixante-douze vierges, lui qui n'avait jamais touché une fille. Il n'y connaissait finalement pas grand-chose en Islam, mais il faisait de son mieux, ne ratant pas une prière, corvéable à souhait, il ne se plaignait jamais. Il essayait même de se faire pousser la barbe, mais seul un ridicule duvet épars recouvrait certaines zones de son menton. Grand, rachitique, Jamaal ne donnait pas cher de la peau du jeune homme dés la première action, même si le fait d'arriver à rallier Kidal depuis Aguelhok, soit cent trente kilomètres de nuit, en cette période trouble, prouvait que le garçon était intelligent et débrouillard.

Le coup de téléphone qui avait déclenché l'opération datait de la veille au matin. Évidemment, Jamaal n'avait pas été le destinataire direct de l'appel. Il était arrivé à la mosquée ou le secrétaire s'était chargé de noter la phrase code : « L'accouchement s'est bien passé, c'est un beau petit garçon, il est né il y a dix jours ! », avant de la glisser à l'oreille du chef terroriste lors de la prière suivante. Cela voulait dire qu'Ousmane était de retour au Niger, et qu'il avait convenu d'un rendez-vous près d'Agadez avec une délégation de Boko-Haram. L'opération n'aurait jamais été déclenchée si l'appel n'était pas arrivé, et en cas d'annonce de la naissance d'une petite fille, il aurait fallu que Jamaal trouve une somme d'argent supplémentaire pour convaincre les miliciens de Boko Haram. En attendant, Ousmane allait rester sur place pour tout organiser, mais les terroristes nigérians, attirés par l'argent comme des banquiers suisses, voulaient précipiter les choses et désiraient une rencontre sous dix jours. Depuis, tout s'était accéléré. L'équipe qui allait participer à la rencontre avait été convoquée sur-le-champ et mise au secret dans cette petite maison en bordure de la ville. Plus aucun contact avec l'extérieur n'était permis, même les prières se feraient sur place. Jamaal avait pris soin de faire venir les réserves nécessaires en carburant et en vivres. Les seuls moyens de communication utilisables étaient la réserve de téléphones mobiles de Jamaal qui ne servaient qu'une fois, au petit matin, avant d'être jetés avec les ordures du voisin. Les quatre autres membres du commando qui allaient l'accompagner étaient tous dignes de confiance. Jamaal les connaissait depuis plusieurs années et ils n'avaient pas hésité à le rejoindre lorsqu'il avait été chassé, s'exposant par la même à leur excommunication. Il aurait pu choisir d'autres personnes de confiance en ville, notamment à la place de Yacouba qui manquait de maturité, mais leurs absences dans la communauté n'auraient pas manqué d'être remarquées.

Il y a les deux frères libyens Ajeeb et Wiss, pas jumeaux de naissance et pourtant à la ressemblance frappante. Deux colosses qui avoisinent les deux mètres pour quasiment cent trente kilos chacun. Lorsqu'ils ne sont pas occupés, ils passent leurs journées à engloutir une quantité phénoménale de nourriture et à se mesurer l'un l'autre dans des combats de lutte titanesques. Tout cela pouvait poser un énorme souci de logistique pour les approvisionner et de place lorsqu'ils avaient décidé de se jeter mutuellement au sol malgré la présence de meubles ou de vaisselle dans une pièce. Jamaal les avait déjà vus égorger des prisonniers de sang-froid, et il en était venu à se demander s'ils le suivaient par fanatisme religieux ou bien simplement parce qu'ils savaient qu'avec lui, ils auraient leurs doses quotidiennes d'hémoglobine et d'adrénaline. Depuis ces dix dernières années, les deux tueurs n'avaient quitté le giron de Jamaal que huit petits mois, le temps de participer à la révolution libyenne de 2011, mais ils étaient revenu sans prévenir et sans dire un mot de ce qu'ils avaient fait au pays, ni dans quel camp ils s'étaient battus. Une rumeur circulait cependant, disant que leurs têtes étaient mises à prix depuis leur escapade au pays, tant par les forces du nouveau gouvernement que par les quelques fidèles restants de Mouammar Kadhafi.

Beaucoup plus discret, mais non moins efficace, le groupe pouvait compter sur Amine. Spécialiste de l'assassinat en moto, l'algérien avait réussi beaucoup de meurtres au profit du Front Islamique du Salut puis du Groupe Islamique Armé dans son pays d'origine. Tireur gaucher, il agissait généralement seul, capable de conduire un deux roues et d'abattre sa cible simultanément de sa main libre. Amine ne fait jamais de bruit, n'élève jamais la voix, ne se plaint jamais. On ne l'entend jamais arriver et il est tout aussi capable de se faufiler dans une foule pour poignarder une cible à la gorge, au cœur ou à l'artère fémorale, puis de repartir avant que la victime ou le moindre témoin ne se rende compte de quoi que se soit. Amine est un perfectionniste. Il passe ses journées à nettoyer ses armes, à entretenir sa moto et à manipuler son couteau pliant. À chaque fois qu'il passe près d'un morceau de bois, il ne peut s'empêcher d'y planter sa lame. Une véritable obsession.

Le dernier, Youssef, possède un profil encore plus atypique. Né en France de parents immigrés algériens, il travaille avec El Malek depuis le début des années 2000. Les familles de Jamaal et de Youssef sont issues du même village dans le massif des Aurès, et les deux hommes se côtoyaient tous les étés pendant les vacances, depuis leur enfance. Issu de la génération internet, ce jeune trentenaire, ingénieur informatique, avait permis la mise en place d'une cellule salafiste dans le sud-est de la France, notamment en falsifiant des papiers d'identité, des déclarations d'aides sociales et des contrats de travail. Le français n'avait aucune expérience du combat, mais il savait que les services de la Direction Centrale du Renseignement Intérieur n'allaient pas tarder à le démasquer et lui tomber dessus, et quitte à devoir s'exiler, il avait choisi de rejoindre son vieil ami pour l'aider à continuer la lutte, directement à la base. Youssef avait eu du nez, car quelques jours après son départ, une unité de la Sous-Direction Anti-Terroriste avait cassé la porte de son domicile et interpellé ses parents. Même si son ami n'avait pas la carrure pour être un grand guerrier, Jamaal aurait de toute façon besoin de ses connaissances lorsque son groupe prendrait une ampleur internationale et Youssef se voyait bien responsable de l'information et des nouvelles technologies. Al Qaeda était déjà en perte de vitesse, en proie à l'éclatement, le jeune français espérait que la nouvelle mouvance de son ami allait peser sur l'échiquier mondial. Lui du moins ferait tout pour que cela arrive.

Cette troupe était finalement un parfait exemple du djihad international, preuve que le terrorisme islamiste ne connaissait pas de frontières ni de nationalités.

Avant de prendre la direction d'Agadez, Jamaal voulez s'assurer de son armement. Pour cela, il avait une petite idée en tête, et ça aussi, c'était mieux que toutes les vitamines du monde pour lui donner de l'énergie ce matin. Le convoi allait partir léger, une seule arme par personne et peu de munitions. Il fallait remédier à ça, ce n'était pas digne de l'image qu'il voulait donner et du sentiment de terreur qu'il voulait dégager. Il y avait bien ce lance-roquettes récupéré par Ousmane avant qu'il ne parte en précurseur, mais il semblait très vieux tout comme son unique munition. Autant dire qu'en plus d'espérer qu'il n'explose pas au visage de son utilisateur, ce dernier n'aurait pas droit à une séance de rattrapage en cas de tir manqué. Non vraiment, autant pour la sécurité du convoi que pour faire sérieux aux yeux des gens de Boko Haram, il fallait muscler l'armement du commando. Que penseraient les Nigérians s'ils voyaient arriver un groupuscule de types crasseux équipés de seulement quelques vieux fusils rouillés ? Et donc qu'est-ce qui les empêcherait de les attaquer afin de réaliser un coup d'éclat et de rafler la mise s'ils se sentaient supérieurs?

Un peu avant le départ, Jamaal réunit son petit commando afin de prier. Ce n'était plus tout à fait l'heure d'*Al-Fajr*, mais nécessité faisant foi, Le Très Miséricordieux comprendrait sûrement leur incartade. Pour se rattraper, ils feraient aussi le *Salât Al-Mousâfir*, la prière du voyageur, afin de protéger leur périple. Ils déplient tous leurs tapis de prière et se placent derrière leur chef. Certes, Jamaal n'était pas officiellement Imam, mais de tout le groupe c'est lui qui connaissait le mieux le Coran et connaissait par cœur les versets sacrés. Amine ne peut s'empêcher un sourire moqueur en voyant le tapis coloré de Youssef, et sa boussole intégrée. C'est un des rares effets que le petit Français a réussi à emporter avec lui et malgré les railleries de ses coreligionnaires, il ne s'en séparerait pour rien au monde. Au rythme lancinant des paroles de leur chef, la petite troupe alterne les stations debout, à genoux, puis les prosternations fronts au sol, dans un semblant de transe répétitive.

Une fois les obligations religieuses effectuées, tout le monde met la main à la pâte afin de charger le pick-up et de terminer la préparation des deux motos.

- Franck !

L'odeur âcre des corps calcinés me force à ne pas respirer. La fermeture éclair de ma chemise F1 remontée au maximum sur mon nez n'y suffit pas, la puanteur passe à travers et je ne vais pas tarder à manquer d'air, les yeux me brûlent horriblement. Les cris des derniers gamins vivants pris au piège dans le bus me percent les tympans. Bien sûr, nous avons réussi à en sauver quelques-uns en cassant la porte arrière de l'autocar, mais combien allaient rester enfermés de cette prison de flamme ? Et qu'est-ce qu'ils foutent les pompiers? On est à moins d'un kilomètre du pont et ils ne sont toujours pas là ! Notre auxiliaire sanitaire a commencé à prendre en charge les victimes. Il aligne les mômes sur 3 colonnes : ceux qui sont conscients, ceux qui ont perdu connaissance, mais dont la respiration est régulière, et enfin les cas les plus graves, dont on ne peut pas décider au premier coup d'œil s'ils sont morts ou vivants. Nous donnons à boire à ceux qui ont la force de le réclamer et ouvrons délicatement les vestes de ceux dont les habits ne sont pas encore fondus et mélangés aux chairs afin d'avancer un peu le travail des sapeurs-pompiers.

- Franck !!

Je me tourne, et aperçois à travers mes yeux brouillés de larmes, les trois Kosovars albanais auteurs de ce massacre qui avancent vers moi avec un sourire ironique. Comme s'ils sortaient d'un dessin animé, je vois leurs dents longues et pointues, monstres remontés à la surface des cauchemars de mon enfance. Ah! Ils se sentent forts dans leur enclave pourrie et délabrée à s'attaquer à un bus scolaire? Une bouffée de haine monte en moi. Je dirige mon FAMAS vers eux, fais pivoter la sûreté et presse la détente. Mais rien ne se produit. J'essaye de crier ma rage, mais aucun son ne sort de ma gorge. Je tente de m'élancer vers eux en saisissant la baïonnette à mon ceinturon, mais mes jambes refusent d'avancer. Mon corps et secoué. Les trois meurtriers rient de plus belle et leurs dents s'allongent encore.

- FRANCK !!!

J'ouvre les yeux et me retrouve nez à nez avec Christophe qui me remue par l'épaule, les yeux écarquillés et la mine inquiète.

- Ça va mec ? T'as pas l'air bien ? Faut bouger, les gars d'en face se préparent à décamper.

Je me relève sur un coude, tentant de faire redescendre mon

rythme cardiaque et de chasser les dernières brumes du sommeil.

- Ouais, ça va. Un sale rêve. Sûrement la chaleur.

- Il est 5 h 35, départ dans quinze minutes.

- C'est bon, je serais prêt pas de soucis.

- Mets-toi un coup d'eau sur la gueule et enfile un café, t'as vraiment une sale gueule.

- Ouais, t'as raison, merci.

Merde ! Ça semblait tellement réel ! Ces putains de cauchemars sont de plus en plus fréquents. Les lieux m'apparaissent clairement, comme si c'était hier alors que ces rêves avaient mis douze ans à arriver, mais à présent ils me semblent terriblement vivants, si ce n'est l'apparence monstrueuse des assassins. Même après mon réveil, j'ai la sensation de l'odeur dans mes narines, la transpiration coule dans mon dos, mes yeux piquent, mon cœur cogne dans ma poitrine comme s'il voulait s'en échapper, et une haine terrible reste en moi, mettant de longues minutes à se dissiper.

La Direction nous oblige à passer devant le psychologue du service après chaque mission, un peu à cause du passé trouble de chacun des membres de l'unité, mais surtout aux vues du caractère particulier de nos missions. Lors de ma dernière visite, dans le cabinet à la lumière tamisée, j'ai caché la venue des cauchemars, par peur de me voir signifier la fin de mon contrat. Je ne sais pas si le psy s'est aperçu du mensonge, en tout cas, je n'avais eu aucun retour. Je me promis à moi-même de me confier la prochaine fois. Du moins si j'en avais le courage.

Pourquoi cela avait-il mis autant d'années à remonter à la surface ? Est-ce que cela allait interférer sur mes prochaines prises de décisions dans des moments critiques ? Serais-je toujours capable d'appuyer sur la détente en regardant une cible droit dans les yeux ? La fusillade aux abords de Kidal était une situation de combat ou l'entraînement prenait majoritairement le dessus et où il y avait peu de place pour la réflexion. Mais qu'en serait-il si je devais assassiner une cible de sang-froid, méthodiquement, comme l'imposaient bien souvent nos missions ? Je savais que si j'échouai au moment fatidique, les membres de l'équipe seraient tenus de me dénoncer au service, il en allait de la sécurité du groupe. Je repasserai alors au filtre d'un psychologue puis d'un psychiatre, mais il y avait peu de chance d'arriver à sauver sa place à ce stade.

Des études de l'armée américaine sur différents conflits du vingtième siècle ont montré que vingt à vingt-cinq pour cent des soldats ne tiraient pas réellement sur leurs ennemis lors d'une bataille par peur de tuer. Le pic avait même atteint cinquante pour cent lors de la guerre de Corée. Il ne fallait pas que l'un d'entre nous entre dans cette fourchette, jamais.

Mes équipiers font-ils des cauchemars de temps en temps ? Ont-ils comme moi des flashbacks? Je suis certain de ne pas être le seul à rêver la nuit, je vois bien que certains ont le sommeil agité lors de certaines de mes prises de gardes. En ont-ils parlé ? Aucun d'entre nous n'avait tué d'innocent avant d'intégrer la cellule, du moins au sens moral du terme, car judiciairement, c'était autre chose. Mais nous avions tous ôté la vie par choix, pas par nécessité ou sur ordre. Et cette "qualité", si l'on pouvait dire ainsi, nous avait tous conduits là où nous en étions aujourd'hui. Je connais chacun de ces hommes, et je sais qu'aucun n'est réellement fou, enfin pas sur le plan médical. Mais cela allait-il durer pour autant ?

Partout depuis l'Afghanistan on entendait parler du SPT, le Syndrome Post-Traumatique, de la prise en charge qui était nécessaire et de plus en plus efficace. Peut-être que sans réellement mettre le sujet sur la table de manière directe, la Direction aurait tout intérêt à intégrer une petite prise en charge justement, ne serait-ce que pour rallonger notre capacité à rester opérationnel le plus longtemps possible avant que l'un d'entre nous ne « pète les plombs ». Ce qui me trouble également c'est que jamais je ne rêve de mes cibles abattues en mission. Même si je ne tiens pas vraiment un compte précis de mes victimes, j'ai dû éliminer plus d'une trentaine de personnes en 8 ans de présence au sein de la DGSE, ça doit bien laisser des traces quelque part dans le subconscient ce genre de choses. Il faudrait que je glisse l'idée à Rémy à l'occasion, en prenant le prétexte que l'un de nous pourrait disjoncter au cours d'une mission et que ce serait alors catastrophique.

Je chasse mes idées noires et range les maigres affaires que j'ai sorties de mon sac. Je récupère le Glock, glissé sous ma veste polaire, et le remets dans mon holster de cuisse. J'enfile mon gilet tactique et saisis arme et sac afin de descendre tout déposer dans mon pick-up. Une odeur insoutenable de gaz d'échappement empli tout le garage, je remonte mon chèche sur mon nez et décide de ne pas rester là. Mis à part les chauffeurs, et Peter qui surveille la sortie arrière, nous nous retrouvons dans la pièce d'observation du dernier étage.

Tous équipés de nos jumelles de vision nocturne, nous ne ratons pas une miette des allers et retours des gars de la maison d'en bas. Ils chargent plusieurs gros sacs et surtout, des armes longues, voire très longues, comme ce tube qui ne peut rien être d'autre qu'un lance-roquettes. Il nous est impossible d'identifier El Malek parmi les six personnes que nous pouvons distinguer. Je signale le grand échassier que j'ai repéré plus tôt et nous convenons qu'il ne peut pas s'agir de lui. J'espère que nous ne sommes pas en train de suivre une mauvaise piste. Aucun mouvement important n'avait été détecté durant les dernières vingt-quatre heures, mais là, même si les gars ne semblaient pas trop pressés, pas de doute, c'était le grand départ.

- C'est partit les mecs, ils filent plein nord !

La maison des islamistes se trouvant en lisière de Kidal, nous pouvons sans peine voir les phares des véhicules monter droit devant en direction des montagnes et peut être d'Essouk, ville historique du Mali. Il aurait été plus prudent de rouler feux éteints, et nous en déduisons que les gars ne sont pas équipés de systèmes de vision nocturne. Nos guides auraient fort à faire pour retrouver la trace du convoi alors que le jour n'est pas levé et que les traces allaient se faire rares sur les pistes de plus en plus rocailleuses de l'Adrar des Ifoghas. D'ailleurs, pourquoi ces types partaient-ils au nord alors que le lieu de rendez-vous était censé se trouver plein est, dans un pays voisin ? El Malek s'était brouillé avec AQMI et pourtant il prenait tout droit la route de leur sanctuaire rocheux. Soit il était suicidaire, soit il avait une idée tordue en tête. À moins que nos informations ne soient pas à jour, une alliance avait peut-être été conclue. Dans ce cas, nous nous jetions la tête la première dans la gueule du loup. L'Adrar était bien parcouru par les Forces Spéciales françaises et survolé par notre aviation, il n'en restait pas moins une forteresse de pierre où les djihadistes savaient se déplacer et occupaient de solides postes de combat très difficiles à déloger. Et nous avions toujours le risque d'un tir fratricide puisque nous ne pouvions pas nous identifier rapidement et officiellement auprès des forces françaises ou maliennes.

Toute l'équipe dévale les escaliers, Peter arrache la bâche fermant l'entrée et nos véhicules s'élancent dans les ruelles afin de retrouver la piste des djihadistes, laissant la maison à l'abandon quasiment sans aucune trace de notre passage. Nous retrouvons tous une énergie nouvelle à l'idée de la chasse à l'homme qui commence.

Nous roulons toute la matinée dans la même direction, sans jamais apercevoir le convoi ennemi devant nous. Nos pauses sont fréquentes et nos guides nous assurent être sur leurs traces et garder une distance de sécurité d'environ un kilomètre. Enfoncés dans la chaîne rocheuse, nous étions partis dans l'obscurité la plus totale et à mesure que les heures passaient, nous avons vu le soleil gagner sur le rideau d'ombre contre les parois rocheuses à notre gauche et la route s'élever progressivement. À présent ma montre indique midi, nous n'avons parcouru qu'environ vingt-cinq kilomètres et allons arriver sur une zone de grand découvert, lit d'un grand oued intermittent asséché qui donne à l'ouest sur Essouk, la capitale historique touarègue. Par acquit de conscience, nous avions fait un passage près de la planque des djihadistes. Les quatre roues du véhicule qu'ils avaient laissé sur place étaient à plat. Nous nous foutions de savoir si cela avait été fait volontairement ou non, nous n'avions pas pris le risque de nous approcher.

Au sortir d'un couloir rocheux étroit permettant à peine le passage de nos véhicules, nous tombons sur un petit plateau surplombant la plaine, avec l'oued en son centre. Nos deux voitures stoppent côtes à côtes au bord du précipice. Du haut de ce piton, je descends mes lunettes de soleil pour admirer pleinement le spectacle. Je pourrai me prendre pour le *Roi Lion*, comme sur l'affiche du dessin animé. Une grande étendue de sable et de pierre nous fait alors face, creusée de sillons qui accueilleront l'eau sacrée d'ici deux mois. Quelques *gueltas,* ou *marigots*, des mares ayant réussi à garder l'eau, sont visibles aux pieds de certaines falaises. Elles permettent aux tribus touarègues de faire boire leurs troupeaux, et parfois même, lorsqu'elles sont assez importantes, de creuser des puits provisoires. La réalité et déformée par un mirage géant faisant danser doucement la vallée à nos pieds. J'aimerai prendre une photo pour en ramener un souvenir à mes fils, mais les images devront rester cachées au fond de ma tête. La température s'est rapidement élevée, jusqu'à atteindre les quarante degrés à l'ombre. Les quelques centaines de mètres d'altitude nous épargnent pour l'instant des cinq à dix autres degrés qui plombent un peu plus l'atmosphère en contrebas. Comme une menace, en arrière-plan, se dresse les sommets du véritable Adrar des Ifoghas, à près de mille mètres d'altitude, masse sombre où sont réfugiés les nouveaux ennemis de la France, mais aussi peut être des adversaires pour notre cible.

En dessous de nous, quasiment au milieu du découvert, un léger nuage de poussière attire l'attention d'Amadou.

- Ce sont eux là en bas !

Impossible pour moi d'identifier le moindre véhicule, il faut faire confiance au Nigérien. À présent, la distance entre nous semble énorme, ce que ne manque pas de relever Peter.

- Mais ils ont pris une sacrée avance ! Nous allons les perdre. En route, on n'a pas le temps de faire du tourisme !

- Mais non mon ami. Ne t'affole pas mon ami. Le sable de la plaine et assez meuble, et leurs traces seront parfaitement visibles. Par contre, si nous nous rapprochons trop, ils verront eux aussi notre nuage de poussière. Nous devons les laisser reprendre un peu d'avance à l'entrée de l'Adrar. Une fois qu'ils auront pénétré dans les rochers, ils ne verront plus rien derrière.

Son frère à l'air d'accord.

- Depuis que les Français sont arrivés à Kidal, il n'y a plus beaucoup de véhicules qui prennent la route de la montagne. Les traces seront bien visibles.

Nous hochons tous la tête. Imparable. Chacun son métier, et Amadou et Ibrahim connaissent parfaitement le leur. Le guide enchaîne avec un sourire malicieux.

- Il est l'heure du repas. Accordons-nous une petite pause de quinze minutes puis nous pourrons reprendre la route sans risque. Ce n'est jamais bon de partir le ventre vide dans le désert. Plus que jamais, j'étais entièrement d'accord avec lui.

Cette fois, je suis sûr qu'on les a perdus. Ça fait plus de deux heures que nous roulons au milieu de hauts rochers, qui, au moins, nous procurent un peu d'ombre et un semblant de fraîcheur. La route est tellement sinueuse qu'il n'y a plus moyen de savoir si les djihadistes sont toujours devant nous. Régulièrement, Amadou sort la tête par sa fenêtre, observe la piste, et nous fait un signe du pouce avec un grand sourire pour nous dire que tout va bien, qu'il contrôle toujours la traque. La journée commence à être longue, le manque d'action entraîne une légère lassitude, et les roches sont tellement proches de nous que nous ne pouvons pas mettre en place une surveillance efficace des hauteurs. Presque comme en ville, nous nous retrouvons à la merci de la moindre embuscade. Quelques grenades lancées au hasard depuis les hauteurs suffiraient à nous immobiliser voire nous tailler en pièces.

Soudain, la voiture de tête stoppe et Amadou met pied-à-terre. Nous sautons également tous des véhicules pour nous poster. Le guide s'agenouille devant le pare-buffle de son Toyota et pose une main au sol. Il me fait penser aux pisteurs indiens que l'on voit dans les vieux westerns. Je m'attends presque à le voir plonger la tête dans la poussière pour renifler les empreintes. Une fois certains qu'il n'y a pas de danger immédiat, Peter et moi restons en protection afin d'assurer la sécurité du convoi et le reste de l'équipe se regroupe à l'avant.

- Vous voyez ? Les traces sont plus marquées.

De toute évidence, personne ne voit rien, mais ils n’interrompent pas Amadou.

- Ça veut dire qu'ils ont beaucoup ralenti leur vitesse. Nous allons devoir rouler moins vite sinon, on peut leur tomber dessus après n'importe quel virage derrière des rochers.

- On continu à pied alors ?

Mohamed n'a pas très envie de se taper une randonnée dans ces montagnes chaudes et hostiles où le danger peut surgir à tout moment.

- Non. Ils ont encore un petit quart d'heure d'avance. On va réduire notre allure et ont fait un point dans dix minutes.

Tout le monde acquiesce et se prépare à remonter dans les véhicules quand une succession de coups de feu se répercute dans la montagne. Pas un échange soutenu, mais des séquences de cinq ou six cartouches, suivies de longs silences. Avec la résonance des rochers et l'écho des montagnes, impossible de donner une distance et une direction de provenance des tirs. Une chose au moins est sûre, s'il s'agit des gars que nous suivons, ils ne peuvent être que devant, car aucune piste ne leur aurait permis de nous prendre à revers. Par contre, il était toujours possible que cela vienne d'un autre groupe derrière nous, qui aurait pu être pris à parti par des militaires en opération par exemple.

- Par contre, on va démonter les silencieux, ce n'est plus très utile vu les circonstances.

Nous décidons de suivre le conseil de Peter. Nous dévissons tous nos réducteurs de son puis décidons de reprendre le même principe de progression en boules de billard que dans le massif à l'est de Kidal avec les deux véhicules en arrière. Malgré un manque de motivation évident, Mohamed prend de nouveau la tête, suivi cette fois-ci de Peter, car son lance-grenade pourrait être d'une grande utilité contre une personne retranchée dans les rochers ou des véhicules mis en barrage en travers de la piste.

En cas d'ouverture de feu, nous nous attendons à une distance de combat relativement faible. Peter échange donc la grenade antichar qu'il avait prévue en cas de tir sur un pick-up, contre une grenade explosive simple M406 afin que l'effet de souffle soit moins dangereux pour nous. Nous suivons tous en colonne, espacés de cinq mètres, sauf Romuald qui reste en caisse du dernier 4x4 afin de sécuriser nos arrières. Pour plus de confort, Christophe a décidé de remiser son fusil lourd dans le véhicule de tête et il n'avance qu'avec son seul pistolet à la main. Finalement, c'est lui qui a la vie facile.

J'en profite pour allumer un peu Mohamed qui tire une tronche de six pieds de long, nous avons tous besoin de nous détendre un peu.

- Alors petit fennec des sables, t'es pas content ? T'es dans ton élément ici.

- Mais ferme là un peu ! Je te jure que si tu te fais flinguer, je récupère ta peau pour m'en faire un parasol.

- Tu pourras carrément t'en faire une tente dix places si toute ta tribu est de ton gabarit.

Notre allure est très lente, d'autant plus que la piste s'élève brusquement et que toutes les trois à quatre minutes, nous mettons tous genoux à terre, car quelques tirs viennent briser le silence. Ce principe de progression est très éprouvant physiquement avec tout notre équipement et nos cuisses brûlent rapidement à force de s'agenouiller et de se relever. Je suis heureux de disposer des voitures qui nous déchargent de nos fardeaux et pense aux fantassins français qui effectuent parfois toutes leurs reconnaissances à pied et avec leurs sacs sur le dos. Au moins, nous avons à chaque fois un peu plus la certitude que le combat se passe devant nous et que nous allons arriver comme un cheveu sur la soupe.

Nous finissons par déboucher sur un petit cirque à découvert. Mohamed et Peter se postent sur le côté gauche, dix mètres en retrait avant l'entrée pendant que Gilles et moi rattrapons en trottinant notre retard pour nous placer sur la sortie droite du défilé. Christophe récupère finalement son Barrett en trottinant et reste à mi-chemin en arrière, prêt à couvrir avec Romuald une éventuelle retraite.

Au milieu de l'arène naturelle, les motos de nos cibles sont jetées à terre, le 4x4 a les portières ouvertes. Les véhicules des djihadistes semblent abandonnés, mais leurs moteurs tournent toujours. Une sensation de tension extrême flotte dans l'air. Nous avançons par petits pas en nous couvrant mutuellement de façon croisée. Un nid d'aigle surplombe la place du côté nord-est, je risque de rapides coups d'œil et j'y vois du mouvement entre les rochers formant une muraille naturelle. L'entrée sombre d'une grotte semble se dessiner en arrière-plan. Seul un chemin de muletiers permet d'accéder au refuge par sa droite et j'aperçois des hommes espacés qui tentent de monter à l'assaut. À chaque fois que l'un des djihadistes essaye de bouger, des coups de feu le clouent sur place. La situation semble figée. Même s'ils avaient voulu revenir en arrière pour contourner ce donjon naturel, les hommes de Jamaal Abou El Malek se seraient retrouvés exposés avant de pouvoir reprendre leurs véhicules et quitter la zone. Pas le moindre bosquet ou rocher pour fournir un couvert au milieu de la place. Il est évident qu'ils ont sciemment choisi de s'arrêter ici, car ils auraient pu rejoindre la sortie du cirque qui se trouvait plein nord, face à nous, certes sous le feu, mais avec de la vitesse et la surprise, les combattants retranchés n'auraient pas eu des cibles faciles.

Malgré l'altitude, la température est remontée d'un cran dans cette cuve et mon corps est trempé de sueur, soumis à ce nouveau choc thermique et à la montée d'adrénaline. Nos cerveaux tournent à plein régime afin de trouver une solution à cette situation. Si nous laissions nos cibles se faire exterminer, notre mission s'arrêtait là. Si nous les assistions, nous serions découverts. Si l'on demandait un appui aérien pour simplement détruire le nid d'aigle, en espérant que le délai soit assez rapide, les islamistes n'y réchapperaient pas non plus, la zone étant relativement petite et même nous, nous étions trop imbriqués. De plus, nous n'avions aucune information sur les types présents là-haut. Il fallait au moins être sûrs qu'il ne s'agissait pas d'alliés avant de les engager. Cela n'aurait gêné personne dans l'équipe de dessouder des soldats étrangers amis, mais impossible pour nous de tirer sur des Français des Forces Spéciales qui se seraient placées là en embuscade.

Inutile de tenter une communication téléphonique, le temps d'avoir la moindre information fiable, il serait trop tard.

- ALLAH AKBAR !!!

Ce cri venant du sommet et se répercutant en écho sur les parois de pierre est pour nous autant un soulagement qu'un top départ. Nous sommes à présent sûrs qu'il ne s'agit pas de gars de chez nous. Il reste la possibilité de soldats maliens, peut-être tchadiens puisqu'ils se sont joints à la coalition, mais tant pis, la mission avant tout. Nous allions entrer dans la danse et apporter un soutien à nos ennemis. La guerre pouvait être parfois bien contradictoire.

Nous établissons un rapide plan d'action.

Peter s'avance à l'angle du débouché et épaule son fusil debout. Un projectile sort du lance-grenades avec un claquement métallique sourd caractéristique. Le tir est trop court, la munition explosant en dessous des rochers protégeant les cibles, un peu au-delà des quatre cents mètres qui représentent la portée maximale de l'arme. Mais l'effet n'en est pas moins positif. Le repère est criblé d'éclats de métaux et de roches. Tous les regards se braquent alors un instant sur nous, incrédules se demandant s'il faut nous attaquer, puis, profitant du choc provoqué chez les défenseurs, les djihadistes reprennent leur marche en avant, gagnant un terrain précieux. Ils disparaissent finalement de notre vue.

Après de longues secondes d'attente dans un silence de mort pendant lesquelles Peter en profite pour engager une nouvelle grenade, de nouvelles rafales éclatent, plus nourries, sur le haut du piton. Nous n'avons aucun visuel, mais le bruit et les éclairs de départs de tirs qui se répercutent sur les rochers ne laissent aucun doute sur la violence des combats qui se déroulent quasiment au corps à corps. L'écho, amplifié par les parois, donne un bruit titanesque à la scène. Le calme revient d'un seul coup. Nous entendons quelques cris en arabe puis plus rien. Quelques silhouettes semblent se déplacer légèrement derrière le 4x4 de nos cibles, mais rien de réellement identifiable.

Alors que nous nous demandons ce que va nous réserver la

suite, nous avons tous la même vision au même moment, mais c'est Peter, plus prompt, qui cri le premier.

- RPG ! RPG ! COUREZ !

Plus question à ce moment-là de se soucier de tactique, de déplacement en formation ou de toute autre considération militaire, seule la mise à couvert et la survie comptent. Nous prenons tous nos jambes à nos cous et nous nous jetons vers l'arrière en direction de nos véhicules dans le corridor de pierre qui nous avait servi à monter jusqu'ici.

Personne n'avait entendu le départ du coup ni le bruit caractéristique de la roquette qui fuse, mais deux secondes plus tard, une formidable explosion secoue toutes les montagnes autour de nous. Certains chutent dans la rocaille, poussés par le souffle et aidés par la pente. Ma grosse carcasse ne m'ayant pas permis de me jeter à terre suffisamment vite, je suis toujours debout lorsqu'un choc semblable à un énorme coup de poing vient me frapper juste à la base du crâne. J'ai la sensation de perdre connaissance tout en restant sur mes pieds, puis une vive douleur me fait reprendre mes esprits. Je ne comprends pas immédiatement ce qui m'a percuté et porte instinctivement la main derrière ma tête en m'attendant à sentir un trou provoqué par un éclat. Je suis soulagé de ne découvrir qu'un hématome de la taille d'un œuf de pigeon, et pas de trace de sang. Une pierre grosse comme une balle de ping-pong roule à mes pieds. Bien sûr, cela pouvait cacher un traumatisme crânien et, chose peu probable, une hémorragie interne, mais j'ai pris suffisamment de coups dans ma vie pour analyser rapidement que je m'en sors bien. Mes réflexes reviennent alors et je m'aperçois que je suis statique en plein milieu du couloir, complètement à découvert. Je me mets rapidement à l'abri, ne sachant pas si les gars allaient venir chercher l'affrontement maintenant que nous étions repérés.

Un regard autour de moi me permet de constater que tout le monde va bien. Certains s'époussettent, d'autres massent leurs genoux ou leurs épaules endoloris dans leurs chutes. Christophe est déjà en train de vérifier la fixation de la lunette sur son fusil, il n'a pu empêcher la chute de l'arme à cause de son poids. Il me fait un signe du pouce pour me signifier que tout va bien. Plus aucun bruit de combat ne se fait entendre. Soit les belligérants avaient fait une pause, soit l'un des groupes avait pris définitivement l'avantage. Il fallait en avoir le cœur net.

CHAPITRE 10

Mais qui étaient ces types ? Jamaal ne comprit pas immédiatement ce qu'il se passait. Par contre, il prit vite conscience que les gardes là-haut avaient été secoués par l'explosion, lui-même avait ressenti l'effet du souffle, et qu'il tenait sa chance de les prendre à revers. Il n'était venu ici qu'une seule fois, il y avait plus de six mois, mais il avait un parfait souvenir des lieux. Il s'élança, jeta un rapide coup d'œil en arrière et vit avec satisfaction que les frères Ajeeb et Wiss prenaient sa suite, trop contents de sortir de leurs abris de rochers bien petits pour leurs grosses carcasses. Yacouba était invisible, mais avec son fin gabarit, nul doute qu'il avait dû trouver un trou de souris où se glisser. Amine était tout en bas de la pente, et il semblait être en train de hurler sur Youssef qui était tétanisé par la peur. C'était son baptême du feu, et de toute évidence, le choc était violent pour le français. Jamaal se dit que de toute façon, son ami d'enfance était un technicien et pas un combattant, puis il reprit son ascension. Il arriva rapidement à un embranchement bien dissimulé. Prendre à gauche lui permettrait d'arriver directement sur la grotte cachée derrière les rochers, mais la piste de droite, qui semblait pourtant descendre et s'éloigner, allait lui permettre de contourner les défenseurs. L'itinéraire avait été déblayé à la main des gros rochers qui obstruaient le passage pour fournir un itinéraire de repli en cas d'attaque aérienne frontale. Seul un gros amas d'arbustes entremêlés dissimulait un petit sentier.

En effet, les deux défenseurs, encore sous le choc inattendu de l'explosion de la grenade, ne virent ni n'entendirent Jamaal et ses gardes du corps arriver. Et puis il restait encore trois assaillants sur la montée qui retenaient toute leur attention. Sans plus se soucier à présent d'économiser leurs munitions, les trois rebelles vidèrent frénétiquement leurs chargeurs de kalachnikovs dans le dos des pauvres bougres qui ne réalisèrent même pas qu'ils étaient en train de mourir à travers un nuage de poudre et de fumée. Dans un vacarme assourdissant, les balles frappèrent autant les corps que les rochers, ricochant dans tous les sens et sifflant dans l'air. Jamaal ne perdit pas de temps. Il savait parfaitement ce qu'il avait à faire et ordonna d'un geste à Ajeeb d'ouvrir la troisième caisse en rentrant dans la grotte, celle avec de gros caractères cyrilliques, alors qu'il se chargeait de la seconde. Peu importe qui étaient les soldats en bas, ce n'était pas des alliés et il fallait se débarrasser d'eux à tout prix. Il arracha le long tube à poignée des mains du colosse et y enclencha à l'extrémité la grosse roquette qu'il avait trouvée dans sa caisse. Le petit clic caractéristique lui assura que l'engin était armé. C'est sa précipitation et son manque d'entraînement qui sauva les Français en contrebas. Jamaal pointa son arme plus qu'il ne visa et enfonça la détente d'un geste brusque et imprécis. Ajeeb du se jeter sur le côté pour ne pas se retrouver dans la zone arrière du lance-roquettes et se faire calciner par les flammes s'échappant du cône mortel lors du départ du tir.

Tout ne fut plus que bruit et poussières à l'entrée du couloir rocheux qui donnait sur le cirque. Jamaal, un peu étourdie par le souffle du tir, jeta son lance-roquettes RPG-7 au sol, reprit son fusil d'assaut et hurla à Amine, Youssef et Yacouba, de monter pour aider les deux frères à charger quelques caisses dans la voiture. Il resterait en surveillance, prêt à engager quiconque s'aventurerait de nouveau à découvert. Et puis après tout, il était le chef, ce n'était pas son rôle de s'occuper de la manutention.

Cette cache d'arme existait depuis longtemps, et ce serait certainement la prochaine à tomber entre les mains de la coalition, car elle était la plus proche des grands axes. Alors, autant se servir. Bien sûr, ils ne pourraient pas tout emporter avec eux, mais ils n'auraient plus à se soucier de compter les munitions, tout le monde aurait son propre fusil d'assaut et des grenades. Quelques munitions pour les lance-roquettes seraient aussi chargées et, cerise sur le gâteau, il y avait une mitrailleuse russe de 14,5mm et son affût qui irait parfaitement dans la caisse du 4x4. De quoi en faire un vrai char d'assaut du désert. La cache avait été réapprovisionnée à l'automne grâce à des matériels ramenés de Libye par des mercenaires touaregs revenus du conflit. Il y avait là de quoi mener une petite guerre privée, et même des gilets préparés pour des attentas suicides, avec des billes d'acier plantées dans des pains de plastics, les détonateurs heureusement conservés dans une caisse séparée. Des hommes d'AQMI avaient suivi l'affaire de près puis le commandement avait décidé de lancer l'une de ces *katibas* à l'assaut pour prendre le pic. L'intervention française de janvier avait mis fin aux velléités des touaregs sur leur ancienne position qui était finalement restée aux mains des terroristes. C'était même étonnant que les hommes du désert n'aient pas encore donné la localisation de la planque aux soldats de l'Opération Serval. La confiance n'était peut-être pas encore totale et les nomades préféraient sûrement garder quelques tours dans leurs manches au cas ou il leur faudrait reprendre le combat dans quelques mois. C'était souvent comme ça en Afrique, les alliances se faisaient et se défaisaient à la vitesse de l'éclair.

Nous nous regroupons à l'arrière des véhicules afin de faire un contrôle PAM, Personnel-Armement-Munitions, et être certains que tout est en ordre. Il s'agit de s'assurer que personne ne soit blessé, qu'aucune pièce d'armement ou chargeurs ne soit tombée ou aient été arrachés.

- Je vais partir en observation. Je prends Romuald pour ma protection.

- OK Chris, mais tu n'engages pas le combat, ça ne sert à rien. Sois discret.

- Ne t'en fais pas Peter, je ne suis pas complètement tordu.

- Juste un peu, et c'est ce qui m'inquiète. Profites-en pour relever les coordonnées du pic rocheux, dès qu'on a quitté les lieux, je ferais une demande pour que la chasse vienne faire une passe sur le coin. Si ce sont des vilains là-haut, autant leur laisser un dernier cadeau.

- Ça, c'est une idée qui me plaît.

Christophe démonte précautionneusement la lunette Leupold de son fusil de précision, en prenant soin de bien marquer son emplacement sur l'arme à l'aide de quelques morceaux de ruban adhésif noir. Les réglages d'une optique sur un fusil de précision sont liés à quelques paramètres, notamment le positionnement de l'équipement. Déplacer une lunette de quelques millimètres sur un rail de montage peut avoir une incidence de plusieurs dizaines de centimètres à des distances d'engagement très longues telles que le permet le Barrett. Christophe n'ayant pu tester son arme, il devait se référer à de vieux souvenirs, dans des conditions climatiques un peu différentes de celles d'aujourd'hui, et aux réglages inscrits sur ses tables de tir qu'il avait réalisées à l'hôtel en Belgique. Son coup de feu dans Kidal, trop bas, lui avait permis d'affiner un peu sa lunette, mais il n'avait bien sûr pas pu confirmer un réel réglage, d'autant plus que la distance de tir n'avait pas été extrême.

Ainsi allégé, nous le voyons partir tel un cabri dans les rochers, pistolet au poing, à la suite de Romuald qui gardait son fusil d'assaut. Je fais encore reculer les 4x4 et chacun trouve un poste dans les rochers au cas ou des gars auraient envie de nous rendre visite à l'improviste. Une longue attente commence pour nous alors que l'ombre est désormais complètement absente, le soleil ayant atteint son zénith. Je dégrafe un peu mon gilet pour m'aider à respirer, et je m'enfile une moitié de gourde, car je commence à avoir des mouches devant les yeux. Je sais que je risque le coup de chaleur si nous restons trop longtemps en attente ici. J'enroule mon chèche autour de ma tête à la mode touarègue, ultime protection contre l'astre solaire et tâte encore une fois la bosse derrière la tête. Elle ne me paraît pas avoir grossi, bonne nouvelle.

Jamaal est fier de son équipe. Il n'aurait jamais cru pouvoir emporter autant de caisses en si peu de temps. Le risque de voir ressurgir les soldats anonymes en bas du chemin avait boosté le moral des troupes. Ils étaient à présent tous exténués et inondés de transpiration après l'effort qu'ils avaient dû fournir, mais la collecte dépassait toutes les espérances.

- Vous m'attendez ici, je vais m'assurer que personne ne vienne chercher le reste de matériel. Restez vigilants, ne vous faites pas surprendre. Je reviens dans cinq minutes.

Le chef du groupuscule reprend l'ascension du pic afin de retourner dans la caverne pendant que le reste de son groupe prend un semblant de posture défensive, essayant tant bien que mal de couvrir les deux entrées du découvert.

Une fois sur place, Jamaal ouvre l'une des caisses contenant un nombre impressionnant de grenades à main RGD-5 d'origines russes. Ces petits engins de trois cent dix grammes remplis de TNT ne sont pas les plus mortels au monde, mais assemblés en chapelet comme allait le faire Jamaal et laissés telle une guirlande en travers de tous les accès menant à la grotte, ils feraient parfaitement leur office en criblant d'éclats tout intrus et en rendant inutilisable une bonne partie du matériel encore présent. Le terroriste sait que parfois, à la guerre, il est préférable de faire plus de morts que de blessés. Les cadavres, on peut les enterrer sur place et poursuivre sa route. Des blessés, il faut les stabiliser, les évacuer, les soigner, cela demande énormément de moyens humains et matériels. Les Occidentaux ne laissent pas leurs hommes sur le carreau, et ils achèvent encore moins leurs blessés. Cela pouvait mettre un terrible coup d'arrêt aux poursuivants de Jamaal.

Après s'être épongé les mains et essuyé le front, l'algérien commence à relier entre elles toutes les goupilles au moyen d'un fil de fer semi-rigide. Le fil piège est suffisamment solide pour ne pas se couper si quelqu'un y marche dessus et assez flexible pour être mis en forme et s'adapter au terrain. Il dispose ensuite le collier d'explosif tout autour de la caverne, fixant la première extrémité du fil au lourd poste radio qui permettait aux occupants de rester en contact avec leur base arrière. Le fil est tendu à hauteur de tibia, à vingt centimètres du sol, entre chaque espace dégagé permettant le passage d'un homme, puis Jamaal attache la dernière extrémité de fil à une grosse caisse qui avait contenu auparavant des roquettes. Le rebelle finit par couper à ras la tige de sécurité des goupilles de grenades qui évitent en temps normal un arrachement involontaire. Une fois cette dernière opération effectuée, il quitte la zone par le sentier arrière en essayant d'effacer au mieux les traces de son passage en se servant d'une branche d'arbuste comme d'un balai. Il est trempé de sueur. La chaleur, il y est habitué, mais la manipulation d'explosif lui faisait toujours monter en flèche son niveau de stress. Jamaal fabriquait des bombes depuis bien des années, mais il n'avait jamais eu de véritables leçons, apprenant à tâtons avec des anciens, puis mettant en œuvre des engins artisanaux avec ses bribes de connaissances et de la documentation trouvée sur internet. De retour en bas vingt minutes après avoir laissé son équipe en place, il rappelle ses troupes.

- Allez tout le monde, en route, on ne peut pas rester ici plus longtemps. Les infidèles ne vont pas tarder à revenir. Ajeeb, Wiss, vous profitez de la route pour essayer de fixer la mitrailleuse derrière la cabine.

Les jumeaux comprenaient à présent pourquoi Jamaal tenait absolument à ce qu'ils préparent des rangées de trous à la perceuse dans le sol du pick-up alors qu'ils étaient en attente à Kidal.

- D'accord chef, mais ça va pas être facile, on n’a pas beaucoup de place pour bouger, on a chargé trop de caisses.

- On n’a pas le choix, on aura bien besoin de tout ça le moment venu. Faites vite !

Christophe et Romuald sont un peu loin des véhicules des djihadistes, mais leur position surélevée leur offre une vue imprenable sur le découvert. La lunette permet d'obtenir des détails précis et ils ne perdent rien de la scène. Ils avaient mis dix bonnes minutes à progresser dans les rochers, en essayant d'être les plus discrets possible. Il fallait être aussi très prudent afin de ne pas mettre le pied sur une vipère à corne ou la main sur un scorpion. Même si ces animaux sont rares et que leurs venins ne sont pas mortels, une morsure ou une piqûre provoquerait d'abord un cri difficilement maîtrisable, et surtout quelques soins que nous n'étions pas en mesure d'administrer sérieusement ici. Nous ne doutons pas qu'Amadou et Ibrahim connaissent quelques onguents traditionnels, mais nous ne tenons pas vraiment à les tester. Le soleil est très haut dans le ciel, les pierres brûlantes et l'ombre inexistante sur les hauteurs, ce qui rend la surveillance plutôt désagréable.

- 13 pour tous !

- Transmets 13.

- Nous sommes en place. Environ 80 mètres à l'est de votre position, en surélevé, et à cent cinquante mètres des cibles. Visuel excellent, mais on cuit et l'on étouffe ici.

- OK! Rendez compte.

- Nous voyons cinq cibles, armement léger, qui chargent des caisses d'armement, sur le pick-up. Au marquage, je dirais que c'est certainement du matos russe. Elles proviennent du pic rocheux et semblent bien lourdes. Peu de visuel sur là-haut. Il semble bien y avoir une grotte. Je ne sais pas s'il reste quelqu'un dedans.

- Bien pris 13, on reste à l'écoute, vous avez la priorité sur la communication.

- Reçu!

Christophe réalise assez vite qu'il y a du mouvement sur le nid d'aigle, mais il préfère attendre d'avoir une confirmation. Lorsqu'il voit l'individu redescendre le chemin, il est rassuré et excité en même temps. Pas d'erreur possible, le visage correspond parfaitement à la photo fournie par Rémy et que nous avons tous mémorisée, il s'agit bien de Jamaal Abou El Malek, la cible principale de la mission.

- 13 pour tous, j'ai un visuel sur l'objectif principal de la mission. Je répète, Jamaal est bien là ! Parlez.

- Bien reçu pour nous. Très bonne nouvelle 13. Restez en place, on ne change rien. Tenez bon !

- Bien pris, terminé.

Le binôme en observation voit ainsi la bande se regrouper à

l'arrière du véhicule, puis deux d'entre eux remettent les motos sur roues alors que les deux colosses relèvent ce qui avait paru jusqu'à présent être un simple tas de ferraille. Romuald se met à souffler.

- Hé ! merde ! C'est moins drôle, ça fait de sacrés trous un engin pareil.

Il revient alors sur les ondes radio.

- Les gars, ils lèvent le camp. Par contre, ils ont une mitrailleuse lourde russe. Il y a un arceau et un gros monopied métallique donc il y a des chances qu'elle finisse en arme de bord.

Mohamed ne peut s'empêcher son habituel trait d'humour.

- Si tu as d'autres bonnes nouvelles comme ça, surtout tu n'hésites pas. Ça fait toujours plaisir.

La grande mode depuis la guerre de Somalie en 1993 dans les conflits impliquant des forces non conventionnelles, était de monter des armes puissantes à l'arrière de pick-up Toyota Hilux ou land Cruiser, allant de la mitrailleuse légère au canon antiaérien. Une sorte de cavalerie légère bon marché.

Après encore de longues minutes d'attente, puis enfin la confirmation de Chris que les islamistes ont bien quitté la zone, nous nous engageons prudemment dans le découvert, tous éparpillés, balayant les hauteurs avec nos armes afin de ne pas être surpris par d'éventuels nouveaux venus qui tenteraient de nous tendre une embuscade, ou les mêmes qui nous auraient réservé un demi-tour surprise. Une fois rassurés sur la sécurité des lieux, nous sommes obligés de déblayer un peu la voie des débris de pierres et de ferrailles occasionnés par le tir de RPG afin que nos véhicules puissent entrer à leur tour dans l'arène sans risque de crevaison. Christophe ayant une vue parfaite sur la sortie nord, nous décidons de le laisser en place pour sécuriser cet accès après qu'il eut effectué un petit aller-retour pour récupérer son fusil. Ibrahim laisse son Land Cruiser en travers de la piste au sud pour fermer l'accès au découvert. Peter et son lance-grenade se placent derrière la caisse, prêts à engager ou tout au moins faire peur à d'éventuels curieux attirés par les tirs et l'explosion. Nous mettons nos chauffeurs à l'abri entre les rochers au pied de la piste qui monte vers la grotte et le second véhicule, avec Giles en protection rapprochée. Romuald qui nous ayant rejoint, Mohamed et moi entreprenons l'ascension, et je décide de prendre la tête, mon expérience du Génie combat me rendant le plus apte à l'ouverture d'itinéraire vers une potentielle cache d'arme.

Malgré le départ de nos cibles, la prudence est de mise, car il nous est impossible de savoir ce que nous allons trouver là-haut. Les défenseurs pouvaient n'être que blessés et toujours en mesure de se défendre, l'endroit était peut-être piégé, et nous ne savons pas non plus ce qui se trouve de l'autre côté de la montagne. Je monte donc en tête, à petits pas, tant pour me préserver physiquement que pour jeter des coups d'œil fréquents dans le module de grossissement couplé à mon Aimpoint afin de vérifier qu'il n'y ait ni mouvements ni objets suspects. Je suis sans arrêt à la recherche d'un abri au cas ou une fusillade inattendue se déclencherait. J'aimerais avoir un détecteur de métaux pour me faciliter la tâche plutôt que de ne devoir me fier qu'à mes yeux et mon instinct. Au départ très stressé, je parviens au fur et à mesure de ma progression à contrôler mes émotions ; je sens que mon esprit s'éclaircit et que mon champ de vision s'élargit.

- Merde !

- Qu'est-ce qu'il y a 11 ?

Le reflet qui avait attiré une première fois mon regard de façon furtive entre les rochers du nid d'aigle vient cette fois de se matérialiser de façon bien réelle.

- Je pense que c'est piégé ! Je vois un fil. PERSONNE NE BOUGE !

Bien sûr, cela n'est peut être qu'un simple fil de fer, mais rien non plus ne peut nous prouver que nous ne sommes pas entrés dans une chaîne piégée. Ce genre de "daisy chain", comme les appelle les Américains, consiste à miner toute une zone et de laisser un accès libre à l'ennemi. Si ce dernier entre trop, il déclenche une réaction en chaîne et fait sauter des explosifs disséminés à trois cent soixante degrés autour de lui. S'il ne ressort pas par l'itinéraire exactement identique à celui qu'il vient d'emprunter, même résultat. Je ne savais pas qui était à l'origine du piégeage, certainement pas les défenseurs du roc, car les islamistes n'auraient pas pu monter jusqu'à eux, surtout sous le feu, puis faire des allers-retours en toute impunité, sauf à connaître parfaitement les lieux. Ce devait donc être l'œuvre d'El Malek, et dans ce cas là, le minage devait être simple, car le temps passé sur zone ne lui avait pas permis de réaliser une chaîne très complexe. Son C.V indiquait tout de même qu'il savait manipuler les explosifs, raison de plus d'être très prudent.

- Tout le monde reste exactement à sa place, j'ai peur qu'on ne soit entré dans une chaîne. Je monte seul et je vois ce que je peux faire.

Christophe appuie ma supposition.

- J'ai vu El Malek trafiquer un moment en haut, mais les autres semblaient tous se déplacer librement sur le sentier. Je pense que s'il y a un piège, c'est uniquement dans la grotte.

- C'est aussi mon avis, mais on ne va pas prendre de risque. Il n'a peut-être fait que réactiver un dispositif déjà en place. Et peut-être que quelqu'un nous surveille et attend que l'on s'engage pour déclencher la mise à feux à distance.

Que ce soit en Irak ou en Afghanistan, plus de quatre-vingt-dix pour cent des IED (ou EEI en français), les Engins Explosifs Improvisés, étaient mis en œuvre au moyen de téléphones portables. Je n'ai que des doutes, aucune certitude. Pas question de faire prendre plus de risques aux autres gars de l'équipe. J'entends alors la voix de Giles ronchonner dans mon oreille.

- Et voilà ! Je suis coincé en bas alors qu'il y a du boulot pour moi! J'ai vraiment pas de cul ! Tu me devras une bière 11. Fais gaffe à toi petit frère.

Giles a des connaissances bien supérieures aux miennes en matière de mines et d'explosifs, et je bois ses paroles à chacun de nos échanges sur le sujet. Mais aujourd'hui, c'est moi qui suis en première ligne et il va falloir que je me débrouille seul.

- T'inquiètes pas mon vieux, j'ai pas envie de sentir plus de chaleur que celle du soleil.

- Ici 12. Si tu ne te sens pas, on se barre et on fait tout sauter par l'aviation. Priorité à la mission.

Peter a tout à fait raison sur le fond. Sauf que le quartier général de Serval risque d'être réticent à envoyer des chasseurs seulement sur un mystérieux renseignement délivré par la DGSE. Ils voudront envoyer une équipe de NEDEX sur place. Et le temps que ces spécialistes arrivent, la cache serait peut-être vidée par un groupe proche d'ici.

Lorsque l'on parle de déminage, les gens imaginent un métier extrêmement dangereux pratiqué par des fous à moitié suicidaires. Et les films à gros budget américains nous donnent une image hasardeuse du déminage ou le résultat d'un désamorçage se limite au choix de couper le fil rouge ou le fil vert avant qu'un compte à rebours ne vienne déclencher une bombe très sophistiquée. Le héros est généralement couvert de sueur, les mains tremblantes, et détourne la tête au moment où il sectionne le fil choisi alors que le chronomètre s'arrête miraculeusement à la dernière seconde. En réalité, le déminage est un boulot ultra-technique, bien évidemment, mais aussi une grande histoire de logique. Quelqu'un de désordonné ne pourra pas trouver de solution à un piégeage complexe. En France, les démineurs sont répartis sur plusieurs niveaux, surtout dans l'armée, et les NEDEX en sont les experts incontestables. Giles et moi avions tous les deux connus d'excellents experts qui avaient trouvé la mort sur une zone de conflit, ce qui nous rappelait sans cesse que même les meilleurs n'étaient jamais à l'abri de la faute, ou d'un cerveau humain ultra-pervers ayant conçu une arme diabolique. Notre pays a tellement bonne réputation et une grande expérience en matière de déminage que la plupart de nos pays alliés envoient leurs éléments se former en partie à l'École Supérieure d'Application du Génie d'Angers. Beaucoup de mes supérieurs avaient fini leur carrière là-bas en tant qu'instructeurs.

Lors de mon séjour au Kosovo d'ailleurs, un véhicule blindé anglais Warrior avait sauté sur un chemin piégé dans le sud de la province, en secteur américain. Trois soldats britanniques furent légèrement blessés et l'OTAN, afin de limiter les risques, s'était alors tournée vers nous afin que nous allions nettoyer la zone. Nous travaillâmes quatre jours afin de sécuriser l'itinéraire, relevant huit mines antichars et dix-sept mines antipersonnelles. Ce qui me choqua le plus dans cette histoire, c'est que le camp que nous occupions plus au nord, près du petit village de Novo Selo, était également entouré de mines, les enfants ne pouvant plus aller jouer dans les champs tant le risque était grand, certains d'entre eux ayant déjà perdu un membre, mais jamais nous n'eûmes l'autorisation de commencer un déminage de la zone. La politique avait bien souvent le dessus sur la raison et la condition humaine.

Je reprends ma montée, à pas encore plus lents. À chaque fois que je pose un pied au sol, je recommence un balayage entier de la zone afin de m'assurer qu'une mine à effet dirigé n'est pas dissimulée derrière un rocher et orientée vers moi, ou que le sol n'a pas été fouillé afin d'y planquer un plateau à pression. Le fait que j'ai pu repérer un fil piège à une distance importante me rassure un peu sur le degré de compétence du piégeur. Un expert aurait enlevé la fine pellicule de vaseline qui recouvre habituellement ce genre de fil puis l'aurait recouvert de terre et de poussière afin d'éviter les reflets. Le niveau d'El Malek était finalement proche d'un amateur, même si le fait qu'il ait dû travailler dans l'urgence m'a beaucoup aidé. Tous ces éléments augmentaient mes chances de résoudre la situation. Je sais en plus que je peux compter sur Giles et son expérience au cas ou je me retrouverais dans une situation complexe.

Je suis en haut dix minutes après, à la hauteur de l'entrée principale de la grotte. Le fil piège passe devant mes pieds, camouflé de façon grossière. Si je n'avais pas vu le reflet plus bas et que j'étais monté à toute allure, peut être me serai-je fait avoir, mais avec un minimum d'attention, impossible de tomber dans le panneau, surtout pour un gars un minimum entraîné aux ouvertures d'itinéraires et au déminage de combat. Sur ma gauche, côté cirque, les corps de deux hommes habillés de sombre avec des keffiehs noirs et blancs gisent au sol contre la muraille de rochers, criblés de balles, certainement pris à revers. Ils ne représenteront plus un danger pour personne.

- Est-ce que quelqu'un peut me rassurer sur le délai que nous avons ? On ne risque pas de perdre nos cibles si elles prennent trop d'avance ?

Un silence, puis j'entends à nouveau la voix de Giles, toujours avec nos chauffeurs.

- Amadou m'assure qu'on peut leur laisser encore une demi-heure d'avance sans problème.

- OK, je vais essayer de faire vite, j'ai un bon visuel, je pense que c'est une simple couronne qui fait le tour de la grotte avec des grenades à main. Je ne vais pas prendre le risque de rentrer, il y a quelques caisses ouvertes, mais je ne pense pas qu'il y reste grand-chose d'intéressant pour nous. Ah si ! Il y a deux cadavres ici. Je parierais pour des gars d'Al Qaeda, ils sont en tenues civiles et n'ont pas un profil de Maliens.

- El Malek savait parfaitement où il allait. Son détour n'était pas un hasard.

Mon cerveau tourne à pleine vitesse. Je regarde autour de moi, j'ai besoin de quelque chose ressemblant à un grappin et d'une corde. Cet outil fait partit intégrant du lot de toute équipe de déminage, mais là dans le désert, il allait me falloir improviser. Je fais quelques mètres en marche arrière et tombe sur un jeune arbuste épineux d'environ quatre-vingts centimètres de haut, au tronc long et aux nombreuses branches. Je tire dessus et après quelques secondes, l'arbre se dégage du sol trop sec sans difficulté. Je nettoie la motte de terre restée collée aux racines et égratigne le bout de mes doigts qui ne sont pas protégés par mes mitaines. Il me manque un dernier détail.

- Les gars, il me faut un morceau de corde assez long, quelqu'un peut me monter celle de remorquage ?

Giles, qui est à côté du Toyota Hillux me répond le premier.

- Fais redescendre numéro 2, je lui prépare le colis.

La voix de notre guide se fait entendre en arrière-plan.

- 11 ! Amadou me dit que nous n'avons que cette longueur de cordage, il ne faut pas l'abîmer.

- Je vais juste lui en enlever un mètre ou deux.

Je me tourne vers Romuald que j'aperçois plus bas sur la piste, mais il a suivi la conversation et a déjà entamé la descente afin de récupérer la corde.

J'insiste pour que Romu ne reste pas avec moi, et rejoigne même l'abri du véhicule avec Mohamed. Ça ne plaît pas trop à l'ancien légionnaire, mais il ne me serait d'aucun secours ici. Et puis il aurait été inutile de compter une victime supplémentaire en cas de faux pas de ma part. Une fois qu'ils sont en bas, je m'attelle à ma tâche. Fusil d'assaut basculé dans mon dos, je commence par fixer solidement mon bout au tronc après avoir fait quelques détours dans les branches. Je love le reste de corde et dépose toute ma préparation de l'autre côté du piège, la partie branchue de l'arbuste tournée dans ma direction. Tous mes gestes doivent être calculés, le corps basculé vers l'avant, je gaine ma ceinture lombaire et contracte mes abdominaux au maximum afin de ne pas basculer la tête la première et m'écrouler ainsi sur le piège. Une telle mort serait certainement moins pire que d'autres, une fraction de seconde de peur, puis plus rien. Bruit, lumière, chaleur, poussière. Je ne veux pas passer de l'autre côté du fil, car les angles morts sont nombreux et je ne sais pas quelles surprises peuvent encore m'attendre dans la grotte. Le sol est rempli de traces, impossible de savoir si une mine antipersonnelle n'est pas cachée sous la couche de terre. Je fais ensuite glisser tout le restant de corde sous le fil et vérifie une dernière fois mon dispositif: l'arbuste se casserait avant que mes nœuds ou la corde ne lâchent, mais il devrait faire son office avant. D'habitude, on utilise un grappin métallique pour tirer une mine antichar à distance et s'assurer qu'une seconde n'est pas positionner en dessous, avec un système à relâchement de pression, un piège classique. Cette fois-ci le grappin avait été improvisé et l'utilisation sur un fil piège réadapté. J'aurais aussi pu fixer la corde directement au fil piège ou utiliser un mousqueton, mais je n'avais pas envie de jouer de trop près avec le lien de fer.

Je commence ma redescente, prudemment, en déroulant lentement la corde au sol. La tête me tourne un peu, toujours ces légers vertiges dus à la chaleur, au stress et à la fatigue. Je régule au maximum ma respiration afin de bien oxygéner mon cerveau. Alors que je suis quasiment en fin de longueur, j'avise un gros rocher et m'accroupis derrière, bien collé à lui.

- Pour tout le monde, je suis prêt ! Mettez-vous à l'abri, j'attends votre confirmation pour déclencher.

À peine trente secondes d'attente puis chacun annonce simplement son indicatif pour m'indiquer qu'il est à couvert. Giles annonce également :

- C'est bon pour les deux guides aussi.

- Accrochez-vous et bouchez vos oreilles, c'est parti !

Quelques dernières grandes bouffées d'air, mes pulsations cardiaques se calment et ma tension redescend. Je rattrape un peu le mou de corde jusqu'à sentir une légère résistance. J'ose un coup d'œil pour m'assurer que la corde ne s'est pas coincée dans de la roche ou des fourrés. J'imagine les branches de l'arbuste agripper le fil piège et, par traction, commencer à faire sortir la goupille de la grenade la plus proche. Avant que je ne m'aperçoive de quoi que ce soit, une explosion titanesque secoue toute la montagne. La terre tremble sous mes pieds. Une onde de choc invisible me traverse en me soulevant le cœur. Bien sûr, je dois être le seul à ne pas m'être bouché les oreilles et une douleur intense me vrille les tympans, provoquant un bourdonnement immédiat. Des morceaux de roches tombent tout autour de moi dans un bruit métallique, mais par chance, aucun ne vient s'écraser sur mon crâne chauve et sans protection. Une fois un peu d'ordre remit dans mon esprit, je sors la tête de derrière mon rocher et attends que la poussière finisse de retomber à l'entrée de la grotte. Rien n'a vraiment changé dans le paysage, si ce n'est un épais nuage noir au-dessus du nid d'aigle. La grotte a supporté l'explosion sans peine, malgré les grenades et les munitions restantes qui ont détonné par sympathie. Un regard vers le bas me permet de voir Peter qui est déjà en communication téléphonique. Pas question de rester dans le coin, des bombes GBU-12 allaient peut être pleuvoir sur le massif d'ici quelques minutes. Ces armes étaient prévues pour traiter des cibles dures et elles feraient parfaitement bien l'affaire pour finir le nettoyage de la zone. Et puis même s'il avait la qualification TACP, Tactical Air Control Party, nécessaire au guidage des bombardiers, l'ancien des Commandos de l'Air n'avait aucun désignateur laser adapté sur lui. Les avions devraient se fier aux seules coordonnées GPS transmises au moyen de la "9 Line", document en neuf étapes déclinant tous les renseignements nécessaires à la localisation et au traitement de la cible. Le sifflement de mes oreilles s'estompe progressivement lors de ma descente, ce qui me rassure un peu, un traumatisme sonore important peut-être une pathologie médicale désastreuse et synonyme de fin de carrière pour un soldat.

- Arrête ! Arrête la voiture Youssef !

L'algérien écrase la pédale de frein tellement fort suite au cri de son chef que les jumeaux qui s'affairent dans la caisse sont projetés contre la cabine. Jamaal ouvre la portière et saute en un seul geste. Mains sur les hanches, son regard se porte immédiatement au sud-ouest, vers le pic qu'ils ont quitté une grosse demi-heure plus tôt. Les sommets sont bien trop hauts pour apercevoir quelque chose, mais il est persuadé d'avoir entendu un grondement sourd. Un sourire de satisfaction illumine son visage pourtant habituellement taciturne.

- Beaucoup doivent être touchés Inch'Allah !

Youssef descend à son tour, et vient se ranger à côté de lui. Il est en admiration devant son ami. Il appuie ses paroles d'une petite tape amicale sur l'épaule de son chef.

- Dans tous les cas, ça va les refroidir de ce lancer à notre poursuite. Tu es un génie mon frère.

- Ma main est guidée. Il faut au moins que ça les retarde. Ajeeb! Wiss! Vous en êtes où avec la mitrailleuse?

Jamaal a immédiatement repris son sérieux. Pas question de laisser transparaître ses émotions trop longtemps, il devait rester un guerrier de marbre. Les deux géants se redressent dans la caisse, encore surpris du coup de frein qui les a désarçonnés. Ils sont en sueur, ne ménageant visiblement pas leurs efforts.

- La route est trop pourrie, on n'arrive pas à la fixer. Il faudrait qu'on s'arrête quelques minutes pour pouvoir boulonner correctement.

- Pas question !Dépêchez-vous ! Je veux que ce soit en place avant qu'on arrive à Abeibara !

Les deux colosses baissent la tête et retournent immédiatement à leur besogne.

Le petit village n'était distant que d'une trentaine de kilomètres, mais Jamaal ne pouvait plus se permettre d'emprunter la seule piste importante et directe qui relie habituellement Kidal à Abeibara. Il ne savait toujours pas qui étaient les gars qui étaient apparus sur le pic, mais s'il s'agissait de français comme il le pensait, ils allaient sans doute avertir l'aviation et son groupe se ferait ensevelir sous un tapis de bombe avant même d'avoir relié le Niger. Du coup, le trajet qui aurait dû prendre deux heures au grand maximum allait durer jusqu'à la nuit, dans un état de stress permanent d'une attaque aérienne.

- Amine, tu pars en avant, on suit en voiture et Yacouba tu nous suis à bonne distance. Si vous entendez un avion ou un hélicoptère, essayez de vous planquer.

Le convoi reprend sa route, le 4x4 encadré des deux motos, mais avec chaque véhicule distant d'une centaine de mètres l'un de l'autre. Ils allaient très rapidement sortir des derniers contreforts montagneux et se retrouver dans un décor désertique, où ils feraient des cibles parfaites jusqu'à Abeibara.

CHAPITRE 11

Nous étions arrivés en lisière du village alors que la nuit était tombée depuis longtemps. Amadou était catégorique, malgré le détour, le convoi de djihadistes avait prit la direction d'Abeibara. Impossible de leurrer notre guide. Nous n'avions volontairement pas suivi directement la trace de nos proies, mais avions recoupé leur piste à plusieurs reprises afin de nous assurer de leur direction générale.

À présent, notre camp de base est établi sous un maigre bosquet d'arbre et nous peaufinons notre camouflage à l'aide de deux Écrans de Camouflage Rapide, de grands filets aux couleurs du désert. Même si les ECR ont des qualités absorbantes, notre signature thermique ne sera pas assez réduite et Peter décide de contacter à nouveau la Direction afin de transmettre nos coordonnées. Inutile de subir une attaque de l'armée de l'Air française qui nous prendrait pour des islamistes tentant de se dissimuler. Une telle fréquence de communication serait habituellement proscrite, mais les conditions dans lesquelles nous évoluons, qui plus est sur un théâtre d'opérations, nécessitent de prendre des précautions inhabituelles. Afin de minimiser encore les risques, chacun s'éloigne d'une vingtaine de mètres des 4x4 et se trouve une anfractuosité dans laquelle passer la nuit. En cas de bombardement accidentel sur les véhicules, nous aurions une chance, même infime, de nous en sortir. Cela ne durerait pas, car les Mirages français sont dotés de caméras thermiques suffisamment performantes capables de repérer des corps, même dans un paysage où la terre et les rochers renvoient la chaleur emmagasinée durant la journée. C'est exactement pour cette raison que nous sommes persuadés que Jamaal et ses hommes préféreront se planquer en ville cette nuit, d'où ils pourront monter la garde afin de prévenir une attaque venue du sol sans craindre un bombardement.

Nous décidons d'effectuer une reconnaissance discrète, et Mohamed part en véhicule avec Amadou afin d'aller sonder le village. Il laisse son fusil d'assaut et son gilet tactique afin de passer un peu plus inaperçu, ne gardant que son pistolet et son matériel de communication.

- Prends quand même quelques grenades, ça ne mange pas de pain, mais ça peut toujours servir.

- Tu sais que t'es pas con quand tu veux ?

Et je lui tends deux grenades, une défensive et une fumigène.

Si les djihadistes sont en ville, nous en serions un peu plus soulagés. Nous sommes totalement dépendant des décisions de nos guides, mais comme le dit la vieille maxime militaire : « la confiance n'exclue pas le contrôle ». Si nos ennemis avaient décidé de traverser le village sans s'y arrêter, la piste serait très difficile à retrouver au petit matin. Peut-être quelqu'un à Abeibara aurait une information, un notable ou un berger qui aurait vu le convoi ennemi passer au loin ? Un pick-up armé d'une mitrailleuse lourde ne pouvait pas être confondu avec un dromadaire.

Le village est presque exclusivement peuplé de touaregs de la caste guerrière des ifoghars, ce qui faciliterait la tâche d'Amadou s'il devait justifier sa présence ou entrer en contact. Les "hommes bleus" restent très solidaires entre eux, surtout depuis le déclenchement de l'opération Serval par la France. Avant d'être obligés de fuir vers les massifs montagneux de l'Adrar, les hommes d'AQMI tenaient la ville d'une poigne de fer. À présent que le MNLA avait fait volte-face, les islamistes ne gagneraient pas les cœurs si jamais notre binôme d'éclaireur était démasqué, et encore une fois cela pouvait être une bonne raison pour les villageois de nous donner des informations de façons discrètes. Les ifoghars pouvaient accueillir le groupe d'El Malek pour ne pas s'attirer d'ennuis ou par peur de représailles, mais ils restaient des Touaregs, et seraient fidèles à leur mouvement politique de rattachement en cas de conflit.

Abeibara est une commune de taille plutôt importante pour une localité du désert, même si la guerre a, pour l'heure, poussé quelques familles vers le sud voire très à l'est, au Niger. Le Toyota entre en ville vers 21 h et il n'y a plus âme qui vive dans les rues. Amadou traverse une première fois la voie principale à vitesse réduite, mais pas de traces des djihadistes ou au moins de leurs véhicules. Il décide avec l'accord de Mohamed de lever le doute et pousse encore plus loin à l'est afin de reconnaître les trois puits dont il a connaissance à quelques centaines de mètres de la sortie du village. Rien non plus, et surtout pas de traces, ce qui est rassurant. Mohamed nous fait un premier compte-rendu radio puis le binôme fait demi-tour, décidant de faire son retour par des voies secondaires en bordure des habitations les plus au sud.

Du haut du toit en terrasse, Amine voit clairement les feux du Hillux monter dans l'allée centrale et se rapprocher à vitesse plutôt réduite. Il s'allonge et se tasse du mieux qu'il peut derrière le parapet faisant office de bordure, ne laissant que le haut de sa tête dépasser. Afin de ne pas perturber sa vision nocturne, l'algérien essaye de ne pas regarder directement les phares du véhicule mais plutôt sur le haut de la cabine. Deux visages se détachent ainsi derrière les reflets sombres du pare-brise. Celui du conducteur est nu, visiblement noir, alors que le second semble recouvert d'un foulard. Quand la voiture passe en bas de la maison sur laquelle le tueur s'est glissé, ce dernier a une vue plongeante sur l'habitacle, et surtout sur le passager, dont la tête est recouverte, non pas d'un *tagelmust* touareg, mais d'un chèche couleur sable, qui ne recouvre pas ses cheveux très courts et bruns. Un profil plutôt arabe ou maghrébin, il en est sûr, et Amine aurait juré apercevoir un haut de treillis clair sous le foulard. Cela ne présageait rien de bon. Le MNLA ne frayait pas avec des arabes depuis la déroute. Il restait pas mal de possibilités, et dans tous les cas, aucune n'était favorable à son groupe. Malgré les ordres, Amine choisit de quitter sa surveillance afin d'avertir Jamaal. Il bondit sur la petite échelle de bois qui descend à l'arrière du bâtiment, entend les craquements de protestation de l'outil, et saute dans un nuage de poussière à côté de la porte de service qu'il ouvre à la volée.

- Mais qu'est-ce que tu fous là ? Remonte là-haut de suite !

Le chef du groupe s'est levé d'un bond, posant sa main sur sa kalachnikov, tant par surprise que par colère. Ses traits sont tordus et grimaçants. Jamaal cédait rarement à l'énervement, mais il y avait eu une alerte sérieuse dans l'Adrar, et ce n'était pas le moment de se faire surprendre à cause d'une erreur stupide ou d'un manque de professionnalisme. Devant la colère de son chef et surtout par pur réflexe, Amine a braqué son arme sur la poitrine de Jamaal. Le reste de l'équipe et le propriétaire de la maison restent pétrifiés, le temps se suspend un instant. Amine se radoucie alors et baisse le canon de son fusil.

- Attends, attends ! Je suis sûr que ça va t'intéresser.

- Alors dépêche-toi sinon je vais faire remonter ton cadavre sur ce toit et il y pourrira jusqu'à la fin des temps!

Le chef gardait son profil haut et sortait finalement grandi de la courte confrontation.

- Un pick-up roule en ville, trop lentement, comme s'ils cherchaient quelque chose. Un noir conduit, mais un arabe est à côté. Il est en treillis. C'est pas normal.

Jamaal se rassoit, commence à se calmer et plonge dans une profonde réflexion, la tête dans les mains. Amine est quelqu'un d'intelligent et il avait certainement vu juste, il fallait certainement lui faire confiance. Même si ces gars ne sont pas après eux, ils représentent un danger. S'ils appartiennent à AQMI, ils sont sûrement au courant de son éviction et s'ils le reconnaissent cela risque de mal finir. Le problème ne serait pas meilleur si les types appartiennent à Ansar Dine. Le groupe s'était allié à AQMI et en plus, ils étaient venus à Abeibara il y a deux mois et avaient offert de grosses sommes d'argent à toute la population pour gagner leur complicité. Jamaal ne fait pas confiance aux Touaregs et il est persuadé qu'ils seraient prêts à le vendre à Ansar. Cela pourrait aussi être des soldats du MUJAO avec qui il pourrait peut-être négocier, et encore rien n'était sûr.

Ses paumes de mains frappent alors sèchement la table de bois, faisant sursauter le groupe et leur hôte malien. Ce dernier se demande d'ailleurs à présent si la petite liasse de dollars qu'il a acceptée pour héberger les djihadistes cette nuit est finalement suffisante aux regards des risques entrepris.

- Personne ne dort cette nuit ! Tout le monde monte sur le toi, chacun prend un côté du bâtiment. On laisse les véhicules prêts à partir et on tue tous ceux qui essayent de s'approcher de façon suspecte de la maison. Ou qui essayent d'en sortir.

Il lance un regard noir et sans équivoque envers le propriétaire de la maison, mais ce dernier est devenu blanc comme un linge. Il ne dormirait peut-être pas de la nuit, mais n'aurait certainement pas envie de quitter sa demeure. Heureusement que sa femme était partie il y avait quelques semaines dans sa famille à Tombouctou avec les enfants dès que l'annonce de la reprise de la ville par les forces gouvernementales était arrivée jusqu'ici.

Jamaal Abou El Malek donne ses instructions puis monte en premier sur le toit. Il y reste seul quelques minutes, regardant les étoiles et humant l'air du désert, profitant de ce rare moment de calme, avant que ses hommes aient terminé leurs tâches et le rejoignent. Son plan n'était pas parfait, mais il paraît au plus pressé. Tout d'abord, ils ne se feraient pas surprendre par une attaque du sol. Ils auraient quand même peu de chance de fuir à travers les ruelles étroites d'Abeibara en cas d'assaut au sol bien pensé et s'ils étaient correctement encerclés. Ensuite, même s'ils étaient facilement repérables par l'aviation française avec leurs armes sur le toit, jamais les infidèles n'oseraient bombarder en pleine ville. Les maisons étaient trop imbriquées et les risques de dommages collatéraux trop importants. Et les Français n'aimaient pas les pertes civiles. Il n'y avait pas encore eu de bavure au Mali depuis leur intervention, ils ne voudraient pas jouer avec le feu. Jamaal savait que les troupes au sol étaient encore trop éloignées et qu'elles ne pourraient pas rejoindre le secteur avant le matin. D'ici là, ils seraient loin, et il espérait que l'autonomie des avions de reconnaissance ne soit pas suffisante pour les suivre en plein désert. L'immensité serait leur alliée.

- Reste là mon ami. Je vais voir si je peux obtenir quelques renseignements.

Le guide s'est arrêté sur la place principale du village et désigne la mairie du doigt. Ayant subi plusieurs attaques, le bâtiment a été plusieurs fois rénové et il trône majestueusement devant une petite fontaine asséchée et quelques palmiers dattiers à moitié morts. Une plaque rouillée et un drapeau aux trois couleurs de la République malienne ornent la façade lézardée.

Mohamed décide de s'allonger sur les sièges afin de réduire sa silhouette et de garder son arme de poing à la main alors qu'Amadou sort du Toyota. Il glisse aussi la grenade défensive contre son flanc. Son profil arabe risquerait d'attirer les regards et la curiosité des gens du coin. Même la tête cachée dans son foulard, il serait coincé si quelqu'un venait lui poser une question en malien ou en *tamacheq*. Le temps lui paraît une éternité. Le froid emmagasiné par la carrosserie le gagne rapidement et il a du mal à réprimer des tremblements. Des idées noires commencent à l'assaillir. Il se voit entouré d'islamistes en armes, emmené de force dans une cave où on lui fait porter une combinaison orange de prisonnier. Là, filmé par un petit caméscope numérique, il se fait décapiter par un gars cagoulé devant un grand drapeau noir. Il caresse alors la grenade. Sûr que dans le pire des scénarios, il ne se laisserait pas attraper vivant ! Mohamed décide de contrôler sa respiration et de revenir à la réalité, guettant le moindre son ou le moindre bruit autour du véhicule. Lorsque le guide touareg revient enfin, il ne s'est écoulé que trente minutes.

- J'ai pu rencontrer un membre du conseil municipal. Ils ont vu les gens d'Al Qaeda, ils sont bien dans la ville. Le conseiller m'a montré la maison où ils vont certainement passer la nuit sur une carte dans la mairie, mais je ne sais pas si je pourrais la retrouver. Qu'est-ce qu'on fait?

- On retourne au campement. Rien ne presse s'ils ont décidé de dormir ici. On va prendre un peu de repos et se lever avant le soleil pour être derrière leur cul le plus tôt possible.

- D'accord, alors en route.

Malgré le froid qui est tombé au sol, la chaleur est toujours présente dans mon fossé et je cuis lentement comme dans un four à pain à cause de la restitution de chaleur. J'ai bien fait le tour de la planque afin d'être sûr qu'aucune bestiole ne vienne me chatouiller tout au long de la nuit, passant une branche de bois dans chaque anfractuosité. Lorsque j'entends un bruit de moteur qui s'amplifie, je pose machinalement la main sur mon laryngophone.

- Ici 11, véhicule en approche depuis la ville.

J'entends un "reçu" collectif puis je détends l'atmosphère en annonçant qu'il s'agit de notre pick-up. Mohamed avait sorti la main par la vitre en signe de reconnaissance et Amadou était passé en veilleuses pour ne pas nous éblouir. Je suis le premier sur le véhicule, un peu agacé.

- Putain, mais pourquoi tu t'es pas annoncé à la radio ? T'as envie de mourir ou quoi ?

- C'était juste pour voir si vous ne dormiez pas.

- T'es pas aussi con.

- Désolé mec, j'ai un souci elle fonctionne plus. Je sais pas ce qui se passe. Mais j'ai confiance en vous. Vous n'êtes pas des tueurs sanguinaires non ?

J'avais moyennement envie de plaisanter, cela aurait pu mal finir. Nous nous regroupons et soulevons l'ECR afin que le conducteur puisse se garer en dessous.

Mo est rapidement entouré de nos visages curieux d'apprendre les renseignements récoltés par le binôme.

- Ça va vous coûter un bras ce genre d'infos les gars. Au moins une barre de céréale à chacun.

- Accouche ! Tu vois pas qu'il nous tarde trop de retourner dans nos barbecues en terre cuite?

S'il croyait me racketter une bricole à grignoter, il se fourrait son fusil d'assaut dans la partie la plus charnue de son anatomie.

- Ça va, ça va. Les gars sont bien là. On n'a pas la position exacte, mais on sait qu'ils sont hébergés dans le secteur sud-est de la ville. Impossible d'aller voir plus près de nuit, il n'y a pas un chat dans les rues, on va se faire détroncher à tous les coups. Ils ont certainement installé une veille et ne sont sûrement pas cons au point de se faire surprendre au plumard.

Le silence se fait, les cerveaux tournent à plein régime. Gilles propose alors une idée de dispositif.

- On sait qu'ils ne vont pas faire marche arrière, car ils ont trop peur de nous tomber dessus ou sur l'armée, donc il reste trois options principales. Peu de chances qu'ils remontent vers le nord maintenant qu'ils ont de l'armement, je pense qu'ils sont prêts à filer vers le Niger. Je propose qu'on se sépare. Un véhicule vers l'est, l'autre vers le sud. On s'enterre sur une ligne cassée, étirée au maximum, et on attend le matin pour voir vers où ils se dirigent. Dès qu'on à la piste, on fait jonction et on suit à distance. Vous en pensez quoi ?

Amadou relève juste un détail.

- C'est une bonne idée, mais s'ils ne sont toujours pas passés à sept heures, il faut que je parte vers le nord vérifier les traces.

- Pas de soucis, on te donnera une petite escorte.

Tout le monde semble satisfait même si l'idée de lever maintenant le camp pour passer la fin de la nuit, isolé dans le froid du désert ne ravit personne. Il faudrait trouver des heures de sommeil dans la journée en cours de route, dans les caisses ou les cabines des pick-up... Une gageure.

Le temps de récupérer les équipements de chacun, que Mohamed change les piles au lithium de sa radio mystérieusement déchargées, de se répartir dans les véhicules et nous voilà partis. Je me retrouve avec Amadou, Christophe le sniper et Peter. Nous contournons la ville par le sud tous feux éteints et notre chauffeur touareg nous dépose sur une ligne ouest-est selon les recommandations de Peter, qui a soigneusement étudié la carte. Amadou n'a eu besoin que d'un seul coup d'œil pour repérer et retenir les endroits où il devait nous lâcher. Avec sa lunette à fort grossissement, Christophe se trouve à l'extrémité orientale de notre ligne. Sa position lui permettra de repérer les véhicules des terroristes, même très loin, et nous autorise à avoir un étirement moins important que la seconde équipe. La portée de nos systèmes de communication Motorola, supérieure à quatre kilomètres dans ces conditions désertiques et plates que l'on trouve au sud et à l'est immédiat d'Abeibara, devrait permettre à notre tireur d'élite de rester en contact avec la seconde équipe d'un côté, et avec moi qui me retrouve à l'extrême ouest du dispositif. Je remplace à mon tour les piles de mon poste radio pour ne pas être surpris au plus mauvais moment. L'épisode avec Mohamed m'a servi de leçon. Les conditions climatiques et les grandes variations de température peuvent avoir un effet très important sur les systèmes électroniques et les moyens d'alimentations, même si les piles que nous utilisons sont normalement testées pour une utilisation sous quasiment soixante degrés Celsius.

Trouver une position suffisamment camouflée m'est difficile et je finis par gratter le sable et la roche au pied d'un jeune arbuste de henné sauvage et à côté de ce qui me semble au premier abord être un petit monticule de terre. Il ne me faut pas plus de cinq minutes pour comprendre que le petit tas sur ma droite est en fait une termitière en construction, et je commence à me secouer dans tous les sens pour chasser les insectes qui essayent de se faufiler par les moindres ouvertures de mon treillis et commencent à me mordiller la peau. Mes nerfs prennent finalement le dessus et j'entreprends de détruire la termitière à coups de pied. Je me retiens de ne pas y glisser l'une de mes grenades fumigènes pour faire encore plus d'effets. Heureusement pour moi, la construction est de faible hauteur et je me dis que ses habitants vont me laisser tranquille pour le reste de la nuit afin de reprendre leurs esprits et d'entamer la reconstruction de leur habitat. Je remonte un peu les jambes de mon pantalon, fais tomber les dernières bestioles accrochées à mon épiderme, et découvre de belles boursouflures provoquées par les petites mandibules voraces.

Comme la nuit précédente, le ciel est dégagé. Je peux apercevoir à environ trois kilomètres les ombres noires des murs des faubourgs d'Abeibara qui se détachent sur le bleu nuit plus clair. Un véhicule qui sortirait de la ville dans mon secteur de surveillance ne pourrait pas m'échapper, mais je décide tout de même de chausser mes Jumelles de Vision Nocturne. Autant mettre toutes les chances de mon côté même si je suis conscient que les JVN vont accélérer l'arrivée de la fatigue sur mes yeux. Même si c'est peu probable, pourquoi les djihadistes n'enverraient-ils pas un éclaireur à pieds avant de faire démarrer le convoi ? Et un homme seul de nuit dans le désert peut être difficilement repérable pour un occidental comme moi qui n'est jamais mis les pieds dans ce coin du monde. Du coup, il est environ 3 h du matin lorsque j'entame réellement ma garde, et le sol n'est plus aussi chaud. D'ici quelques dizaines de minutes, je sais que je vais commencer à grelotter de froid. Il est temps de sortir ma polaire et de rabaisser ma cagoule. J'essaye de me concentrer davantage sur mon ouïe que sur ma vue, et de ne rien fixer en particulier à travers mes JVN. Dès que l'on se focalise sur un point avec ce genre d'appareil, un effet d'optique tend à nous le montrer en mouvement et il devient difficile de garder sa concentration. Il est toujours plus efficace dans un cas comme celui-là de scanner la zone du plus lointain au plus près pour garder une acuité et une vigilance maximale. J'ai une pensée à ce moment-là pour toutes les unités de renseignement, les Dragons Parachutistes du 13e RDP en tête, grands habitués à ce genre de surveillance. C'est le genre de travail que j'aurais été incapable de réaliser sur le long terme.

La lame de la baïonnette de kalachnikov aiguisée comme un rasoir glisse sèchement sur la gorge du Malien qui ouvre soudainement les yeux. Un cri muet sort de sa bouche sur laquelle Jamaal a violemment plaqué sa main gauche. L'incrédulité se lit dans les yeux du touareg. Pourquoi? Son regard monte une dernière fois vers le plafond de la petite maison que son pauvre père avait construit de ses propres mains puis il tombe dans l'inconscience avec un gargouillis sanglant, son corps secoué encore quelques secondes de spasmes réflexes. Le djihadiste bascule sa tête en arrière afin que l'hémorragie soit encore plus rapide, les draps ont du mal à absorber tout le flot de sang, il essuie sa lame et ses mains rougies et poisseuses sur une épaisse couverture puis ramasse quelques provisions qu'il fourre dans son sac à dos. Il récupère l'enveloppe contenant les dollars initialement prévus pour leur hôte, il n'y a pas de petites économies, s'assure de n'avoir rien oublié et sort de la maison. Le froid mord légèrement aux joues, obligeant le chef du groupe à s'enrouler le visage dans son chèche. En entendant l'échelle grincer, tous les hommes se retournent vers lui.

- Allez on lève le camp. En route.

Pas un mot de plus n'est échangé, chacun ramasse ses maigres affaires et descend du toit à tour de rôle afin de regagner son véhicule. Le silence est total, brisé de façon épisodique par les aboiements d'un chien à plusieurs pâtés de maisons. Quelques cliquetis pourraient révéler la présence du groupe dans la rue, mais l'obscurité est oppressante à l'abri des murs et Jamaal ne peut pas blâmer ses hommes pour si peu. Une fois les six ombres montées dans leur véhicule ou sur les motos, le petit convoi s'ébranle à travers les ruelles, sans éclairage, bien avant le lever du soleil.

Comme on s'y attendait, c'est Christophe qui repère en premier les véhicules. Ce fut d'abord comme un léger mirage sur un tapis de poussière dans sa lunette, mais il était à présent capable de clairement identifier le pick-up et les deux motos.

- Pour tous, ici 13. Le convoi sort de la ville. Direction plein sud. Ils vont passer à ma gauche. Pour 12, tu ne devrais pas tarder à les avoir en visuel. Sois attentif, leurs feux ne sont pas allumés.

Ma radio émet des crépitements et la voie de Chris que je peine à reconnaître m'est incompréhensible. Je suis quasiment en fin de portée. Je peste contre le matériel et les éléments. Heureusement, Peter me fait un relais du compte-rendu.

- 12 pour 11. Le convoi est sorti d'Abeibara, il va normalement passer entre 13 et moi. Tiens-toi prêt à lever le camp.

- Bien reçu ! N'hésite pas à me tenir informé, j'ai des soucis radio.

- OK. Terminé.

Notre plan avait fonctionné à merveille, mélange de chance, d'expérience et de clairvoyance. N'ayant pas déballé grand-chose, je préfère attendre le dernier moment. On n'est pas à l'abri d'un changement de direction de dernière minute et je n'aimerais pas me retrouver debout avec mon sac sur le dos au milieu du désert face à nos ennemis en surnombre.

Dix minutes plus tard, ma radio grésille encore.

- 12 pour tous. Ils sont passés depuis 3 minutes. Rendez-vous au point de ralliement 19.1172 et 1.75.

Vu la médiocre qualité des transmissions, je préfère collationner les coordonnées en degrés décimaux pour éviter toute erreur possible. Comme j'ai changé mes piles il y a quelques heures seulement, j'espère vraiment que la mauvaise réception des appels vient des conditions naturelles. Sinon à ce rythme-là, nous serions rapidement à court de moyens radios. J'attends mon "taxi" nigérien, m'assure qu'il ait bien saisi lui aussi le lieu de rendez-vous et nous partons relever Peter puis Christophe. Environ vingt minutes plus tard, la seconde équipe nous rejoint. Avec l'accord de nos guides, nous avons le temps de prendre notre petit-déjeuner. Au menu, petits pains secs, jus de fruit, café lyophilisé et barres énergétiques. En fait quasiment le même menu qu'à midi et le soir. Pendant que nos chauffeurs vérifient la pression et l'état des pneumatiques, nous nous chargeons du plein d'essence.

Bien évidemment doté de deux mains gauches, je ne peux pas éviter qu'un peu de carburant coule sur mes mains, améliorant encore mon odeur corporelle déjà plutôt forte. Mon parrain militaire m'avait surnommé « pattes de poulet », depuis le jour ou j'avais renversé ma ration sur son pantalon de treillis lors d'une manœuvre au camp de Mailly, dans l'est de la France. Notre Véhicule de l'Avant Blindé était pourtant bien arrêté, mais ma maladresse avait suffi. La nuit suivante, notre véhicule percutait un malheureux faisan. L'animal avait servi à améliorer notre ordinaire, mais ses pattes s'étaient aussitôt retrouvées pendues dans l'habitacle de l'engin, en honneur à mon habileté devenue légendaire au sein de notre groupe de combat.

Une fois notre collation terminée, Amadou nous annonce que les djihadistes ont à présent quasiment 1 heure d'avance.

- Mais ne vous inquiétez pas, leurs traces seront très faciles à suivre puisque la partie de désert qui nous attend n'est faite que de sable mou et qu'il n'y aura pas de vent aujourd'hui. Il va faire très très chaud.

Mohamed regarde nos guides admiratifs.

- Si un jour vous n'avez plus de boulot tous les deux, on essaiera de vous faire embaucher à Météo-France. Je suis sûr que vous serez plus efficaces que n'importe lequel de leur prévisionniste. Et en effet, la journée est écrasante et nos têtes dodelinent dans les cabines. À moitié endormis, nous ne faisons surface que pour boire ou pour relever l'homme en faction dans la caisse toutes les demi-heures afin d'éviter les insolations. Tout, autour de nous n'est que sable, dunes et pistes droites quasi invisibles jusqu'à l'horizon. Un léger vent s'est tout de même levé, presque imperceptible pour nous, mais donnant une sensation de mouvement à cause des grains de sable qui s'envolent par millions au ras du sol des dunes. Le désert me fait penser à la mer méditerranée, doucement perturbée par de chaudes vagues sous le soleil plombant de l'été. Mes pensées s'envolent alors vers la maison, et je me demande ce que peuvent bien faire ma femme et mes enfants à cette heure-ci. Et s'ils pensent à moi.

CHAPITRE 12

J'ai froid ! Ça fait deux heures que je suis allongé sur le flanc de cette colline rocheuse à observer le campement touareg et la différence de température avec la journée est violente. Il n'est pourtant que 22 h et je sais que ça va encore descendre jusqu'aux alentours des cinq degrés Celsius. Je ne comprends rien à la météo dans ce coin du monde. La nuit de la veille, on étouffait avant de congeler progressivement, en journée on cuisait sur place et là le froid tombait à la vitesse de l'éclair. Mystérieux.

J'ai beau vouloir être discret et silencieux, il y a toujours un putain de cailloux qui vient se planter quelque part où ça fait mal et qui m'oblige à bouger. S'il y a bien une situation qui me déplaît au plus haut point dans mon boulot, c'est bien celle de l'attente sans bouger dans le froid. Déjà lorsque j'étais militaire, je ne supportais pas les stages en montagne. Mes pires souvenirs remontaient à ces stages d'aguerrissement sur les hauteurs de Barcelonnette, dans les Alpes de Haute Provence, où l'on passait des nuits en igloo avec des sorties d'une heure par moins quarante degrés pour monter la garde face à un ennemi imaginaire. Je préfère enchaîner deux stages commandos dans la moiteur de la jungle guyanaise avec des instructeurs légionnaires qui me hurlent dessus jours et nuits plutôt que de poireauter allongé, frissonnant dans la nuit malienne, en attendant le bon vouloir d'un connard en face. Et dans mon nouveau boulot, des connards en face, ce n'est pas ce qu'il manque.

Ici, j'ai parfois l'impression d'être sur la lune. Quasiment aucune végétation. Quand vous ramassez une pierre, vous sentez immédiatement que le poids est différent de celles rencontrées en France. Du coup, dès que vous attaquez la montée d'une colline, les roches et la terre roulent sous vos pieds et vous vous retrouvez à chercher sans cesse votre équilibre, voire à glisser de cinquante centimètres en arrière. On croirait escalader une dune de sable fin. Fatigant ! Les chaussures sont mises à rudes épreuves aussi, les cailloux étant coupants comme des couteaux. On avait déjà entendu des histoires racontant que des militaires français rentraient le soir avec leurs rangers déchiquetées au niveau des semelles, ce qui commençait à créer un réel problème de logistique.

Au sommet de la colline, des blocs de pierre sont plantés à la verticale, comme des menhirs, mais noirs et serrés les uns aux autres, offrant une parfaite protection contre les regards et les tirs éventuels. On pourrait croire que ces mégalithes ont été placés là intentionnellement pour servir de muraille naturelle, ou que la mâchoire inférieure d'un monstre préhistorique était remontée à la surface.

La plupart des « hommes bleus » étaient à présent sédentarisés dans les grandes zones habitées, changement de mode de vie qui avait été amorcé dans les années cinquante par la perte progressive des grands troupeaux de bétail et l'assèchement grandissant des derniers points d'eau. Les ultimes touaregs réellement nomades étaient donc en majorité des éleveurs de chèvres, d'ânes ou de bœufs, mais certaines caravanes servaient toujours à transporter à dos de chameaux les grandes plaques de sel extraites au nord du Mali vers Tombouctou, plus au sud, appelée « la porte du désert ». Chaque bête est capable de transporter 80 kilos de sel sur des centaines de kilomètres, avec une consommation d'eau extrêmement faible. Plus lent, mais moins coûteux et polluant que de grands camions hors d'âges et pleins de rouille que l'on peut croiser sur certaines voies principales du pays.

Le troupeau paît tranquillement les rares pousses de plantes sous mon nez, ajoutant l'inconfort de l'odeur à celui du froid et de la position. Je dois sans cesse chasser les mouches qui m'assaillent, attirée quelque peu par l'odeur alléchante de l'homme qui n'a pas pris de douche depuis plusieurs jours. Heureusement, les ânes et les dromadaires *Azawakh* restent au loin, brisant parfois le silence de leurs braiments et de leurs blatérations. De toute façon, même avec la meilleure volonté du monde, les camélidés ne pourraient pas trop se déplacer, leurs pattes avant étant reliées entre elles pour éviter à leur propriétaire d'avoir à chercher leurs dromadaires dans le désert au petit matin, surtout si une tempête de sable avait eu la bonne idée de traverser la zone durant la nuit.

Le ciel est complètement dégagé et les étoiles semblent se rapprocher de moi chaque seconde. L'astre lunaire se réverbère tellement sur la rocaille et le sable que j'ai remisé ma lunette thermique dans mon sac d'allègement. L'Aimpoint est bien suffisant pour la peine. Je distingue parfaitement la grande tente de bâches agricoles claires sous laquelle nos visiteurs sont entrés en compagnie des deux éleveurs, propriétaires du camp. Un grand nombre de bougies artisanales posées à l'intérieur m'offrent un spectacle très précis d'ombres chinoises. Les formes noires des kalachnikovs se dessinent aussi en appui sur les murs de tissus et les branches de bois faisant office de piquets. Après quelques minutes d'observation, je suis capable de distinguer clairement chaque individu. Habituellement, un campement touareg abrite de trois à cinq familles, or ici, il me semble qu'il n'y a qu'un couple accompagné de leurs enfants et de deux grand-mères ainsi qu'un second homme, seul, peut être un frère ou un cousin. Les djihadistes ont visiblement eu de la veine de tomber sur ce petit campement.

Même si les sons ne montent pas jusqu'ici, les ombres dansantes montrent que la discussion est cordiale, et le repas copieux. Comment blâmer cette famille de bergers sans défense d'offrir l'hospitalité à ces huit hommes armés qui se présentent à eux ? Et puis les notions d'État et de guerres de religion devaient être plutôt abstraites pour ces nomades habitués depuis des siècles à parcourir le Sahara. Alors un pays touareg ou un califat islamique, qu'est-ce que ça pourrait bien leur apporter, a eux qui s'affranchissent sans cesse des grandes frontières rectilignes que l'on voulait leur imposer ? Dans la réalité, beaucoup de Touaregs dans les hautes sphères ont un rôle plus flou, parfois plus obscur, n'hésitant pas à jouer sur plusieurs tableaux en fonction de la force et de la direction des vents politiques et des influences. De nombreux mariages ont également scellé des accords entre certains groupes nomades et des djihadistes. Un vieux proverbe malien illustre bien cette situation : « Si tu ne peux pas couper la main, serre-la ! » Pragmatique !

De l'autre côté du puits, solide et large construction de ciment, une tente plus petite en patchwork de peaux animales colorées abrite les femmes et les enfants, mais plus aucun mouvement de ce côté-là. Le petit feu qu'elles avaient allumé à l'extérieur pour préparer leurs *taguella*, les traditionnelles galettes de blé, s'est éteint depuis un petit moment. À l'arrivée des djihadistes, les femmes avaient attrapé leurs mômes en hâte et tous étaient rentrés en courant. Il serait mal venu de provoquer le courroux des fondamentalistes musulmans en les obligeant à côtoyer des femmes, qui bien souvent ne se voilent pas le visage, ou seulement en croisant leur regard. Seules deux Touarègues, assez anciennes, étaient ressorties plus tard à la demande des hommes pour préparer un supplément de repas, en prenant toujours soin par expérience de garder leurs visages masqués et leurs yeux baissés vers le sol.

Le 4x4 Toyota gris, poussiéreux, des moudjahidines paraît transporté du futur au milieu de ce paysage d'un autre temps. Surtout surmonté de sa grosse mitrailleuse russe KPV de 14,5mm. Avant cette mission, je n'en avais vu qu'en photos sur de vieux clichés de blindés soviétiques. Cette arme pouvait aussi bien servir contre un aéronef que contre nos véhicules. Nos tout-terrains se feraient ouvrir comme des livres si jamais ils étaient pris sous le feu de ce calibre. L'arme est capable de sectionner un homme en deux même si le tir antipersonnel n'est pas sa destination première. Les deux motos sans âge du convoi sont posées sur leurs béquilles et pour la première fois, je m'aperçois qu'elles ne portent pas de plaque d'immatriculation, accessoires bien inutiles en plein désert, nous en conviendrons, mais qui auraient pu permettre à nos services de renseignement d'établir un listing des véhicules utilisés par les djihadistes. Je ne suis pas un grand connaisseur de deux roues, étant même un piètre pilote, mais personne parmi nous n'a été capable de déterminer la marque des motos, les réservoirs d'essence et les selles étant recouverts de morceaux de tissus et de fourrures animales. On dirait des engins tout droit sortis de Mad Max.

Nécessité faisant foi, et sortis de leur ancienne zone d'influence du nord Mali où ils n'avaient plus d'appuis, les islamistes étaient bien obligés de demander l'hospitalité, voire de l'imposer, aux seuls habitants du coin susceptibles de les aider. Plus que deux jours et ils seraient à Agadez, la plus grande ville du nord Niger, où ils se fondraient dans la masse des 130 000 habitants, et rencontreraient leurs nouveaux alliés.

J'en ai encore pour deux heures avant que Romuald ne vienne prendre sa garde et que je puisse m'offrir environ quatre heures de repos. Je serais de retour ici pour la fin de la nuit, un moment très difficile, car le corps à peine sorti du sommeil est confronté aux températures les plus basses de la journée. Et évidemment, pas question de se faire chauffer un café si près de nos cibles. Mon esprit vagabonde encore une fois jusque chez moi, avec ma famille, mes amis, si bien que le temps passe finalement assez vite. J'imagine mon tout petit bien au chaud sous sa couette « spiderman » serrant son doudou dont lui seul est capable de supporter l'odeur nauséabonde. Les rêves de l'aîné doivent être remplis de héros de jeux vidéos, et dans notre chambre, ma femme a dû se glisser à ma place dans le lit pour grappiller quelques effluves de mon odeur emprisonnée dans le coussin. J'essaierai de trouver un magasin malien ou tchadien à mon retour sur Paris, il me semble qu'il y en a un dans le onzième arrondissement, histoire de ramener un faux souvenir comme le ferait n'importe quel travailleur en provenance d'une destination exotique. Le masque africain ou la figurine en bois irait ramasser la poussière sur un mur ou un meuble, avant que je ne me décide à la jeter à la poubelle.

Je suis soulagé lorsque j'entends les pierres rouler en bas de la colline. Romuald monte, courbé en deux avec précaution jusqu'à moi, les mains touchant le sol, arme dans le dos, essayant d'être le plus discret possible, retenant ses grognements à chaque fois que ses Pataugas glissent vers l'arrière sous les roches qui se dérobent. Je le laisse s'installer puis le briefe sur la répartition des habitants dans les tentes. Les femmes et les enfants dans celle colorée à gauche, les bergers et les djihadistes dans la plus grande sur la gauche. À présent tous le monde dort et ils n'ont laissé personne de garde, ce qui est très surprenant venant d'hommes en guerre, qui se savent traqués, et qui ont déjà subi récemment des alertes très chaudes. Je suis prêt à parier qu'au moins l'un d'eux veille dans le noir de la tente. Si nous en avions été équipés, la situation aurait été parfaite pour poser une balise sur le véhicule de la cible vu qu'ils n'avaient pas laissé de sentinelle à l'extérieur. Malheureusement, Rémy ne pouvait pas prévoir toutes les alternatives et notre capacité d'emport était de toute façon plutôt limitée.

Romuald se pince les narines en me désignant le bétail à nos pieds. Je lui tape sur l'épaule en signe d'encouragement et commence ma descente, me laissant glisser sur les fesses autant pour contrôler ma vitesse que pour éviter une chute qui pourrait être douloureuse. Arrivé en bas de la pente, je plisse les yeux et aperçois au loin la petite masse sombre qui trahit la présence des quatre rochers plantés en carrés que nous avons choisis comme point particulier. Ma tente biplace est positionnée bien au centre.

Juste avant d'entrer dans l'abri, je tends l'oreille et perçois un léger ronflement. Visiblement, contrairement à moi, Amadou n'a pas de soucis de sommeil. La fermeture éclair ne fait aucun bruit, j'entre et m'allonge doucement, ne quittant que mes chaussures, et calant mes armes entre la toile et moi. Je m'attends à avoir quelques heures de sommeil difficiles, j'ai toujours eu du mal à dormir sous tente et pour le coup je ne dispose pas de tapis de sol pour assouplir ma couche.

Je bondis et envoi la main vers mon HK lorsqu'un sixième sens m'avertit que quelqu'un est en train d'ouvrir la tente et de s'y introduire. La propulsion d'adrénaline dans mes veines est le meilleur réveil matin possible. Mon cœur est prêt à exploser lorsque je vois le visage démoniaque d'Amadou éclairé par en dessous par sa torche, comme le font les enfants qui cherchent à se faire peur. Seule sa tête dépasse à l'intérieur par la fermeture éclair.

- Je crois qu'il est l'heure de te réveiller mon ami.

Je refrène l'envie de rabrouer le guide puis je jette un œil à ma montre. En effet, il ne me reste que dix minutes pour rejoindre Romuald sur le haut de la colline. Contre toute attente, je me suis endormi comme un bébé et ces quelques heures de sommeil profond ont complètement rechargé mes batteries. Je n'ai même pas entendu Amadou sortir pisser, moi qui ai habituellement le sommeil léger.

- Merci Amadou. Tu peux te rendormir.

- Ça n'est pas la peine, dans moins d'une heure ce sera *Al Fajr*, je vais faire mes ablutions.

Par réflexe, je secoue mes godasses. Peu de chances qu'une bestiole se soit glissée à l'intérieur de la tente, mais on ne sait jamais. J'ai le souvenir d'un camarade qui s'était fait piquer au cou en Guyane par un scorpion qui avait passé la nuit dans son col de veste de treillis. Rien de mortel, mais le jeune soldat avez dû être évacué par hélicoptère depuis la jungle jusqu'à l'hôpital de Cayenne tant la fièvre était forte et ingérable par l'auxiliaire sanitaire de notre section.

Je frémis à l'extérieur, enfile ma *chest-rig,* vérifie que tout y est bien fixé et pose ma cagoule enroulée sur le sommet de mon crâne. Une fine rosée s'est déposée sur les pans de la tente. On se s'attend pas forcément à trouver de l'eau sous cette forme, mais elle est suffisante à la survie de certains organismes. J'espère que comme depuis deux jours, les terroristes lèveront le camp de bonne heure, ce qui raccourcira grandement mon temps de garde. Romu est bien évidemment ravi de me voir arriver. Rien n'a bougé dans le camp.

- Te réjouis pas trop vite. Ce sont des lèves tôt. T'auras même pas le temps de poser la tête sur ton sac qu'il faudra reprendre la route.

Ils ont la prière dans une heure.

- Mwouais, je crois bien que t'as raison, pas la peine de me rendormir. Allez, je vais rejoindre les autres pour déjeuner au calme. J'aurais au moins droit à une boisson chaude.

Je regarde Romuald d'un œil noir.

- Va te faire mettre enfoiré !

Comme prévu, l'attente n'est pas longue. Quarante-cinq minutes plus tard, une lueur fait son apparition dans la tente principale et des ombres commencent à s'agiter. Quelques secondes après, deux coups de feu brisent le silence du désert. Les bêtes du troupeau se réveillent brutalement, poussant des cris de peur et essayant de s'enfuir malgré leurs liens. Le chaos s'installe sur le campement, certains dromadaires se blessant aux pattes et chutant au sol à force de tirer sur les cordes. Des appels de femmes effrayées se font alors entendre sur la gauche. Quatre silhouettes armées sortent de l'abri de droite et se positionnent en arc de cercle autour de la tente familiale. Puis ils vident leurs chargeurs méticuleusement, à hauteur de hanches, en tir fichant, ne laissant que peu de chances aux femmes et aux enfants à l'intérieur. Le staccato des fusils d'assauts couvre les cris de terreur. Prise de folie, une chèvre se jette d'elle même dans le puits alors qu'une de ses congénères fait un roulé-boulé, touché par une balle perdue. Une sourde colère s'empare de moi et je me retiens de ne pas ouvrir à mon tour le feu sur ces barbares. À cette distance que j'estimerais à cent quatre-vingts mètres, je pense être capable d'abattre deux hommes, trois avec de la chance, avant qu'ils ne réalisent qu'ils sont pris à leur tour sous des tirs et se mettent à l'abri pour monter une riposte. Mais encore une fois, cela mettrait en péril la suite de la mission. La scène n'a duré que quelques secondes, moins d'une minute c'est certain, et un silence froid tombe sur le campement. Je vois El Malek sortir à son tour de la grande tente, froid et satisfait puis donner ses ordres au reste de son équipe.

- Ici 11, quelqu'un me reçoit ?

La voix de Mohamed, qui tient la permanence radio me répond

instantanément. Le bruit des coups de feu lui est sûrement parvenu et je pense qu'il peut sentir la tension qui m'habite.

- 11 ici 1. Je t'écoute, qu'est-ce qu'il se passe ?

Je pose ma main sur mon laryngophone pour être bien certain que toutes mes paroles vont être compréhensibles.

- Réveille tout le monde mon pote. Les connards viennent d'abattre tout le campement touareg, ils ne vont pas tarder à reprendre la route.

- Bien reçu ! Ne t'inquiète pas, on est déjà tous debout.

Alors que je fais mon compte-rendu, l'un des deux colosses en contrebas ravive le feu. À peine les premières flammes commencent à monter que son sosie, sûrement son frère, s'empare d'une branche enflammée et la jette sur la toile de tente. Il s'applique ensuite à casser chaque piquet encore debout à coups de pied, de façon à ce que les tissus s'affaissent au sol, emprisonnant tout éventuel survivant sous une mortelle couverture flamboyante. Pas un rictus ou la moindre émotion ne se lit sur son visage.

- C'est une vraie boucherie ici, ils brûlent tout.

- Reste calme, dans quelques jours tout sera réglé, on va s'occuper d'eux comme ils le méritent. Allez, sois zen, on ne va pas tarder à arriver. Terminé !

Je repense aux corps des hommes que nous avions nous aussi jetés au feu il y a deux jours et je suis pris d'un cas de conscience. Est-ce que je vaux finalement mieux que ces types en bas? Dans mon cas, il s'agissait alors de soldats, ou du moins de combattants armés qui n'auraient pas hésité à nous abattre et certainement à utiliser nos corps comme moyens de propagande. Non ce n'est carrément pas la même situation. En tout cas, il fallait que je m'en persuade. Les yeux rivés dans mon réticule, je suis pris d'un second questionnement profond. Le cas ne s'était jamais réellement présenté, mais je sais que je pourrais recevoir l'ordre d'assassiner des innocents si la mission le nécessitait. Quelle serait alors ma réaction ? Aucun des membres de l'équipe n'a été diagnostiqué comme ayant une déviance psychologique, hors qui d'autre qu'un malade mental pouvait être capable d'abattre une femme ou un enfant innocent ? Je sens la colère redescendre lentement. Il me faudrait rejeter au plus profond de moi mes sentiments les plus humains si un jour j'étais confronté à un tel cas de figure. Ou refuser d'obéir et en accepter les conséquences qui ne pouvaient qu'être terribles, pour moi, pour mon équipe, et indirectement même pour ma famille.

Une fois leur forfait commit, et alors que le brasier n'est même pas encore éteint, les six hommes sortent leur tapis de prière et s'agenouillent derrière El Malek pour l'office. Elle avait bon dos la religion ! Au moins, pour ma part, je n'aurais pas de cas de conscience sur l'interprétation religieuse de mes actes. Athée convaincu, j'étais persuadé que si un ou même plusieurs dieux avaient un jour existé, il devait y avoir bien longtemps qu'ils s'étaient enfuis à toutes jambes vers une autre galaxie à force de faire le constat de la connerie humaine. Ils nous avaient laissés dans notre merde, et l'Homme s'efforçait chaque jour de remplir un peu plus la fosse à purin dans laquelle il vivait. Et de mon point de vue, mon travail consistait justement à faire disparaître les plus gros étrons, comme ceux que j'avais en face de moi à ce moment, même si pour ces derniers, il fallait attendre un peu. Ce point de vue ne valait que s'il était regardé de mon côté évidemment, et pas de celui des terroristes, mais il m'allait bien.

- Ce soir, nous passerons la frontière. À mon avis, ils vont faire une pause dans l'après-midi pour traverser de nuit.

- Tu crois qu'ils vont prendre le risque de se mettre en attente en plein jour Ibrahim ?

- Il y a un petit massif rocheux au nord du village d'Inékar. Vu la direction sud-est que l'on suit depuis ce matin mon ami, je pense que c'est là qu'ils s'arrêteront jusqu'à ce soir.

Le chauffeur regarde son frère et le cadet approuve son jugement d'un signe de tête. Peter y va aussi de sa petite analyse technique.

- Dans ce coin du Mali, ils sont tranquilles. Il y a peu de chance que notre aviation vienne traîner si loin. Et comme les capacités nigériennes en imageries infrarouges doivent être limitées, c'est sûrement plus sécurisant de passer la frontière de nuit.

Nous avions bien roulé toute la matinée et Amadou avait choisi de faire une pause déjeuner dans une petite oasis. Cela n'a rien à voir avec la représentation que l'on pouvait s'en faire et mes attentes avaient finalement été bien refroidies. Pas de lac d'une eau bleue cristalline et potable, pas de palmiers offrants une ombre salvatrice. Et encore moins de danseuses du ventre nous offrant du raisin, avachis sur des coussins moelleux. Il y a bien quelques flaques boueuses et des arbustes un peu arides, mais en saison sèche, rien de bien transcendant.

La surprise vient du repas que nous prépare Ibrahim. Nous le voyons sortir un sachet contenant des dattes, une grande bouteille de lait en plastique, et une boite Tupperware contenant une étrange bouillie. Le tout est mélangé pour obtenir une espèce de soupe et notre guide nous apprend qu'il s'agit d'un plat de base touareg appelé la *Boulle*. La bouillie, d'où vient le nom de la recette, étant en fait du mil déjà écrasé jusqu'à former une pâte. Ce n'est pas les ingrédients séparés qui me font le plus peur, mais plutôt le conditionnement du lait de chèvre dans cette bouteille en plastique, transporté depuis 3 jours dans la chaleur écrasante du désert et dans le plus grand secret. Je plonge ma cuillère dans la mixture et une odeur de rance me frappe les narines. Les dates apportent un léger goût sucré au plat, mais pas suffisamment pour masquer l'acidité du lait fermenté. Si l'on ne se mettait pas tous à avoir une méchante diarrhée, alors on serait immunisés à toutes les maladies du monde.

La frontière entre le Mali et le Niger, comme dans toute la zone sahélienne, est plus un tracé administratif qu'une contrainte physique telle que nous avons pu les connaître en Europe avant l'ouverture de l'espace Schengen. Pas de grillages ni de clôtures électrifiées et des postes-frontière uniquement sur les voies de communication principales, bref, un pur bonheur pour les terroristes et trafiquants en tous genres. Parfois, un minuscule écriteau sur le bord de la route vous annonce que vous entrez au Niger. Il aurait fallu des moyens techniques et humains considérables pour rendre cette frontière longue, de plus de huit cents kilomètres, complètement étanche. Vu le passage et les habitudes nomades des touaregs, les moindres obstacles non surveillés seraient rapidement mis hors d'état. Bien sûr, depuis l'intensification du conflit malien, le Niger avait renforcé la surveillance à ses limites, notamment en accentuant les patrouilles de son armée et de sa gendarmerie, mais Niamey ne dispose pas d'hommes en nombre suffisant et ses moyens aériens sont quasiment inexistants.

Très facile donc pour nos cibles de passer de l'autre côté et de rouler de nuit en circulant sur des pistes secondaires. À partir de maintenant, la suite du voyage se ferait plein est. Contrairement au Mali, le Niger est un pays pleinement souverain, et malgré l'existence de trafics en tout genre, on peut s'attende à croiser des forces gouvernementales sillonnant le pays et plus encore dans Agadez. Nos papiers officiels étant en règle, nous devrons simplement remiser au fond de nos sacs nos vêtements les plus militaires. Notre couverture tiendrait également, nous redeviendrons de simples ingénieurs belges qui s'étaient offert un raid dans le désert avec deux guides expérimentés ou une petite visite d'Agadez. Bien sûr, nous n'échapperions pas à un examen approfondit des caisses et des sacs où seraient planqués notre armement principal, ou à une palpation, vu que nous contions bien garder au minimum sur nous nos armes de poing. Comme à l'aéroport, nous espérions que les gendarmes nigériens n'oseraient pas trop importuner un groupe d'Occidentaux travaillant pour une riche société belge. Ibrahim et Amadou, en grands connaisseurs des habitudes de leurs compatriotes, avaient préparé de petites liasses de billets qu'ils avaient chacun répartis dans différentes poches de leurs vêtements. En cas de contrôle trop insistant, le contenu complet d'une poche partirait en bakchich, le reste de la réserve pouvant servir au contrôle suivant.

Notre périple ne nous permettrait pas de traverser beaucoup de villages, car mis à part la partie la plus au sud, le côté occidental du pays qui nous attend consiste en un désert large d'environ trois cents kilomètres. La première commune serait traversée après plus de quatre heures de route.

Nous enfilons donc de nouveau nos tenues légères civiles, quittons les gilets tactiques et déposons nos armes longues. Nous démontons nos holsters de cuisse et gardons les étuis que nous fixons à nos ceinturons, puis enfilons des vestes sahariennes beiges ou marron un peu longues permettant de les dissimuler. J'arrive à garder une grenade offensive dans chaque poche de ma veste ce qui permet d'en plomber un peu plus le poids et de la faire tomber encore plus par-dessus mon holster, fixé sur ma hanche droite. Je glisse deux chargeurs de dix-sept coups dans la poche cargo de mon pantalon du côté gauche afin de faciliter un éventuel rechargement rapide de ma main faible. Si j'en venais à devoir effectuer un changement de chargeur, cela voudrait dire que la situation nous avait échappé et que la suite de la mission serait très compliquée, voire compromise.

En bons petits mécanos, nos guides démontent les garnitures de portes des tous-terrains et nous y insérons des plaques balistiques sorties de nos gilets tactiques. Comme dans Kidal où nous les avions fixés aux fenêtres, elles offriraient un surplus de protection si nous étions pris sous le feu à l'intérieur des véhicules. C'est une maigre consolation pour nos chauffeurs, mais ça les rassure, c'est le moins que l'on puisse faire. Une fois les garnitures remisent en place, le système d'ouverture électrique des fenêtres ne fonctionne plus et nous décidons de les laisser en bas, tant pour pouvoir se défendre que pour pouvoir communiquer avec un éventuel policier et éviter ainsi d'avoir à ouvrir les portières et lui laisser jeter un œil dans les véhicules. De l'extérieur bien sûr , la modification est totalement invisible.

Nous décidons également de garder un fusil d'assaut dans chaque véhicule, posés sur le plancher aux pieds des passagers l'arrière. Des chargeurs de rechanges et divers types de grenades, offensives, défensives et fumigènes, sont rangés dans les poches aménagées aux dos des sièges. Nous en glissons encore sous les fauteuils avant passagers.

Ainsi équipé, notre convoi ne serait pas en mesure de rivaliser avec une équipe lourdement armée, mais il pourrait au moins tenter de prendre la fuite et de limiter les dégâts. Nos chauffeurs n'étaient pas des spécialistes de la conduite à risque, nous devrions donc uniquement compter sur nos capacités de combat.

CHAPITRE 13

Après deux nouvelles crevaisons qui ont un peu plus entamé nos forces et quasiment onze heures de route pour effectuer moins de trois cents bornes, nous arrivons enfin aux environs d'Agadez.

Le trajet avait d'abord été assommant, enchaînement permanent de dunes de sable et de pierre. Puis, en début d'après-midi, nous avions traversé le premier morceau de bitume, la route Tegidda-N'Tessoumt qui permet de rallier l'Algérie bien plus au nord. À partir de cet instant, l'ambiance avait changé. Nous avions senti que nous traversions une zone bien plus occupée par l'homme et bien moins hostile. Des constructions, même si nous les évitions, étaient enfin présentent, mais de façon très éparse. Notre itinéraire longeait parallèlement par le nord la route Nationale 11 entre In Gall et Agadez, et nous pouvions parfois, au détour d'une colline rocheuse, apercevoir un nuage de poussière soulevé par des camions sur cette importante voie de communication du pays.

Avant d'entrevoir la capitale régionale, nous sommes tous surpris lorsque nos véhicules s'engagent dans une grande étendue bien plus verdoyante que les paysages que nous avions traversés jusqu'à présent. La forêt de Kirboubou est un lieu singulier. Pas vraiment une forêt au sens occidental du terme, il s'agit en fait d'une oasis longue de quinze kilomètres, mais bien plus verte et fournie que celle rencontrée au Mali. Le petit massif borde le flanc d'une colline et bénéficie d'un microclimat surprenant dans cette région du monde. De petites pluies fines tombaient régulièrement tout au long de l'année et venaient arroser la forêt ou descendaient de la colline pour alimenter la nappe phréatique.

Alors que nous sommes sous les frondaisons depuis à peine cinq minutes, Amadou, toujours en tête, stoppe son véhicule et nous fait signe de nous rassembler. Nous sommes heureux de profiter du brin d'ombre et de la relative fraîcheur offerts par les branches et les feuillages.

- Regardez ! Là, ils se sont arrêtés. Et là, vous voyez ces traces ?

Tout le monde hoche la tête, des empreintes de pneus visiblement différentes de celles du convoi de nos cibles, arrivent en sens inverse. Le guide reprit.

- Ce sont des petites roues, et une voiture bien plus légère. Quelqu'un les a rejoints ici.

- Donc ils ont un contact à Agadez. Pas surprenant, ce genre d'opération demande des moyens humains et logistiques.

Certains éléments logiques commencent à me sauter aux yeux et des difficultés s'annonçaient. Visiblement, Gilles avait la même vision des choses.

- On va se faire baiser. Ils vont se planquer dans Agadez, changer de véhicules et on les aura perdus.

- Du calme mon ami. Ibrahim et moi avons aussi beaucoup de connaissances en ville, et des gens puissants. Ils ne pourront pas passer inaperçus longtemps. Laissez-nous un peu de temps et on va vous les retrouver.

Peter semblait s'impatienter à son tour.

- Du temps, on en a pas beaucoup Amadou. La rencontre doit avoir lieu demain soir. Ça nous laisse vingt-quatre heures maxi. En route !

Le soleil commençait sa descente derrière nous, il ferait nuit dans moins de deux heures. Nous étions une nouvelle fois complètement dépendants de nos guides.

Nous pénétrons grâce à un portail électrique à crémaillère dans une cour intérieure ceinturée de hauts murs en pisé. Si tôt descendu de son 4x4, Amadou s'approche d'un petit homme rondouillard et chauve, mais très richement habillé qui me semble être le propriétaire de la grande maison où nous venons d'entrer. Après toute une série d'accolades qui me semblent très sincères et chaleureuses, ils s'éloignent tous deux rapidement vers l'intérieur, en grande discussion. Le gars n'a même pas jeté un œil vers nous, seulement un grand signe de la main et un sourire pour Ibrahim, attitude bizarre quand deux véhicules chargés d'étrangers pénètrent chez vous. Amadou n'avait prononcé que quelques mots en *tamacheq* dans l'interphone devant le portail d'entrée et les deux battants s'étaient immédiatement ouverts. De toute évidence, nous étions attendus, même si j'étais incapable de dire à quel moment l'un de nos guides avait bien pu avertir quelqu'un de notre arrivée. Ils étaient décidément pleins de ressources.

La propriété est immense, un grand potager avec arrosage intégré court le long du mur nord, avec une immense tenture par dessus afin d'atténuer les effets de la chaleur. D'ailleurs, il règne ici une sensation d'humidité qui rafraîchit l'air ambiant. Pas désagréable du tout. L'habitation, version miniature du palais des mille et une nuits, ferme tout le côté est, recevant le soleil levant côté rue et le couchant côté cour. Nous sommes entrés par la muraille au sud, et le carré se termine par un autre mur à l'ouest qui prend ses bases sur deux petits minarets aux angles. Plusieurs véhicules sont déjà stationnés, des tous-terrains et des berlines, tous de grandes marques et de modèles récents, Porsche, Audi, BMW, Mercedes, un vrai salon de l'auto, preuve supplémentaire que l'argent ne manque pas dans la maison. Plusieurs hommes se trouvent dans la cour, disposés presque innocemment de façon à avoir une vue sur le portail et l'entrée de la maison. Je jurerais qu'ils ne sont pas armés, juste un petit poste radio à la ceinture, mais leur rôle est cependant très clair. Le propriétaire ne laisse pas entrer n'importe qui chez lui, et il n'aime pas être dérangé. Les gars ont visiblement été briefés, car ils ne jettent pas de regards curieux vers nous. Ils font tous très professionnels, l'œil aux aguets en direction des enceintes. Je trouve qu'ils en font même un peu trop, sans doute veulent-ils impressionner les Occidentaux. Une observation plus poussée me permet de remarquer une discrète rangée de barbelés juste sous le haut du mur, côté intérieur, ainsi que des projecteurs reliés à des détecteurs de mouvements à chaque angle de l'enceinte. Des caméras de vidéosurveillances sont placées sur les minarets et permettent une vue côté rue, d'autres se trouvent sur l'habitation et couvrent toutes les issues possibles. Je ne sais pas qui ou ce qui se trouve dans la maison, mais on ne prend pas de telles mesures de protection pour des broutilles, surtout dans un pays relativement pauvre comme le Niger.

Ibrahim nous explique alors que nous sommes chez Moussa Safiétou, opposant de Rhissa Feltou, l'actuel maire socialiste d'Agadez. Safiétou est un centriste plutôt favorable à la cause touarègue et il compte de nombreux sympathisants d'origines nomades. Il se lâche un peu plus en nous avouant que sa famille a toujours soutenu financièrement le parti auquel appartient Safiétou. D'ailleurs, le service d'ordre qui surveille sa demeure et qui l'accompagne lors de ses sorties est exclusivement composé de Touaregs de la même caste. D'après les dires d'Ibrahim, son fils aîné devait venir travailler pour la sécurité de l'homme politique quelques jours après son décès. Une ombre noire passe alors devant ses yeux.

Amadou ressort seul quelques minutes plus tard.

- Nous avons passé quelques coups de fil, Moussa connaît beaucoup de monde en ville, il m'a promis que nous aurions des informations demain matin au plus tard. En attendant, nous sommes ses invités pour la nuit. Entrez.

- On ne va pas laisser l'équipement ici sans surveillance ?

Ma confiance a des limites. Mais Ibrahim me rassure immédiatement.

- Je garantis sur ma vie que rien ne nous sera volé. Ne vous faites pas de soucis.

Nous échangeons tous un regard, l'instant se suspend un moment le temps de peser le pour et le contre. Inutile de froisser la susceptibilité de notre hôte en débarquant chez lui les bras chargés d'armes.

Le grand sourire d'Amadou finit de tous nous rassurer, et d'ailleurs, il ne prend même pas la peine de fermer nos véhicules à clef. Nous pénétrons dans le hall d'entrée par la porte de derrière. Un grand escalier mène à l'étage sur notre gauche. De larges portes en bois massif à doubles battants desservent des pièces des deux côtés du hall et une rangée de chaises matelassées est disposée sur la gauche, juste avant la grande porte d'entrée qui doit donner sur le jardin de devant et la rue. Un homme en costume est posté derrière et une trappe coulissante lui permet d'avoir un visuel sur d'éventuels visiteurs se présentant. Le sol est recouvert d'un marbre blanc éclatant, les murs recouverts d'un mélange de peintures occidentales et de photographies de paysages africains. Une voix forte sort d'une des pièces sur la droite, et Amadou nous précède en nous faisant signe d'y entrer.

Nous nous retrouvons dans ce qui semble être un salon pour les visiteurs, une grande table basse pleine en bois noble et verni trône sur une immense peau de lion. Encore un point pour la cause animale. La climatisation est poussée au maximum et la chair de poule gagne mes avant-bras, un bon choc thermique. De confortables canapés beiges clairs cerclent la pièce et la lumière est tamisée par de grands voilages, rouges eux aussi. Sur un côté, enfoncé profondément dans un des fauteuils, Moussa Safiétou est au téléphone, en grande conversation en arabe. Il semble très directif, mais pas en colère. De sa main libre ornée de bagues à chaque doigt, il nous fait signe d'entrer et de nous asseoir. Nous prenons place dans les canapés et attendons qu'il finisse sa conversation. Quelques secondes après, il raccroche et se penche en avant. J'ai l'impression de vivre un remake de Scorcese, *Le Parrain en Afrique*.

-Salam Alaykum messieurs. Je ne sais pas exactement qu'elle est la raison de votre venue dans votre ville, mais sachez que du moment où vous êtes introduits par des membres de la famille Buhari, vous êtes mes invités et je suis à votre entière disposition.

Giles prend la parole au nom du groupe.

- Nous vous remercions de votre accueil Monsieur Safiétou,

ainsi que de votre hospitalité et de votre aide. Nous vous en sommes extrêmement reconnaissants. Sans pouvoir tout vous révéler, nous pouvons vous dire que nous sommes à la recherche d'un groupe terroriste qui est arrivé dans votre ville il y a quelques heures.

- Oui, Amadou m'a un peu expliqué. J'ai réveillé tous mes réseaux et je n'ai aucun doute que nous n'allons pas tarder à avoir des nouvelles de ces scélérats. Rien de ce qui se passe en ville ne m'échappe, vous pouvez me croire.

- Merci encore Monsieur.

Safiétou ce penche en avant et ouvre en deux la table basse, révélant un bac rempli de glaçons et surtout un bel assortiment de sodas, de bouteilles d'eau en verres, et quelques alcools forts. Il frappe deux fois dans ses mains et un homme en costume noir d'un âge avancé entre dans la pièce et dépose un verre devant chacun de nous avant de ressortir sans un mot. Aucun de nous n'ose lever le petit doigt tant le moment est particulier, mélange de solennité et de ridicule. Ce n'est pas de l'esclavage, mais ça y ressemble presque.

- Prenez ce qu'il vous plaît Messieurs. J'ai une dette de sang envers Ibrahim, et je suis bien plus redevable à sa famille que l'inverse. Et puis pour être tout à fait franc avec vous, une telle affaire élucidée avec mon aide pourrait m'apporter une publicité très bien venue. Les élections législatives se rapprochent à grands pas et ce serait l'occasion pour moi d'enfoncer le clou.

-Malheureusement, nous ne pouvons faire éclater l'affaire au grand jour. Nous devons régler cela de façon plutôt discrète.

- Je comprends bien. Néanmoins, une fois que vous aurez disparu, sans laisser de trace, j'arriverai bien à récolter quelques lauriers de cette histoire. Cela pourrait aussi permettre d'éloigner les soupçons de votre équipe.

Notre hôte était quelqu'un d'intelligent, et il avait réellement un cerveau de politicien.

- Ma foi pourquoi pas après tout. Il faudra que nous en rediscutions une fois l'affaire réglée.

C'était une promesse de Gascon, nous savions que nous ne

reviendrions certainement pas à Agadez si tout se passait bien.

- En attendant, je vous laisse prendre possession de vos chambres et vous attends dans la salle à manger en face d'ici une heure.

Là-dessus, il claque à nouveau dans ses mains et le même domestique s'arrête sur le seuil de la porte, s'incline devant nous et nous fait comprendre d'un signe du bras que nous devons le suivre. Il nous entraîne dans le grand escalier puis nous ouvre plusieurs portes à la volée sur le palier. L'employé nous fait comprendre dans un mauvais Français que nous devons nous dispatcher dans les 3 chambres. Je pénètre dans la première et suis presque déçu. Je m'attendais à une déco Africaine et je me retrouve dans une chambre de type Européenne, charmante, comme on pourrait en rencontrer dans une maison d'hôte de bon niveau. Un lit sympa avec une tête en fer forgé, une commode et une armoire moderne, deux tables de chevets avec des lampes en tissus, une petite descente de lit à poils longs, mais synthétiques cette fois-ci. Je me jette immédiatement sur le boîtier de commande de la climatisation et fais remonter la température de 5 degrés. Je n'ai pas envie de ramener une angine, ma femme ne croirait jamais que j'étais bien parti en Afrique. Une fois répartis dans les chambres, nous récupérons nos sacs et nous jetons tour à tour dans les baignoires afin de nous laver de la poussière et de la transpiration accumulées ces derniers jours. Je ne suis pas un grand fan des longues séances sous l'eau chaude, mais je profite pleinement de cette petite séance de bien-être et de récupération. Je suis prêt à parier qu'un hammam ou un sauna se cachent quelque part dans cette immense baraque.

La table est tellement longue que l'on pourrait y asseoir deux équipes de rugby, remplaçants compris. Nous sommes très agréablement surpris lorsque notre hôte propose de nous offrir de la bière. Tout le monde acquiesce et nous voyons arriver des bouteilles de *Flag*, de la bière marocaine consommée en grande quantité dans cette partie de l'Afrique. Les boissons sont glaciales, et je sens que je pourrais en avaler un plein tonneau si je ne me retenais pas. Je grignote les *allocos* qui nous sont servis en apéritif. En voyant le visage de Peter virer au rouge sang en une fraction de seconde, je me félicite de ne pas avoir trempé ces fritures de bananes plantains dans la petite purée rouge posée à côté du plat. Du piment, et visiblement, il n'est pas doux. Amadou et Ibrahim quant à eux, s'en donne à cœur joie et cela n'a pas l'air de leur faire plus d'effet que du ketchup. Mohamed explose de rire.

- Peter, tu vas avoir le cul tellement rouge que tu vas devoir finir la mission debout dans la caisse !

- Putain, mais c'est une arme chimique ce truc, comment vous faites pour avaler un truc pareil ?

- Chez nous, les femmes trempent leurs seins dans le piment pour habituer les bébés.

Heureusement que nous avons droit à cette pointe d'humour. Moussa Safiétou tente de ne pas nous poser de questions indiscrètes, mais du coup, la conversation s'assèche rapidement, nous obligeant à des banalités sur les différents modes de vie dans le pays. La discussion oblique rapidement et nous avons droit à un cours magistral de science politique nigérienne. Heureusement, chaque arrivée de nouveau plat nous permet de faire une pause et de passer à l'histoire gastronomique de la recette. Une belle soirée de culture générale.

Lorsque le plat principal arrive, je ne peux m'empêcher d'apostropher notre hôte.

- Nous avons ce plat aussi en France!

- Vraiment ?

Visiblement, j'ai éveillé une vraie curiosité et je vois une lueur d'amusement dans son regard qui me fait penser que j'ai sûrement parlé un peu vite. Je prends un air de conspirateur pour avoir l'air moins idiot et laisser penser que la blague était préméditée.

- Oui on appelle ça le Cassoulet.

Toute l'équipe éclate de rire. Au moins, j'aurais détendu l'ambiance. Mohamed ne peut s'empêcher de lancer une pique.

- Hey! D'habitude, c'est moi qui fais de l'humour !

La soupière que l'on nous a amenée est pleine de haricots blancs, de sauce à base de tomate, et de bons gros morceaux de viande, même si je me doute bien qu'il ne s'agit pas de porc. Un petit ramequin de mayonnaise est posé à côté de chaque assiette. Ça ne doit vraiment pas être du cassoulet. Moussa Safiétou reprend son air de maître d'école.

- Ici, on appelle ça *Doungouri Soko*. Mais Cassoulet ça me plaît bien.

Les plats continuèrent à défiler, de façon bien trop abondante, et c'est avec regret que nous voyons repartir la plupart d'entre eux quasi intacts. Nous sommes repus et je suis plutôt surpris de ne pas m'être incendié la gorge. Contrairement à beaucoup de croyances et à la plupart des cuisines africaines, la gastronomie nigérienne est plutôt pauvre en piment, mais particulièrement salée. Nous devons tous nous contrôler pour ne pas abuser de la *Flag*. Après le *Dégué*, yaourt traditionnel aux billes de millets qui m'écœure un peu, Safiétou se lève de sa chaise de façon solennelle.

- Nous allons passer au salon pour continuer la conversation.

Nous le suivons jusqu'à la pièce ou nous avons été reçus en début de soirée. Un regard à ma montre me fait réaliser qu'il est déjà plus de 23 h et je me dis que nous allons encore avoir une nuit courte, même si elle sera plus confortable. Nous reprenons tous place aux mêmes endroits et laissons son fauteuil au propriétaire. Ce dernier ouvre à nouveau sa table basse-bar et en sort quelques bouteilles d'alcools plus fort.

- J'aimerais tout d'abord vous dire que nous n'aimons pas les extrémistes. Ils portent beaucoup de torts à la communauté musulmane à travers le monde et s'ils venaient à prendre pied réellement au Niger, ils feraient rapidement sombrer le pays dans le chaos. Déjà, certaines sociétés occidentales ont ralenti leurs collaborations à cause des menaces qui pèsent sur nos infrastructures minières. Vous savez en plus que depuis qu'ils ont exécuté le fils d'Ibrahim...

Notre guide relève alors la tête de façon si brutale que Moussa Safiétou comprend qu'il en a trop dit.

- Oh ! Je suis désolé mon vieil ami. Je pensais...

- Ce n'est rien Moussa. De toute façon, ils l'auraient appris un jour ou l'autre.

- Dans ce cas-là, je te laisse raconter ton histoire. Si tu le veux bien ?

Les yeux d'Ibrahim se sont assombris, il y avait bien eu un drame.

- Bien sûr. Tout le monde connaît l'histoire de la prise d'otage d'Arlit ?

Nous secouons la tête. Dans la nuit du 15 au 16 novembre 2010, un commando d'AQMI avait attaqué le site minier d'Arlit, dans le nord du Niger. Sept personnes furent prises en otages, dont cinq Français, et il n'y eut officiellement aucune victime. Seulement comme bien souvent dans notre monde trouble, les versions officielles recèlent des pages cachées bien plus opaques que ce qui est présenté au public. Et ce jour-là, la vie d'Ibrahim Buhari et de sa famille allait connaître un tournant dramatique.

- Et bien il y eut un mort. Mon fils travaillait comme agent de sécurité sur le site. Il surveillait les villas des employés la nuit.

Safiétou ajoute.

- En fait, il travaillait pour moi, une de mes sociétés avait récupéré un contrat pour une semaine afin de dépanner. Et comme j'avais toute confiance en Ali, je lui ai demandé de se rendre sur place. Il devait ensuite venir ici pour faire partie de mon équipe de protection rapprochée, c'était un bon garçon, un homme courageux.

- C'était la volonté d'Allah mon ami. Tu n'y peux rien. Donc, mon fils Ali a essayé de s'interposer, mais ils l'ont abattu. Le gouvernement n'a pas voulu avouer qu'il y avait eu une victime afin de ne pas ajouter à l'affolement. Depuis, j'essaye de faire ce que je peux pour lutter contre ces fous.

Et donc quand il fut contacté par la DGSE quelques mois plus tard afin de fournir des renseignements sur quelques personnages locaux, Ibrahim ne trouva rien à redire, d'autant que la rémunération était toujours correcte. Et lorsqu'on lui proposa ensuite d'escorter un groupe de six hommes vers le Mali, dans une mission qui pourrait s'avérer dangereuse, le Nigérien sentit qu'il tenait peut-être là une occasion de prendre sa revanche sur la vie, et certaines personnes.

Nous laissons Peter prendre la parole pour le groupe.

- Nous sommes désolés pour toi et ta famille Ibrahim. Nous allons faire tout ce que nous pouvons pour retrouver le groupe qui nous intéresse. Et ils paieront une partie de l'addition.

Du coup, personne n'a touché au digestif, l'ambiance quelque peu plombée. Moussa Safiétou nous promet un véhicule avec chauffeur supplémentaire afin de faire trois équipes pour quadriller la ville à la recherche des djihadistes.

- Demandez-moi autant d'hommes que vous en avez besoin, je peux aussi vous fournir des véhicules, des armes et des munitions.

- C'est très gentil à vous. Nous n'hésiterons pas à vous solliciter au besoin. Nous avons quelques armes dans nos véhicules que nous avons saisis au Mali. Nous pourrions vous les laisser.

- Vous n'en aurez pas besoin ? Elles ne vont pas vous faire défaut ?

- Oh non ! Ne vous inquiétez pas, nous sommes bien pourvus de ce côté-là. Prenez-les comme une avance sur les frais engagés.

Safiétou affiche alors un large sourire.

- Marché conclut alors. Nous vivons dans un monde dangereux, il faut parfois assurer ses arrières et prendre certaines précautions.

Quelque chose me dit que Moussa Safiétou n'avait pas besoin de nous s'il voulait se procurer des armes pour équiper sa petite milice privée.

Nous décidons d'aller nous coucher afin de nous lever tôt et de partir patrouiller en ville dés le lever du soleil. Il ne nous reste que vingt heures. Nous remercions encore notre hôte et les poignées de mains se font encore plus chaleureuses. Un pacte tacite a été scellé ce soir, pas la peine de signer de contrat, nos objectifs n'étaient pas identiques, mais ils abondaient dans le même sens.

CHAPITRE 14

Je suis réveillé par la lumière du couloir qui pénètre dans la chambre. Je me redresse alors que la porte finit de s'ouvrir et lance par réflexe la main vers mon Glock posé sur la table de nuit. Cela ne doit pas faire plus de cinq minutes que je dors et ça me met de très mauvaise humeur. Mais pourquoi ai-je pris la première chambre? Christophe à côté de moi grogne et se retourne sans ouvrir les yeux. J'aperçois par la porte entrouverte et entre mes paupières mi-closes la tête du domestique qui s'avance et qui murmure.

- Monsieur ? Monsieur s'il vous plaît ? Il faut descendre ! Monsieur Safiétou vous demande, il a des nouvelles importantes pour vous.

Ces mots me font l'effet d'un électrochoc et je saute du lit.

- Merci !

C'est seulement à ce moment-là que je jette un œil à ma montre et m'aperçois qu'il est plus d'une heure du matin. J'ai finalement gratté un peu de repos, maigre consolation. Lorsque je sors dans le couloir, je remarque que les autres chambres sont aussi entrouvertes. La maison respire l'activité. J'entends des portes s'ouvrir et se fermer au rez-de-chaussée, des conversations à peine étouffées dans des pièces éloignées, et des bruits de moteurs dans la cour. Je retourne enfiler un t-shirt et un pantalon puis je descends l'escalier et me dirige naturellement vers le petit salon. Mohamed et Giles sont déjà là, attendant que Moussa Safiétou ait fini sa conversation téléphonique, encore, et Peter arrive aussi après moi. L'homme politique porte les mêmes vêtements que lorsque nous l'avons quitté, ce qui veut certainement dire qu'il ne s'est pas couché. Une fois notre hôte disponible, il enchaîne avec nous sans pause.

- J'ai pensé qu'il était préférable de vous réveiller pour vous annoncer ce que j'ai appris. Vous déciderez ensuite de ce que vous ferez de ces informations.

Nous échangeons tous un regard mélangeant curiosité et satisfaction avant que Safiétou ne poursuive.

- Vos gars ont été aperçus dans le secteur du grand marché. Nous surveillons un imam salafiste que nous suspectons d'être un recruteur pour la guerre en Libye et qui tient une petite mosquée non officielle donnant sur le marché.

- Vous avez votre propre service de renseignement ?

- Non. Mais nous avons beaucoup de sympathisants dans la police et chez les commerçants. Donc nous ne pensons pas qu'ils logent directement chez cet imam, mais une chose est sûre, c'est qu'ils ont assisté à la prière à sa mosquée ce soir. Si vous vous placez en surveillance demain matin de bonne heure, peut être qu'ils y retourneront. En attendant, j'apprendrais peut-être quelque chose de nouveau. Je vais me renseigner sur les adresses où ce gars pourrait loger un petit groupe d'hommes.

- Pourquoi ne pas aller directement chez l'imam ?

- Il vit très chichement, dans une maison d'une seule pièce. Il ne peut pas loger 6 personnes et faire stationner leurs véhicules. J'ai bien peur que l'on perde du temps et que l'on se fasse démasquer.

Au moins, nous avions un début de piste. Et j'avais franchement envie de retourner me coucher.

- Merci Monsieur Safiétou. Vous nous avez promis un chauffeur supplémentaire, pourrions-nous l'avoir à disposition pour dans trois heures ?

- Bien sûr ! Je m'en occupe de suite.

Nous remontons tous dans nos chambres, histoire de grappiller deux bonnes heures de sommeil supplémentaires. Safiétou avait déjà repris son téléphone et tapait frénétiquement sur le pavé tactile.

Christophe et Romuald nous avouent ne rien avoir entendu de l'échange et du remue-ménage de cette nuit. Au moins deux qui auront profité d'une nuit presque complète. Nous leur expliquons rapidement les raisons de ce réveil très matinal et nous sortons dans la cour. Nos guides ont déjà fait chauffer les véhicules et nous rencontrons Rachid, qui sera notre accompagnateur ce matin. Une trentaine d'années bien tassées, des épaules de sportif, la barbe taillée de façon impeccable, il respire la droiture et le professionnalisme. Une bosse sous sa veste en cuir noir trahit la présence d'un petit semi-automatique. Safiétou nous a refilé l'un de ses meilleurs hommes à n'en pas douter. Un café brûlant nous est offert et il nous explique qu'il va nous conduire dans le secteur du marché, que lui pourra se garer avec deux d'entre nous près de la mosquée clandestine, car il possède un faux macaron de la police, mais que les autres devront s'approcher à pied. Il nous remet de grandes djellabas blanches avec des foulards pour nous couvrir le visage et les cheveux.

- Il y a peu de *toubabs* à Agadez, surtout de si bonne heure. Vous seriez trop vite remarqués.

Amadou et Ibrahim resterons bien sûr têtes nues et resterons chacun avec un binôme. Nous déchargeons notre armement des 4x4 et les transportons dans un réduit proche du potager, au pied du minaret nord. Les kalachnikovs et le fusil de chasse saisis aux abords de Kidal sont offerts à Rachid puis nous quittons à regret nos vestes polaires pour enfiler les larges étoffes. Il fait encore frais et un peu humide, en partie à cause de l'arrosage automatique qui s'est déclenché avant le lever du soleil. Tout le monde vérifie sa radio, les chèches nous permettront de porter nos oreillettes et nos laryngophones de façons discrètes. Mon étui de cuisse où repose mon pistolet est une présence rassurante, d'autant plus que de larges ouvertures bouffantes dans la djellaba me permettent d'y avoir un accès rapide. Je risque d'accrocher un peu l'arrière de la culasse dans les plis du tissu, mais je ne partirais pas sans mon Glock.

À 4 h 20, nous sortons de la propriété de Moussa Safiétou, j'ai pris place dans le Range Rover de Rachid en compagnie de Mohamed. Le trajet est très court, le grand marché ne se trouvant qu'à quelques centaines de mètres. Nous effectuons plusieurs tours du quartier, le temps de trouver des places où Amadou et Ibrahim peuvent se stationner et que Rachid leur explique comment accéder aux abords de la mosquée. Nous allons ensuite garer le Range Rover à une trentaine de mètres d'un grand portail bleu ciel avec une petite porte découpée à l'intérieur, lieu qui va attirer toute notre attention pour les heures à venir.

Sur notre gauche, les premiers étals se remplissent doucement. Nous voyons des hommes porter des carcasses d'animaux jusqu'au fond de la grande place, là où se trouve l'ancien marché à viande et Rachid nous explique qu'ils sont obligés de tout transporter à la main, car la circulation des véhicules est interdite sur cette partie. Plus près de nous, la partie bazar propose un assortiment de sandales, de tissus, de bijoux, de couteau, la plupart des articles provenant de l'artisanat touareg et même un père vendant un assortiment de pneus de voitures de toutes tailles pendant que son fils à côté de lui propose un grand étalage de médicaments, sans ordonnance bien entendu. Ici, même la sécurité sociale se trouve au marché noir. Plus loin, on trouve des pyramides d'épices qui montent jusqu'à un mètre de haut, et dont les senteurs arrivent jusqu'à nous alors que la chaleur n'a pas atteint son paroxysme. La plupart des marchandises sont exposées à même le sol, protégées de la terre et de la poussière par de simples bâches.

En arrière-plan, une grande tour ocre à quatre pans de glaise et de sable percée de gros madriers de bois sur chacun de ses côtés s'élève au-dessus de la ville. Je tape sur l'épaule de Rachid.

- Qu'est-ce que c'est ?

- C'est la grande Mosquée. C'est une de nos grandes fiertés, elle a presque cinq cents ans. Et ses chiens de salafistes osent prier dans un garage pour répandre leur merde.

Il crache par la portière afin d'appuyer son dégoût et son désaccord.

- Et personne ne dit rien, vous n'avez pas de Lois pour interdire ce genre de pratiques ou de rassemblements ?

- Pffff!!! Le maire n'a jamais eu de couilles. Le jour où Moussa prendra la ville, on les mettra dehors.

- Au niveau local d'accord, mais le gouvernement ?

- Par devant, ils font des courbettes aux Occidentaux, mais en fait, ils ne veulent surtout pas de vagues. Un jour, tout ça va nous exploser à la gueule, comme au Mali.

- On va essayer de vous filer un coup de main. Pas grand-chose, mais un peu de nettoyage.

- Avec grand plaisir.

- On ne réglera pas le problème du terrorisme islamiste dans ton pays, mais ce groupe-là au moins ne devrait plus poser de problèmes.

- Je travaille pour Safiétou, mais je ne suis pas un homme politique. Moi j'aime les résultats concrets. Si l'on élimine ne serait-ce qu'un seul de ces types, je serais heureux.

- On voit les choses de la même façon.

Du coin de l'œil, je vois Amadou déambuler parmi les étals, suivi à quelques pas de Peter et Romuald dissimulés derrière leurs foulards. N'importe quel passant pourrait croire que ces trois-là ne se connaissent pas. Mais en regardant de plus près, on peut s'apercevoir qu'ils ne s'éloignent jamais à plus de cinq mètres les uns des autres. Et il y en a toujours un qui regarde ailleurs que vers les marchandises proposées.

Sur notre droite, ce sont Ibrahim, Christophe et Giles qui sont assis par terre à l'angle du pâté de maisons comprenant la mosquée. Le guide vient d'acheter un journal à un étal voisin et visiblement il commente l'actualité à mes deux équipiers qui ne l'écoutent pas. Toutes les voies d'accès au garage sont sous surveillance croisée, reste plus à présent que l'un de nous parvienne à repérer l'arrivée d'un membre du commando d'El Malek venant prier. La partie est loin d'être gagnée. Nous n'avons que la photo du chef du groupe et les vagues silhouettes repérées à Kidal ou dans l'Adrar des Ifoghars. Nous savons que la bande est composée des deux colosses, d'un gamin dégingandé, et de deux autres hommes, les personnes repérées dans les montagnes. Mais serons-nous capables de les identifier clairement ? Je doute qu'ils se déplacent en groupe, et s'ils ont la bonne idée de se voiler la face comme nous l'avons fait, nous ne pourrons compter que sur un gros coup de chance ou éventuellement un élément inhabituel qui éveillerait la curiosité de l'un de nos accompagnateurs.

À mesure que les minutes passent, les mélanges d'odeurs en provenance du marché s'insinuent dans notre habitacle, en même temps que des nuées de mouches. Mon foulard m'est finalement bien utile, car je vois sans cesse Rachid gesticuler pour chasser les diptères qui se posent sur son nez ou son front. Les clients arrivent également de plus en plus nombreux, tout comme les croyants, certains décidant de traverser le marché pour atteindre la grande mosquée, d'autres, beaucoup plus rares, entrant de façon isolée dans la mosquée clandestine. J'espère que nous n'avons pas raté l'arrivée de l'imam puisque la porte est ouverte. Des femmes et de jeunes hommes passent devant nous, des jarres ou des pots bien remplis tenant parfaitement en équilibre sur leur tête, sans le moindre effort. Des adolescents harcèlent les marchands afin de vendre leurs services, petits boulots de livraisons contre une pièce. L'endroit devient très bruyant et toutes les couleurs imaginables sont représentées sur les étals.

En fin observateur, c'est Christophe qui repère en premier un suspect.

- J'ai un gamin qui arrive sur ma gauche. Je suis presque sûr de l'avoir eu dans ma lunette dans les montagnes. L'adulte avec lui ne me dit rien.

Nous attendons qu'ils avancent un peu. La silhouette pourrait en effet correspondre au type que j'ai vu sortir les poubelles à Kidal. Alors qu'ils entrent un peu plus sur la place, Romuald confirme de loin.

- J'en suis presque certain. C'est un des gars qui portaient les caisses de la grotte, le plus jeune du groupe, grand et fin comme une allumette, pas plus de dix-sept ans.

Dans notre véhicule, Rachid est incapable de reconnaître l'imam.

- C'est possible que ce soit lui, mais je ne peux pas être catégorique. Je ne l'ai vu qu'une seule fois en photo. Sa barbe était peut-être plus épaisse.

En effet, sous la capuche, l'homme d'une cinquantaine d'années porte une barbe longue, mais finement taillée en pointe. Christophe laisse les deux types le dépasser pour pouvoir s'exprimer à nouveau.

- Identification positive.

Il prend ensuite Ibrahim en aparté.

- Combien va durer la prière ?

- En comptant les ablutions, le temps de prière et certainement un peu de discussion ensuite, je dirais une demi-heure environ. Il y a toujours des gens qui veulent parler à l'imam après la prière.

Christophe revient alors sur le réseau.

- On a une fenêtre d'à peu près trente minutes pour organiser une filature.

- OK, pour tous ici 11, ça sort.

Malgré que la cible soit trop éloignée pour pouvoir m'entendre, j'avais presque chuchoté dans mon micro.

- 3 et 13 reçus. On est en place.

Ils avaient récupéré leur véhicule avec Amadou et s'étaient avancés dans la direction d'où était arrivé le jeune djihadiste. Tous les fidèles étaient sortis depuis longtemps et nous avions eu peur d'avoir manqué l'adolescent. Rachid ne reconnaît toujours pas formellement le propriétaire de la mosquée clandestine, mais de toute évidence, c'est lui qui accompagne le jeune homme, car il referme la petite porte d'accès en sortant. Ses traits me font penser à ceux d'Ossama Ben Laden. Une longue barbe poivre et sel sur un visage émacié, mais avec des yeux noirs et profonds, et un corps svelte. Contrairement à l'ancien leader d'Al Qaeda, l'imam est de petite taille, environ un mètre soixante-cinq, alors qu'OBL mesurait un mètre quatre-vingt-treize.

Deux clics se font entendre dans mon oreillette, je sais que c'est le groupe de Christophe qui me confirme qu'il a bien reçu la communication. Ils se sont mis debout et se mettent à marcher lentement, Ibrahim toujours en monologue afin de ne pas trahir l'accent occidental de mes équipiers. Ils avancent dans la même direction que notre cible, plus lentement, et lui tournant le dos de façon à se faire dépasser dans quelques mètres. Si cette dernière décidait de faire un tour au marché ou de partir dans une autre direction, ce serait à nous de prendre la filature en compte en attendant de réorganiser le dispositif.

La foule est extrêmement dense maintenant que la prière du matin est passée. Les fidèles de la grande mosquée se mêlant aux badauds ou aux clients du marché. Des cris se font entendre de partout, pas seulement sur le marché, les Nigériens ont l'habitude de se héler à l'autre bout de la rue. De vieilles mobylettes pétaradent dans tous les sens, des bagnoles d'une autre époque se mêlent aux 4x4 modernes dans un concert de klaxons pour s'approprier les priorités aux carrefours. Ici pas de passages piétons, les gens traversent en courant, parfois sans même regarder les véhicules, essayant plutôt de ne pas se casser les chevilles dans les nids de poule. Ce tumulte devrait nous faciliter la filature, d'autant plus que la cible n'est sûrement pas un pro du contre-espionnage. Les djellabas de nos gars non plus ne devraient pas attirer l'attention, la foule bigarrée se composant autant de jeunes hommes habillés à la mode européenne que de femmes en boubous colorés, ou de Touaregs en habits bleus traditionnels.

Comme prévu après quelques dizaines de secondes, les deux extrémistes doublent notre groupe à pied, sans même un coup d'œil. Nos gars se laissent distancer et s'éloignent un peu, mais arrivent à les garder à vue malgré le monde. Le véhicule d'Ibrahim suit par petit bond à courte distance, et nous sommes encore derrière, dans le Range Rover, hors de vue.

Moins de cinq minutes après leur sortie de la mosquée, les deux hommes s'arrêtent devant un marchand de fruits et légumes, visiblement une connaissance de l'imam, et Christophe décide alors de dépasser le binôme pour se poster un peu plus loin. Une chose qui n'est pas censée arriver se produit alors. L'adolescent tourne la tête au moment où Giles passe à côté de lui et malgré son expérience, notre gars ne peut s'empêcher de jeter un coup d'œil à la cible. Giles comprend immédiatement son erreur digne d'un débutant lorsqu'il voit le regard du jeune homme s'allumer et ses yeux s'agrandir de terreur. Un pan du foulard recouvrant son visage s'est légèrement écarté lors de la filature, révélant le bas de la tête et les traits européens de notre équipier.

- Ici 3, je pense que je suis détronché. Le jeune m'a vu, je décroche et je retourne au véhicule.

Un Occidental déguisé en Touareg ! Ça ne pouvait pas être une coïncidence. Le cœur du jeune homme vient de faire un bond dans sa poitrine. Yacouba décide de rejoindre l'Imam Olawale à l'intérieur du primeur. Il manque renverser une caisse de bananes dans la précipitation.

- Imam ! Imam !

Les deux hommes dans la boutique regardent l'adolescent arriver avec des regards interrogateurs.

- Que se passe-t-il Yacouba ?

- J'ai vu un *toubab*, un blanc, un infidèle déguisé ! Ils me suivent, ils vont m'assassiner!

L'imam saisit l'adolescent par le coude et le traîne à part, hors d'écoute du marchand de légumes. Il réussit à garder un calme de façade. Inutile de dévoiler à tout le monde que quelque chose ne va pas.

- Baisse le son veux-tu ? Calme-toi ! Qu'est-ce que tu racontes ? Tu es sûr de ce que tu as vu ?

- J'en suis certain. Il portait un foulard, mais il est tombé et j'ai vu son visage de chien. Il m'a regardé bien droit dans les yeux. Ils vont me tuer. Il faut avertir Jamaal !

- Calme-toi, je t'ai dit. Tu serais capable de rentrer à la maison tout seul ? Tu te souviens du chemin ?

- Oui, je pense. Mais tu ne vas pas me laisser tout seul ?

Les yeux du jeune homme sont arrondis par la peur.

- Au contraire, je vais m'assurer que tu n'es pas suivi et si besoin je m'arrangerais pour qu'ils perdent ta trace. Quand tu arrives devant la porte de la maison, ne rentre pas de suite. Va jusqu'au prochain carrefour et fait demi-tour d'un seul coup pour t'assurer qu'il n'y a personne derrière toi. Tu es prêt ?

Yacouba hoche la tête, mais le cœur n'y est pas. Il sent la peur lui tordre le ventre. L'imam le laisse sortir en premier puis explique rapidement au marchand que le jeune homme n'a pas toute sa tête, que ses parents le lui confient afin qu'Allah le soigne par la prière et qu'il doit le ramener chez lui. Il laisse l'adolescent prendre quelques mètres d'avance et regarde la foule alentour afin de déjouer une éventuelle surveillance. Pas question pour lui de se faire coincer avec ce jeune qui ne tiendra sûrement pas sa langue à la première question. Olawale prend sa décision, le jeu devenait trop dangereux. Il ne retournerait pas à la maison, de toute façon, elle appartenait à un fidèle qui s'était absenté pour quelques jours. Il examine encore la rue. Rien ne paraît suspect aux alentours, mais mieux vaut ne pas prendre de risques. L'imam fait un sourire et un petit geste de la main au jeune homme qui se retourne, mort de peur, puis il part dans la direction opposée à celle prise par Yacouba.

Lorsque la cible sort seule de chez le légumier et prend à droite, nous comprenons qu'il va falloir agir dans l'urgence. Peter est le premier à réagir.

- Ici 12. Puisqu'il vient vers nous on le saute ! Rendez-vous à la maison.

Ils allaient enlever le gamin en pleine rue.

- Ici 11 bien reçut.

Mon cerveau tourne à plein régime. Si l'adolescent ne rentrait pas, l'imam allait raconter des histoires au groupe. Et si les deux ne rentraient pas ? Une seule solution m'apparaît comme une évidence. Je regarde tour à tour Rachid et Mohamed.

- On va embarquer l'imam !

Je prends alors la radio.

- Pour tous ici 11, nous on va embarquer l'imam. Numéro 3, charge à ton groupe de vérifier que nous ne soyons pas pris en chasse par la police ou quelqu'un d'autre.

Il y a un petit silence radio, puis petit à petit, les deux autres groupes m'annoncent la bonne réception de mon message. Nous allons devoir faire parler un des deux gars très rapidement si l'on veut loger nos djihadistes, car nous pouvons être quasiment sûrs qu'ils vont annuler leur rendez-vous en ne voyant pas rentrer l'imam et le jeune homme. Très certainement qu'ils choisiraient même de quitter leur planque et de disparaître. S'ils restaient, nous leur tomberions quand même dessus. Au mieux, on ferait un prisonnier qui pourrait livrer des renseignements, au pire on les éliminait tous et la moitié du boulot serait faite. Pourquoi les plans ne fonctionnaient-ils jamais complètement de A à Z ?

J'aperçois furtivement le toit du Land Cruiser d'Ibrahim qui fait un bond en avant dans la direction prise par l'adolescent. Puisqu'il en est terminé de la discrétion, je fais passer ma djellaba par dessus ma tête afin d'être à l'aise dans mes mouvements. Je me tourne vers Mohamed afin de mettre en place un rapide plan d'action lorsque mon coéquipier tend son bras vers l'avant.

- Regarde !

Je me retourne sur mon siège pour voir l'imam sortir de la boutique et remonter la rue vers nous, en sens inverse du jeune homme. Il serait sur nous dans moins de dix secondes.

- Je le choppe et tu me couvres Mo ?

- C'est bon pour moi Franck.

Je penche ma tête comme si je cherchais quelque chose dans la boite à gant, Mohamed se recroqueville derrière mon siège et Rachid fait mine de regarder par sa fenêtre. Alors que l'imam me dépasse, j'ouvre doucement ma porte et descends sur le trottoir. Je m'approche de ma cible lentement et sens la présence de Mohamed dans mon dos. Alors que je m'apprête à enrouler mon bras gauche autour du coup de l'imam, ce dernier stoppe sa marche et amorce un mouvement de retournement, le genre de sixième sens qui vous alerte que quelque chose ne tourne pas rond. Avant même qu'il n'ait terminé son demi-tour vers moi, je lance une formidable gifle de la main droite qui vient percuter l'oreille du djihadiste. Je sais que je peux frapper fort sans trop de risque, car le visage de l'imam est bien enturbanné de tissus. Au pire, je lui perce un tympan. L'oreille interne complètement perturbée, l'homme s'affaisse sur place, ses genoux ne le supportant plus. Je glisse mon avant-bras gauche sous sa gorge et verrouille mon étranglement en saisissant mon biceps droit. Je ramène ma main forte derrière la tête de ma proie et colle ma tête à la sienne pour éviter un coup de boule instinctif. Je sens que mon étranglement n'est pas bon, j'ai glissé sur les foulards, ma pression s'exerce davantage sur la mâchoire plutôt que sur le cou, mais je serre le plus fort possible et tire l'imam en arrière vers le véhicule. Ses mains tentent de m'agripper le poignet dans un réflexe de survie, ce qui est une bonne chose, car il ne pense pas à aller saisir une éventuelle arme qu'il porterait de façon dissimulée. Ma manche se mouille de la bave que l'imam crache à cause de la douleur provoquée par l'étau de mes bras sur ses mandibules et ses cervicales. Du coin de l'œil, je vois Mohamed qui me tient la porte d'une main, l'autre brandissant son pistolet vers le ciel au cas ou un courageux voudrait s'interposer.

- OPÉRATION DE POLICE ! OPÉRATION DE POLICE !

Perturber, créer la surprise. Si on laissait aux badauds le temps de réfléchir, ils se rendraient vite compte de la stupidité de l'argument de Mohamed. Un blanc et un arabe qui enlève de force un Nigérien en pleine rue, il y avait peu de chances que ce soit en effet une opération de police.

Après avoir parcouru les quatre mètres qui me séparaient de notre voiture, je me jette sur la banquette arrière, l'imam sous moi face aux sièges. Je sens la porte venir buter sur mes pieds et je dois replier mes longues jambes pour que Mohamed puisse fermer en deux fois. Il prend ma place à l'avant et la voiture démarre. Je sais que l'homme que j'étreins est conscient, car son corps offre une très légère résistance et qu'il gémit sous la pression de mon bras sur les os de son visage, il ne se rebelle pas, mais si mon étranglement avait été correctement placé, il serait déjà en train de dormir.

- Je vais arrêter de serrer, mais si tu essayes de te dégager, je te brise la nuque. C'est compris ?

L'homme approuve de la tête et je relâche un peu la pression, ce qui me permet surtout de replacer mon radius sur sa gorge. Je garde mes cent kilos bien plaqués contre son dos pour lui enlever toute velléité de mouvement.

- S'il vous plaît, ne me faites pas de mal. Je n'ai rien fait.

Je m'abstiens de répondre et de ma main droite, je commence une palpation afin de m'assurer qu'il ne porte sur lui aucun objet dangereux. Je prête surtout attention au tour de ceinture, aux aisselles, à la poitrine et aux mollets, les endroits pouvant dissimuler un étui de couteau ou d'arme de poing. Après quelques contorsions, je parviens à sortir un trousseau de clefs, un portefeuille, un téléphone portable et un paquet de cigarettes de la djellaba de l'imam, rien d'autre. Je jette chacune de mes trouvailles vers l'avant en direction de Mohamed qui s'affaire à tout décortiquer à la recherche du moindre indice.

La tête toujours collée à celle du religieux, je ne vois rien du trajet qui se fait dans un silence de mort et comprend que nous sommes arrivés uniquement lorsque le Range Rover s'arrête. Mohamed m'ouvre la porte et je descends de la voiture en prenant bien appui de tout mon poids sur notre prisonnier. Nous sommes de retour dans la cour de Moussa Safiétou. Ses hommes ont déjà refermé le portail. L'imam n'ose pas bouger et garde sa tête enfouie dans le siège arrière, les mains croisées derrière son crâne. Je le tire par les pieds et lorsque ses genoux sont hors de la voiture, je le reprends à la gorge du bras gauche et lui ramène le bras droit dans le dos avec mon autre main. Le prisonnier étouffe un cri de douleur, mais n'ose pas protester plus, sentant que de toute façon nous ne sommes pas là pour discuter des conditions légales d'interpellation. Sans que je m'en aperçoive, Rachid se trouve déjà à côté de moi et place un sac de jute sur la tête de mon prisonnier. Il ne doit pas savoir où il se trouve et cela va ajouter du stress à son niveau qui doit déjà atteindre des sommets. Une légère odeur d'urine me monte d'ailleurs aux narines. C'est bon signe, un homme qui perd son courage et sa dignité devient plus malléable. Je le pousse ensuite jusqu'à la porte arrière de la maison, où un garde m'attend. Le 4x4 de la première équipe est dans la cour, toutes les portes ouvertes, mais vide, et celui d'Amadou est rentré juste derrière nous.

Une fois la porte passée, le garde m'indique du doigt une large trappe dans le sol, sur le côté gauche sous le grand escalier que je n'avais pas remarqué jusqu'à présent. Une grande volée de marches en béton brut permet d'accéder à un sous-sol. Je lâche ma saisie sur l'imam et lui plaque mon Glock sur la nuque pour lui indiquer les escaliers. Nous descendons dans la fraîcheur du sous-terrain en même temps qu'une légère odeur de moisi et d'excréments me monte au nez. Comme dans une maison occidentale, Safiétou a aménagé un vide sanitaire, haut de deux mètres, dans lequel passent toutes ses canalisations. Ce doit être la seule maison d'Agadez à avoir ce genre d'équipement. Je dois baisser la tête à chaque fois que je croise des tuyaux. Trois alcôves de béton d'environ trois mètres de profondeur sur quatre de large sont alignées sur le mur de droite, qui doit donner côté cour. Les deux premières sont ouvertes, celle à l'extrême droite est fermée par une lourde porte d'acier devant laquelle se tient Ibrahim. Il nous fait un signe du pouce en direction de la cellule.

- Ils sont déjà dedans avec le gamin.

J'approuve d'un signe de tête et pousse l'imam dans la cellule opposée, de façon à ce qu'il n'entende pas ce qui se dit dans la première. Le réduit est seulement équipé d'un tabouret de bois, de deux anneaux sur les côtés auxquels sont accrochées deux paires de menottes. Des traces de sang séché forment une marque macabre au sol devant le tabouret. Les périodes préélectorales ne doivent pas être tristes chez Moussa Safiétou, vive la démocratie ! Je fais asseoir mon prisonnier et avant même que je saisisse sa première main il se liquéfie.

- Pas la peine de me faire du mal, je vais coopérer.

- Oh oui ! Ça, j'en suis certain !

Je lui retire le sac de sa tête et lui fais passer sa tunique par-dessus la tête. J'arrache les boutons de la chemise qu'il porte en dessous, Mohamed lui passe les menottes et le voilà à moitié écartelé sur le tabouret. Fallait être plus grand mon gars, t'aurais été plus à l'aise. Je sors mon Bushman Pocket de son étui. Ce couteau de la célèbre marque américaine Cold Steel, avec sa lame pliante de plus de dix centimètres, n'est pas un couteau de combat, mais il est extrêmement efficace pour la survie. Et surtout, agité devant le visage d'un gars déjà terrorisé, son aspect massif fait toujours son petit effet.

- S'il vous plaît, je ferrais tout ce que vous me demanderez.

Je ne réponds pas et laisse le prisonnier sous la garde de Mohamed. J'appelle le reste du groupe dans le sous-sol. Safiétou étant absent, c'est Rachid qui se joint à nous en tant que responsable de son service de sécurité. Le temps presse et nous ne pouvons pas nous permettre le luxe d'attendre. Nous échangeons plusieurs stratégies, faisons des mixes et des compromis, puis tombons d'accord sur une marche à suivre. Je retourne voir l'imam.

- On va recommencer depuis le début pour voir si l'on peut avoir une discussion normale, d'accord ?

- Oui Monsieur.

- Pas de Monsieur. Tu vas m'appeler Max, OK ?

Je ne sais pas pourquoi ce pseudo m'est venu à l'esprit, je sais juste qu'il a souvent été utilisé dans l'histoire, notamment par Jean Moulin lors des ses dernières actions au profit de la résistance. Je ne l'avais jamais utilisé ni aucun des membres de l'équipe, c'était parfait.

- D'accord Max.

- Bien ! Donc tu devrais vivre. Pour l'instant. Comment t'appelles-tu ?

- Olawale Djibril.

- Ton prénom c'est Djibril ?

- Non, Olawale.

- OK. On va te ramener chez toi. Ou plutôt à l'endroit où tu héberges les gars d'Al Qaeda.

Olawale ne feint même pas la surprise, l'ignorance ou l'indignation. Un bon point, il sait qu'il est ferré. Je poursuis.

- Tu vas leur expliquer que le jeune garçon s'est enfui dans le marché à la sortie de ta mosquée, que depuis tu essayais de le retrouver, que tu as demandé de l'aide à des amis, mais que pour l'instant, il n'y a pas d'information sur sa localisation. Tu appuieras tes propos en leur racontant que le garçon t'a fait part de ses doutes quant à leurs actions sur le chemin de la prière, mais que tu pensais l'avoir rassuré.

- Et ensuite ?

- Tu dois te débrouiller pour qu'ils n'aient pas envie d'annuler leur rendez-vous de ce soir.

- Mais ils n'ont pas rendez-vous ce soir !

Je viens de prendre comme un coup à l'estomac. Mes yeux qui se sont agrandis doivent trahir ma surprise. Est-ce qu'on s'est trompé depuis le début? Nos renseignements étaient-ils bidon ? Pourtant l'attitude des djihadistes parlait d'elle même; ils étaient allés chercher des armes et étaient passés clandestinement au Niger.

- Comment ça ?

- Ils ont envoyé un émissaire au Nigéria, puis il est venu me voir pour trouver un lieu sécurisé à Agadez. Sauf que les soldats de Boko Haram ont changé d'avis. Ils ont contacté le messager hier et lui ont donné eux-mêmes le lieu de rendez-vous. Sûrement par peur d'un piège.

- Tu sais où c'est ?

- Non, ils ne m'ont rien dit. Seuls le chef et le messager savent où ils doivent se rendre. Ils doivent prendre la route demain pour une rencontre en fin d'après-midi, je pense, peut-être après-demain.

- Bon, on garde la première partie du plan, tu rentres, tu racontes ton histoire et tu te débrouilles pour avoir les coordonnées du lieu de rencontre avant qu'ils ne décollent. Si l'on n'a pas le renseignement à temps, tu es un homme mort. Et si tu as de la famille, alors ils mourront aussi.

Je sens que le religieux est en train de chercher une issue de secours, un moyen de gagner du temps. Dès qu'on lâche un peu de lest, les gens ont tendance à prendre ça pour de la faiblesse et vouloir reprendre leur indépendance. Il est temps de donner le coup de grâce à sa volonté. Je me replace derrière lui et place à nouveau mon arme sur sa nuque. Mohamed le détache et nous l'accompagnons jusqu'à la cellule ou l'adolescent est attaché. Lorsque Romuald nous ouvre la porte, l'imam a un mouvement de recul et je sens qu'il est proche de la nausée. Le visage du jeune n'est plus que bosses, coupures et sang. Ses arcades et ses pommettes sont ouvertes sur plusieurs centimètres, des dents gisent à ses pieds et du sang s'écoule de sa bouche. Son nez semble se trouver au milieu de sa joue droite en formant un angle curieux. Les yeux du gamin sont fermés par les œdèmes montant de ses pommettes. Il respire à peine, tremble de tous ses membres et des gémissements à peine audibles, ou plutôt des sifflements, s'échappent de sa bouche.

- Allah yarhamha !

Qu'Allah ait pitié? Oui, il ne pouvait plus rien d'autre pour le pauvre bougre. Il s'était égaré et avait fait un mauvais choix en quittant son foyer pour rejoindre si jeune le djihad. Sans plus hésiter, Peter qui se trouve derrière le tabouret se saisit d'une chaîne qui pend d'un anneau au plafond et l'enroule autour de la gorge de l'adolescent. Ce dernier essaye de se débattre mollement, mais ses mains menottées lui enlèvent toute possibilité de défense. Peter tire alors plus fort sur la chaîne et l'on voit le corps s'élever vers le ciel. Les talons du garçon tapent dans le tabouret, le faisant chuter en arrière, et il réussit à se mettre sur la pointe des pieds. Romuald défait les deux menottes et vient aider Peter. Plus rien ne retient le jeune qui monte au ciel, ses mains tentent mollement d'agripper le fer qui s'enfonce dans sa gorge. Peter accroche la chaîne à l'une des entraves et nous voyons le corps secoué par des spasmes. Je sens une réticence chez l'imam et je le force à regarder en tournant sa tête de ma main gauche sur sa mâchoire, mon arme toujours sur sa nuque. Une fois les jambes du supplicié ayant donné leurs derniers soubresauts, je jette Olawale dans la cellule.

- Tu dois bien comprendre qu'il n'y a pas que les moudjahidines qui sont prêts à tout ! Vous croyez avoir l'exclusivité du fanatisme ?

À voir les yeux écarquillés de l'imam, je sens que j'ai toute son attention. Il prend soin de ne pas entrer en contact avec le cadavre qui se balance lentement au plafond.

- Nous sommes venus de loin, les gens qui nous emploient ont des moyens considérables. Si nous n'obtenons pas ce que nous voulons, tu seras considéré comme le responsable, et la mort de ce garçon aura été douce par rapport à celle qui t'attendra. Et comme je te l'ai déjà dit, si tu as des proches, nous prendrons soin d'eux aussi. Du plus petit au plus âgé. Est-ce que c'est bien compris ?

Olawale me fait un signe affirmatif de la tête. Il vient de prendre dix ans dans la gueule. Je le tire hors de la cellule et le remonte dans l'escalier. Rachid nous attend en haut des marches. Son visage est illuminé d'un sourire carnassier, il est visiblement satisfait de notre attitude dans la cave. Il tend ses effets personnels à l'imam.

- J'ai enregistré un numéro de portable au nom de Youssouf. Dès que tu as le lieu de rendez-vous, tu appelles. Tu tomberas immédiatement sur une messagerie. Tu vas à l'essentiel et tu raccroches. Je te conseille d'apprendre le numéro par cœur, on ne sait jamais.

Rachid place ensuite de nouveau un sac sur la tête d'Olawale avant de le conduire dans la cour.

Je redescends à la cave où je retrouve le reste de l'équipe. À voir les regards des gars, je comprends que personne n'a apprécié la scène, et ça me rassure un peu. Personne n'aura à mentir lors du débriefing. Même si la faim justifie les moyens, on n'est pas obligé d'aimer le plat que l'on nous sert.

CHAPITRE 15

Devant la porte de la petite maison où il doit retrouver les six djihadistes, Olawale marque un moment d'hésitation. Sa vie va se jouer ces prochaines vingt-quatre heures. Il allait vivre ou mourir, c'était aussi simple que ça sauf qu'il n'avait qu'une chance sur trois que cela tourne à son avantage. S'il ne parvenait pas à transmettre la bonne information à temps aux Occidentaux, il mourrait. Si les djihadistes ne croyaient pas à son histoire ou se rendaient compte de son double jeu, il mourrait. Il sent alors un nœud tordre son estomac, une énorme boule de stress lui monter dans le ventre. Il entre la clef et la tourne dans la serrure, prend une grande inspiration, et pénètre dans la maison. Tout est sombre, il s'avance et ferme la porte derrière lui, jetant un dernier coup d’œil pour vérifier que personne ne le suivait de façon trop évidente. Le froid métallique du canon d'une arme vient alors se poser sur sa nuque. Décidément aujourd'hui, sa peau semblait attirer les pistolets comme un aimant. La lumière s'allume et il se rend compte que la pièce principale de la maison a été transformée en bunker. Tout est retourné, les meubles ont été déplacés de façon à obstruer les fenêtres, des postes de combat ont été aménagés à l'aide de tous les fauteuils, canapés, coussins et matelas de la maison. Olawale fixe tous membres du groupe de façon incrédule. Il remarque même trois nouveaux qui n'étaient pas là à son départ. Olawale les reconnaît, il les a déjà vus à la mosquée, des gars taciturnes, des jeunes venant des quartiers les plus pauvres de la ville. Il ignore comment le commando a fait pour les recruter. Jamaal s'avance vers lui.

- Où étais-tu imam? Parle sans crainte. Ce sont des frères moudjahidines que nous avions en ville et qui nous rejoignent un petit moment.

Son ton est neutre, trop neutre par rapport à la haine qui se dégage de ses yeux.

- Yacouba est parti.

Olawale s'attend à recevoir une balle dans la tête à tout moment, sans avertissement. Il n'a plus aucune confiance en Jamaal.

- Comme tu peux le voir, nous nous sommes préparés à l'arrivée de la police. Il va falloir que tu nous expliques exactement ce qui t'a retenu dehors aussi longtemps et où se trouve Yacouba. Je ne sais même pas pourquoi j'ai choisi de rester ici.

- Il n'y a pas de soucis, je vais tout vous expliquer.

Mis à part le géant Wiss qui reste près de la porte pour monter la garde, le reste du groupe accompagne l'imam dans la chambre de derrière. La maison est dévastée, tout ce qui est utilisable ayant été prélevé pour aménager la défense des lieux.

- Assis-toi par terre et vide tes poches!

Une fois les maigres effets personnels d'Olawale au sol, Amine s'empare du portefeuille qu'il fouille méticuleusement avant de le rendre. Il se saisit ensuite des clefs et du téléphone portable.

- Tu n'auras plus besoin de ça avant quelques jours. Maintenant nous allons t'écouter. Tu as intérêt d'être très convainquant, sinon tu n'auras plus l'occasion d'aller ouvrir ta mosquée.

Olawale se demande dans quelle histoire il s'est embarqué, ses chances de survie viennent de chuter considérablement. S'il avoue la trahison, il est mort et les djihadistes vont prendre la fuite. Il ne lui reste que la carte de la coopération avec les infidèles. La Foi a ses limites quand votre vie est en jeu. Olawale est un orateur, pas un guerrier.

- Yacouba a commencé à me parler sur le chemin de la mosquée. Il m'a expliqué qu'il ne savait pas si Allah cautionnerait vos actes.

Jamaal se mit immédiatement en colère.

- Impossible ! Yacouba était jeune, mais sa Foi était aussi grande que la nôtre. Je ne l'ai jamais vu pris du moindre doute.

Olawale prend alors un air très concentré, le même que lorsqu'il prêchait dans son garage, comme s'il entrait en transe spirituelle.

- Je lui ai expliqué que le djihad était nécessaire et que selon la sourate Al Baqara, Allah avait annoncé: "*Le combat vous a été prescrit alors qu'il vous est désagréable*" et aussi "*C'est Allah qui sait, alors que vous ne savez pas*".

Le groupe est tout à coup complètement absorbé par les paroles de l'imam. Sentant qu'il gagne les cœurs, Olawale persiste en prenant le ton de la prière.

- "*Vous combattez pour la cause des faibles: hommes, femmes et enfants qui disent: «Seigneur! Fais-nous sortir de cette cité dont les gens sont injustes, et assigne-nous de Ta part un allié, et assigne-nous de Ta part un secoureur*" .

Les cinq hommes qui lui font face ont à présent les yeux fermés et ils commencent à se balancer d'avant en arrière sur leurs jambes au rythme des paroles de l'imam.

- Et vous, "*combattez jusqu'à ce qu'il n'y ait plus d'association, et que la religion soit entièrement à Allah seul. Les croyants combattent dans le sentier d'Allah, et ceux qui ne croient pas combattent dans le sentier du Tâghût*".

Olawale sent que c'est le moment de donner le coup de grâce avant d'essayer de rallier l'opinion du groupe.

- "*Et quiconque combat dans le sentier d'Allah, tué ou vainqueur, Nous lui donnerons bientôt une énorme récompense*". Voilà ce que je lui ai expliqué.

Jamaal rouvre les yeux.

- Et comment a-t-il réagi ?

- Il a semblé rassuré sur le moment. Nous sommes arrivés à la mosquée, nous avons fait nos ablutions puis j'ai dirigé la prière.

- Ensuite ?

- Quand on est sorti de la mosquée, j'ai mis un peu de temps à discuter avec quelques fidèles habitués. Je l'ai vu du coin de l'œil s'approcher de quelques étals, puis d'un coup, plus rien.

Le regard de Jamaal semblait s'être un peu adouci.

- Donc tu t'es mis à sa recherche ?

- Bien sûr ! j'ai demandé à plusieurs marchands, mais il y avait tellement de monde sur le marché que personne n'a prêté attention à une jeune en train de se balader.

Il fallait qu'Olawale trouve rapidement une solution pour éviter qu'ils ne l'abattent avant de partir.

- Mais j'ai un contact dans la police, un fidèle qui s'appelle Youssouf. Lui s'est sûr il va nous trouver des informations sur Yacouba. Il ne peut pas aller très loin, il n'a même pas d'argent sur lui. C'est pour ça qu'il me faut mon téléphone, parce que si Youssouf appelle, il faut que je décroche.

Amine sort l'appareil de sa poche, le fait sauter un peu dans sa main, puis le range. Il y a un mélange de défi et de moquerie dans le regard que le tueur adresse à l'imam. L'imam comprend immédiatement que ce type est dangereux et qu'il va falloir s'en méfier, peut être plus que les autres, car il semble capable de ne pas attendre un ordre d'El Malek.

- Je répondrai si ton ami appelle.

Manqué ! Il fallait trouver autre chose.

- Mais je suis en danger maintenant. Vous n'allez pas me laisser ouvrir la mosquée à nouveau, j'imagine?

- Non ! Tu vas rester avec nous jusqu'à ce qu'on s'en aille.

- Donc ma disparition va paraître suspecte. Si en plus Yacouba se fait attraper et qu'il parle, la police va se mettre à notre recherche. Si en plus il parvient à les conduire ici, nous sommes tous morts.

- C'est juste. Mais c'est pour ça que nos frères sont venus en renfort. Ils vont attendre la police et leur réserveront un accueil digne du djihad. Et sinon, qu'est-ce que tu proposes ? As-tu une autre solution ?

- Il faut changer de cache. Mais pour ça, il faut que je contacte un autre fidèle.

Les djihadistes se regardent un moment, tous attendent visiblement la décision de leur chef, puis Jamaal tranche.

- D'accord. Mais à la première hésitation ou à la moindre parole déplacée, tu prends une balle dans la tête. Compris ?

Olawale déglutit.

- Compris.

Amine sort à nouveau le téléphone et le jette aux pieds de l'imam. Ce dernier fouille dans le téléphone et compose un numéro. Mais pas celui de Youssouf, pas encore, les autres sont trop proches et il n'a pas de réelles informations à leur donner.

- Issa ? C'est Olawale Djibril. Bonjour mon ami. Oui. Oui, ça va *hamdoulilah*. J'ai besoin que tu me rendes un petit service, c'est assez urgent. Tu as toujours ta maison de jardin au sud de la ville ?

La conversation dure quelques minutes, le temps de mettre les modalités de prêt et de discrétion au point, puis Olawale raccroche avec un air rassuré. Amine tend la main et récupère le précieux téléphone.

Une grande bâche posée sur la mitrailleuse lourde du 4x4, le petit convoi sort doucement à la nuit tombée de la courette d'intérieur à l'arrière de la maison. La moto pilotée par Yacouba est abandonnée contre un mur, elle ne devrait plus servir à personne avant longtemps et de toute façon son moteur commençait à montrer des signes d'épuisement. Ousmane avait acheté une vieille Vespa sans âge pour faire des navettes en ville et subvenir aux besoins du commando. Olawale est au volant du tout-terrain, surveillé de prêt par Jamaal qui tient son pistolet sur ses genoux. En cas de contrôle de la police, tous avaient ordre d'ouvrir le feu. Impossible de se faire appréhender maintenant, quitte à disparaître vingt-quatre heures dans le désert. L'ambiance dans l'habitacle est glaciale, pas un mot n'est échangé. Olawale se creuse la tête en permanence sur le moyen de récupérer son téléphone, car il sait bien que les djihadistes vont l'abattre après le rendez-vous avec les gens de Boko Haram, peut être même juste avant, pour ne pas laisser de témoins. Sa seule chance repose maintenant vraiment sur ces Occidentaux, encore faut-il qu'il parvienne à les informer rapidement.

La planque n'a, en fait, rien d'une maison. C'est plutôt une grande cabane de jardin en tôle, posée sur un terrain agricole nu délimité par quatre piquets et une corde. Un semblant de portail en bois vermoulu en ferme l'accès, accroché à deux pylônes de béton tordus. Il y a visiblement eu des plantations sur le terrain, deux ou trois printemps en arrière, mais la sécheresse et dame nature avaient repris leurs droits. La cabane est l'une des ultimes constructions sur l'ancienne route de Zinder. Cette ville, appelée le « grenier à mil du Niger », et la dernière agglomération avant le Nigeria. Le sud du pays est une région agricole bien plus verte et irriguée que le reste du territoire. La majorité des cultures sont des plantations de mil, céréale présente dans la grande majorité des plats de la région. Youssef descend de la voiture et fait une pause. De toute évidence, il semble peu ravi de l'endroit.

- Tu te fous de nous ? C'est minuscule et c'est en bord de route. C'est tout sauf discret et sécurisé.

- Je n'ai pas d'autres solutions. La route n'est plus aussi fréquentée depuis la construction de la nationale plus à l'ouest. Et puis j'aurais pu trouver mieux si vous m'aviez laissé passer d'autres coups de fil.

Le 4x4 armé est stationné à l'arrière de la cabane, le plus à couvert possible, et Jamaal ordonne aux jumeaux Ajeeb et Wiss de passer la nuit dans la caisse, sous la bâche. Lorsqu'ils entrent sous les tôles de l'abri, tous ne peuvent s'empêcher une moue de tristesse. La chaleur est accablante alors que le soleil est en train de tomber dans le ciel et une forte odeur rance de renfermé frappe les narines. Et peu de chance qu'un peu de fraîcheur parvienne à monter du sol d'ici le lendemain matin ou qu'un courant d'air chasse la puanteur. Youssef, plutôt habitué au confort des normes françaises, est prêt à exploser.

- On va mourir de chaud, la police n'aura qu'à venir ramasser nos cadavres ! Les vermines se régaleront.

Agacé, Jamaal ne peut s'empêcher de reprendre son ami d'enfance avec un regard de vieux maître d'école.

- Cela suffit mon frère ! L'imam a fait ce qu'il a pu. Les obstacles mis sur notre route ne sont que des épreuves placées là par Allah pour tester notre Foi.

Un hamac au fond, une table et deux chaises en bois, une grande bassine d'aluminium et quelques couverts sur un meuble monté de bric et de broc et calé à l'aide de tasseaux de bois, voilà les seuls équipements de la pièce, qui ne mesure pas plus de vingt mètres carrés. Les toilettes ? Comme chez Cabrel, la cabane au fond du jardin... Encore heureux qu'elles ne soient pas dans la pièce !

- Cela ira bien pour tenir une nuit. Nous t'en sommes reconnaissant Olawale. Maintenant, prépare la prière, puis nous mangerons. Ce soir, je veux que toutes les armes soient nettoyées et que nous regardions l'itinéraire de demain.

Une ampoule s'éclaire dans le cerveau de l'imam.

- D'accord Jamaal. Si je peux vous être utile pour quoi que ce soit, n'hésitez pas, pensez que je connais bien mon pays.

- Nous verrons. Ousmane a déjà fait les reconnaissances nécessaires.

L'homme à la barbe blanche, qui ne parlait jamais, en tout cas pas pour débiter des paroles inutiles, se contenta de hocher la tête.

- Et laissez-moi la porte ouverte ainsi que les fenêtres pour chasser un peu cette puanteur.

- Ousmane ? Il dort ?

- Il me semble que oui.

- Bien, nous allons pouvoir nous mettre au travail. Slimane, tu as la carte que je t'ai demandé ?

Bien évidemment qu'Olawale ne dormait pas, sa survie en dépendait. Il allait profiter de l'exiguïté des lieux pour ne rien perdre des préparatifs de la journée de demain. Il lui faudrait ensuite trouver le moyen de transmettre l'information aux Occidentaux. Il avait très consciencieusement mené la prière, préparé le repas et avait fait mine de s'intéresser lorsque le groupe avait nettoyé leurs armes. Puis il avait feint progressivement la fatigue, demandant finalement s'il pouvait s'allonger sur une couverture dans un coin de la pièce. Pour l'instant, les hommes chuchotaient, mais il savait bien qu'ils allaient monter progressivement le volume et qu'il finirait par entendre la conversation comme s'il était avec eux à table.

- Le rendez-vous doit avoir lieu à dix-neuf heures, pour être sûr qu'il n'y a plus personne sur le site. J'aimerais y être une heure avant pour vérifier qu'il n'y a pas de pièges et repérer peut-être des chemins de fuite. Ousmane, tu vérifies encore une fois l'itinéraire et tu me donnes une heure de départ précise.

- D'accord Jamaal.

- Youssef, tu te charges du plein des véhicules.

Le français fait un signe d'approbation.

- À part Ousmane, quelqu'un connaît la pyramide ici ?

Les hommes se regardent tour à tour, mais aucun ne relève. Dans le coin de la pièce, Olawale a sensiblement dressé l'oreille. A-t-il bien entendu le mot pyramide ? La seule qu'il connaît au Niger est celle de Dan Baki, près de Zinder. Il fallait à présent récupérer le téléphone et parvenir à passer le message. L'imam n'avait pas vu son portable réapparaître donc il devait toujours être sur Amine. Il est terrorisé à l'idée de devoir voler son portable à cet homme. Pas la peine d'être diplômé en psychologie pour voir dans son regard que c'est un tueur de sang-froid. Rien qu'à l'idée de se faire surprendre, tout sommeil quitte le corps d'Olawale. La discussion s'éternise autour de la table, le groupe mettant au point les placements de chacun au moment de la réunion, la façon de suivre les gens de Boko Haram jusqu'au Nigeria si besoin, tous les cas de figure sont passés en revue. Il est environ deux heures du matin quand Jamaal souffle les dernières bougies sonnant l'heure du sommeil pour tout le groupe.

Olawale sursaute sur son lit de fortune. Il s'est endormi. Un rapide coup d'œil à sa montre lui permet de s'apercevoir qu'il est plus de trois heures du matin. Il rejette lentement sa couverture sur le côté et se met à quatre pattes pour se relever. Il laisse ses yeux s'habituer à l'obscurité et étudie la pièce. Évidemment, Jamaal s'était approprié le hamac. Olawale sent une montée d'adrénaline lorsqu'il se rend compte qu'un corps est couché en travers de la porte d'entrée. Bon sang, il n'allait pas y arriver. Il s'approche du corps et reconnaît Amine, roulé dans une couverture. Au-dessus de sa tête, une partie de ses vêtements sont entassés. Olawale s'accroupit et commence à palper lentement le petit tas d'habits à la recherche de son téléphone. Et si Amine avait eu l'idée de dormir avec ? Soudain, ses doigts se referment sur un objet dur rectangulaire. Un téléphone, c'est sûr. Pourvu que ce soit le sien. Les mains d'Olawale parviennent à trouver l'entrée de la poche et une grande déception s'abat sur lui lorsqu'il voit au premier coup d'œil que la couleur du téléphone n'est pas la bonne. Il s'agit en plus d'un vieux modèle avec un pavé numérique comme clavier et une petite antenne apparente, même pas pliant. Quel est le numéro enregistré sur son propre portable au prénom de Youssouf ? Des chiffres lui montent à la tête, mais il n'est pas sûr de tous les avoir dans l'ordre. Tant pis, il doit essayer, il n'aura certainement pas de seconde chance. L'imam se relève, range le téléphone sous les pans de sa djellaba et enjambe le corps du tueur. Il entrouvre la porte en essayant de ne pas heurter l'homme couché et se glisse à l'extérieur en se faisant le plus petit possible. Alors qu'il s'apprête à refermer derrière lui, une main ferme s'agrippe à sa cheville. Il pousse un petit cri et s'immobilise. Sautant sur ses jambes, Amine repose violemment la porte et pose un couteau sur la gorge de l'imam.

- Où tu vas ?

- Je vais aux toilettes. Je ne pourrais pas me retenir jusqu'à demain.

Un petit silence s'installe entre les deux hommes qui se regardent dans les yeux à travers la pénombre, la peur en plus dans ceux d'Olawale. Seule la lueur de la lune pénétrant par les fenêtres empêche l'obscurité totale. N'y tenant plus, il choisit d'abattre une dernière carte.

- Accompagne-moi si tu veux, je ne vais pas m'échapper.

Amine hésite quelques secondes puis décolle son couteau de la pomme d'Adam du religieux.

- Vas-y ! Mais je reste ici pour te surveiller.

Olawale s'aperçoit alors qu'un pistolet est apparu comme par magie dans la main de l'homme en lieu et place du couteau.

- Si tu tentes de fuir, je t'abats comme un chien !

- Il n'y aura pas de soucis, fais-moi confiance.

- Certainement pas !

Olawale s'éloigne en tournant le dos, essayant de paraître le plus calme et innocent possible. Une goutte de sueur glacée coule pourtant dans sa nuque, et il doit essayer de calmer un tremblement de peur qui commence à se manifester au niveau de ses mains et de ses genoux. L'odeur le frappe avant même qu'il n'ouvre la porte du réduit en bois et en tôle servant de sanitaire. Olawale laisse s'échapper un petit nuage de mouche puis entre dans la cabane. Heureusement que la bassine faisant office de sanitaire est vide, il n'aurait pu s'empêcher de vomir. Fébrilement, il sort le téléphone de sa poche, manque le faire tomber tellement ses mains tremblent, puis parvient à déverrouiller le clavier. La lueur de l'écran fait un peu plus monter la pression d'Olawale, il a l'impression d'être éclairé comme en plein jour. Le réseau est faible, mais il devrait être suffisant. L'imam prend tant bien que mal une grande inspiration malgré l'odeur pour essayer de se calmer puis tente de remettre les chiffres dans l'ordre. Il compose le numéro et laisse sonner. Dans le vide. Après une quinzaine de bips, il doit se rendre à l'évidence, le numéro n'est pas le bon. Des bruits de tissus froissés et de pas se font entendre plus loin dans la cour. Le niveau d'alarme d'Olawale remonte encore d'un cran. Autre numéro, deuxième essai. Quatre sonneries.

- "*Vous êtes bien sur le téléphone de Youssouf, veuillez laisser un message après le bip sonore !*"

Olawale plaque sa main sur le haut-parleur. Il ne sait pas non plus s'il doit chuchoter ou parler normalement pour que son message soit compréhensible, des bruits de pas se rapprochent.

- Pyramide ! Zinder ! Pyramide ! Zinder !

Puis il raccroche, range le téléphone et sort. Il s'aperçoit tout à coup qu'il a oublié d'indiquer l'heure du rendez-vous ! Tant pis, ils se débrouilleront avec ça. Perdu dans ses pensées, il vient percuter la carcasse géante d'Ajeeb.

- Oh ! Oh pardon !

Cette fois, il frôle l'arrêt cardiaque, son cœur bat dans sa poitrine, dans sa tête, dans ses oreilles.

- Laisse-moi passer et retourne te coucher !

Olawale baisse la tête en signe de soumission et reprend la direction de la maison. Amine l'attend toujours sur le pas de la porte et l'imam jurerais qu'il sourit de façon sournoise en le voyant revenir. Il fallait à présent remettre le téléphone à sa place, ou presque. Alors qu'il arrive à deux mètres du tueur, une nouvelle décharge d'adrénaline se déverse dans le corps d'Olawale. Il doit réaliser un effort surhumain pour ne pas marquer de pause. L'historique ! Il n'avait pas effacé l'historique du téléphone ! Dès qu'Amine prendrait son téléphone, il s'apercevrait des deux appels, et grâce aux horaires, il saurait ce qu'il avait fait. Il était un homme mort.

Le tueur s'écarte légèrement pour le laisser passer, mais pas assez pour éviter que leurs épaules ne se percutent et Olawale n'ose pas le regarder dans les yeux. En pénétrant dans la pièce sombre où le reste du groupe dort, l'imam jette un regard vers le tas de vêtements où il s'est emparé du téléphone. Il doit maintenant le remettre en place. Profitant de l'obscurité, il fait semblant de trébucher et s'affale au sol. Sa main jaillit à toute vitesse et il glisse l'appareil sous la couche de tissu. Certainement pas dans la poche d'origine, mais il n'a pas le temps de faire mieux. Il sent alors une main lui saisir l'arrière du col et sait qu'Amine est derrière lui. Il s'attend à tout moment à sentir la morsure d'une lame dans ses reins. Sans un mot, l'homme le jette vers le hamac sous lequel Olawale se glisse afin de ne pas le cogner et réveiller Jamaal. Il se met immédiatement en boule, ramène la couverture sur lui et fait mine de s'endormir, tout en sachant très bien qu'une nuit de peur, sans sommeil, l'attend.

CHAPITRE 16

Cette fois-ci, le réveil se fait sans ménagement, orchestré par Rachid en personne, et sans même comprendre tous les propos du chef de la sécurité, nous bondissons hors des lits et enfilons nos vêtements. Toute l'équipe descend quatre à quatre les escaliers et nous organisons un briefing improvisé dans le hall de la grande maison. Une dizaine d'hommes vêtus de treillis dépareillés et armés de kalachnikovs sont déjà prêts. Les yeux ont du mal à s'ouvrir et les barbes mangent de plus en plus les mentons de mes équipiers.

- L'imam a laissé un message. C'est très court, mais suffisant. La destination des djihadistes semble être la pyramide de Zinder.

Je n'avais jamais entendu parler de cet endroit auparavant.

- C'est où ça ? Qu'est-ce que c'est ?

Rachid semble agacé que nous ne connaissions pas.

- La ville de Zinder est la seconde commune du pays. Elle se trouve plus au sud et à cent kilomètres de la frontière du Nigéria.

- Donc c'est un lieu de rencontre logique. En cas de pépin, les gars de Boko Haram pourront rapidement se replier.

Rachid continu son cours d'histoire-géographie

- On soupçonne en plus la secte islamiste d'avoir déjà infiltré la ville. Bref, à Zinder, ou plus précisément dans la banlieue, il y a un petit village appelé Dan Baki. Un scientifique a été attiré par une colline à la forme bizarre. La zone étant exclusivement sablonneuse, il n'y avait aucune raison pour que le terrain s'élève à cet endroit. Depuis plusieurs mois, on attend des expertises pour savoir s'il s'agit bien d'une pyramide et donc que l'archéologue a raison ou si c'est un charlatan ayant tenté de berner les gens et qui va passer pour un imbécile.

- Mais du coup, la zone doit être sous surveillance.

- AH AH AH ! Vous êtes au Niger ici. Les gens s'en contrefoutent de la pyramide, ils ont bien d'autres soucis. Ce sera à vérifier, mais ça ne m'étonnerait pas qu'il y ait au mieux un pauvre vigile qui n'attend qu'un petit billet pour détourner le regard.

- Bon ! On part quand ?

- Maintenant ! Pas question de traîner.

- Et pourquoi vos hommes sont là avec leurs armes ?

- Parce que nous allons faire un détour par la planque des djihadistes. Nous avons eu l'adresse grâce au recoupement d'un autre appel lancé par l'imam. S'il reste des hommes sur place, nous devons les éliminer.

- Mais on va perdre beaucoup de temps !

- Prenez ça comme une petite compensation aux services rendus par Monsieur Safiétou. Ensuite, nous filerons rapidement jusqu'à Zinder. Nous devrions quand même pouvoir être sur place avant eux. Préparez votre matériel, mes hommes font déjà les pleins de vos véhicules.

- On ne peut pas lancer un assaut comme ça, c'est de l'amateurisme et du suicide. Les lieux vont sûrement être piégés.

- L'attaque, on s'en occupe, vous resterez en arrière. Comme ça, Monsieur Safiétou pourra revendiquer l'éradication d'une cache de terroristes. Ensuite, je vous accompagne pour vous guider jusqu'à la pyramide, mais une fois sur place, je ne peux pas prendre le risque d'être découvert.

- Rachid, on s'en fout de participer ou pas à l'assaut. On te dit juste que ce n'est pas sérieux de prendre une maison d'assaut sans reconnaissance. Vous allez à l'abattoir.

- Mes hommes sont courageux, nous allons donner une leçon à ses fous.

L'idée d'une attaque non préparée en pleine nuit sur un repère d'Al-Qaeda en zone urbaine ne nous plaît pas du tout. Mais nous sommes redevables à Safiétou et à Rachid. Tout le monde remonte au pas de course dans les chambres et récupère ses maigres affaires. Giles nous rassemble tous une dernière fois.

- Les gars je compte sur vous pour ne pas prendre de risques. Cet assaut c'est leur problème, nous, on fournit un appui pour que les dégâts du côté des gentils ne soient pas trop sérieux, mais on ne s'engage pas trop.

Moins de dix minutes plus tard, nous passons le portail de la villa, sans même avoir remercié Moussa Safiétou de son aide et de son hospitalité, l'homme politique n'est pas chez lui cette nuit. Certainement une façon de se détacher des événements à venir si ces derniers ne se déroulaient pas comme prévu. Toutes les vitres sont ouvertes alors que nous fonçons dans l'obscurité, le vent fouette nos visages et aide à nous réveiller un peu plus.

Ça va mal se passer. Ça ne peut que mal se passer. Rachid est surexcité, comme un loup qui sent que sa proie est à sa portée. Il fait de grands gestes, se déplace sans cesse. Ses hommes sont déployés en deux colonnes de cinq de chaque côté de la petite porte d'entrée alors que nous sommes restés vingt-cinq mètres en retrait pour fournir un appui feu derrière les véhicules. À voir les visages blafards et pleins de peur de certains hommes, il est aisé de comprendre qu'il va s'agir de leur baptême du feu. L'affaire a été si rapidement mise en place qu'au moins ils n'auront pas eu le temps de trop cogiter et de se mettre une pression supplémentaire. Christophe n'a même pas eu le temps de gagner un point haut pour couvrir l'assaut et son fusil en calibre 12,7mm sera quasiment inutile à une distance si faible. Il peut à peine se servir de sa lunette, qui se retrouve pour la peine trop puissante. Heureusement que nos HK sont de bons fusils. La bâtisse de plain-pied occupe un angle de rue et nous nous sommes assuré qu'aucune autre issue ne permettait d'en réchapper. Il y avait bien une cour qui donnait sur la rue perpendiculaire, mais un des hommes de Rachid avait pris soin d'en fermer le portail à l'aide d'une solide chaîne en fer et d'un gros cadenas. Une moto était posée contre un mur, hors de question qu'un des terroristes puisse prendre la fuite, si jamais cependant il restait quelqu'un dans cette maudite maison. Les quelques fenêtres sont toutes fermées par des volets de bois et les pointes de clous qui dépassent du côté de la rue nous confirment que la bâtisse a été barricadée. Vraiment, ça ne peut que mal se passer, des hommes jeunes vont mourir aujourd'hui.

Lorsque nous sommes arrivés, nous avons fait trop de bruit. Les portières ont été manipulées avec trop d'insouciance, les hommes se sont mis en place trop bruyamment, Rachid chuchotait trop fort, tous les signes d'un manque d'expérience et d'un besoin de se donner du courage par une fausse apparence de confiance. On a même aperçu quelques passants qui se sont enfuis à la vue de nos armes et aux sons des culasses claquantes des fusils d'assaut. Si les djihadistes étaient toujours dedans et qu'ils n'avaient pas été réveillés par notre boucan, peut-être avaient-ils reçu un appel d'un voisin leur signalant notre présence ? Ça ne pouvait que mal se passer. Pas un bélier pour ouvrir la porte, pas un brin d'explosif pour la faire sauter et entrer rapidement avec un effet de surprise suffisant. Aucun des hommes menant l'assaut n'était suffisamment équipé. Pas de gilet pare-balles ni de casque, pas de grenade assourdissante ou offensive, et surtout, aucune formation au contre-terrorisme. Rachid essayait de donner des ordres et de placer ses équipes comme il l'avait vu faire sur des vidéos internet ou l'on voyait le GIGN intervenir ou s'entraîner, mais internet ne faisait de vous ni un bon chef, ni un bon guerrier, ni un bon stratège. Giles a bien essayé confier nos doutes et de glisser quelques conseils, mais les hommes étaient trop méfiants à notre égard et n'écoutaient que leur chef de groupe. Cela nous avait également rebutés de leur prêter quelques-unes de nos grenades Flash-bang, d'ailleurs ils n'auraient pas su s'en servir correctement et se seraient jetés la tête la première en se faisant eux aussi surprendre par les effets des engins. J'ai quand même réussi à persuader Rachid de ne pas entrer en tête de la colonne d'assaut. D'accord, il voulait montrer l'exemple et ne pas passer pour un lâche, mais la place du chef n'est pas en tête de ses hommes, du moins pas à ce moment-là précisément. Qui gérerait la troupe s'il tombait dès les premiers instants ? Il avait donc accepté, non sans mal, de rester en fin de dispositif, mais tenait quand même à entrer à la suite de ses hommes. Nous avions alors décidé que je l'accompagnerais, surtout pour lui fournir une protection rapprochée. Peu nous importait si la totalité de ses hommes se faisait abattre, nous aurions besoin de Rachid pour qu'il nous guide jusqu'au lieu de rendez-vous. On ne pouvez pas le laisser se faire tuer ou même seulement blesser.

Le calme avant la tempête, comme souvent. Et comme souvent quand c'est trop calme, c'est qu'une merde va nous tomber sur le coin de la gueule. Le genre de pressentiment qu'un homme habitué aux situations conflictuelles sent arriver. Sur un signe de Rachid, le premier homme à gauche de la porte épaule sa kalachnikov et lâche une longue rafale sur la serrure. Avant même qu'il ait fini de tirer, son équipier sur la droite commence à envoyer de grands coups de pied dans le bois. Premier drame évité, je ne sais pas comment il n'a pas pris une des balles de son pote dans le tibia.

J'avais vu un jeune soldat de la cavalerie française recevoir une balle de FAMAS dans le genou lors de mon séjour au Kosovo. Son binôme ayant fait une mauvaise manipulation lors du déchargement de son arme. Avec toute la technologie et l'avancée de la médecine en France, le pauvre bougre avait mis plusieurs années avant de retrouver l'usage complet de sa jambe. Ici au Niger, s'il ne mourait pas de sa blessure ou d'une gangrène consécutive, le blessé resterait infirme à vie. Les ouvertures de portes se font habituellement au fusil, il existe même des cartouches spéciales dédiées à ce genre de tâches. Faire ça au fusil d'assaut, c'était comme jouer à la roulette russe.

La porte cède finalement, et les deux colonnes se ruent à l'intérieur dans le désordre le plus complet, certains se bousculant de l'épaule au passage de l'entrée pour pouvoir pénétrer en premier. Des coups de feu partent immédiatement, éclairs furtifs dans la nuit, suivit par des cris que nous ne pouvons pas identifier, puis, après quelques secondes, un nouveau pressentiment me fait me plaquer au mur et instinctivement, je tire Rachid par l'épaule afin de le dégager de la fenêtre devant laquelle il s'apprête à passer. Tout devient lumière. Je suis immédiatement sourd malgré mon oreillette et le bouchon d'oreille que j'ai placés côté droit, et perds un instant la vue. Lorsque mes sens reviennent, je n'ai devant moi qu'un nuage de poussière et de paillettes de débris planant dans l'air au ralenti. Rachid est devenu pâle, il fixe la fenêtre où il se trouvait quelques secondes auparavant. Elle n'existe plus. Le pisé a été arraché et les montants en bois sont soit en morceau au sol, soit fichés dans la tourbe des murs, échardes surdimensionnées nous faisant comprendre que nous venons d'échapper à une formidable explosion. En fait plusieurs explosions. Je pense immédiatement que la maison a été piégée. Comme on s'en doutait. Des cris et des gémissements parviennent jusqu'à nous. Nous voyons deux des hommes de Rachid couverts de blanc s'extraire de la maison ; le premier rampe au sol laissant une traînée rouge derrière lui et le second sort en courant en lui marchant dessus. Son dos n'est plus qu'une bouillie sanglante, bien visible, car ses vêtements ont presque entièrement disparu. Je vois leurs bouches s'ouvrir, mais leurs cris ne me parviennent que de façon très faible alors que mon ouïe revient progressivement.

Je demande un compte-rendu à mes équipiers.

- Vous avez un visuel ? Qu'est-ce qu'il s'est passé ?

- Ici 1, on pas plus d'infos, pour l'instant il n'y plus de mouvements dans la maison.

- Je vais rentrer. Il faut voir ce qu'il reste et s'assurer que nos cibles n'étaient pas au milieu.

- Je te rejoins !

Mohamed fait rapidement le tour des véhicules et vient se placer derrière moi. Nous faisons reculer Rachid et je m'adresse à lui.

- Nous allons rentrer. Tu veux venir avec nous ?

Il reprend un peu ses esprits et me donne son accord d'un signe de tête. Mohamed lui saisit la main gauche et la place sur sa propre épaule.

- Tu restes accroché à moi, tu ne me lâches jamais. Si tu as besoin de tirer, tu annonces de quel côté c'est bien compris ?

- J'ai compris.

Je sens une pression sur mon épaule, signal que nous sommes prêts, je vérifie la fixation de mon chargeur et tire légèrement mon levier d'armement afin de m'assurer qu'une cartouche est toujours engagée.

- Pour tous ici 11, nous allons entrer. Vous confirmez, toujours aucun mouvement de votre côté ?

- Ici 13, rien ne bouge à l'intérieur.

- OK ! Top action !

Et je m'engage par l'ouverture béante qui a remplacé la fenêtre, le canon du fusil de Mohamed pointant sur mon côté droit.

La visibilité est très limitée à cause de la quantité de poussière, de fumée et de débris encore dans l'air. Des câbles électriques pendent du plafond, de petits incendies se sont déclenchés de façon éparse dans la maison, rien de dangereux pour l'instant. Je scanne tout autour de moi, mais ne discerne rien. Je ne regrette pas d'avoir sur le nez mes lunettes balistiques. Une seule poussière dans l'œil suffirait à me mettre hors de combat pour plusieurs minutes. Je vois immédiatement un mur suffisamment grand encore debout et me précipite derrière afin d'obtenir un abri pour moi et mes deux compagnons. Les odeurs de poudre et de sang mêlé me prennent à la gorge. Il y a des corps partout, certains sont en bon état, d'autres sont lacérés. Ce sont ceux des hommes de Rachid. Pas un mouvement dans la maison. Certains gars gémissent ou crient, mais ils ne bougent quasiment plus. J'en vois même un qui essaie tant bien que mal de retenir ses viscères qui s'écoulent au sol. Pas le temps de le secourir, et je doute que quiconque puisse de toute façon le sauver. J'essaye de distinguer des tenues différentes pour identifier les djihadistes, mais impossible d'où je suis.

- OK, j'y vois rien on progresse !

Pression de Mohamed sur mon épaule, je me lève, épaule mon arme et la lève bien à hauteur de mes yeux. J'avance en déroulant bien mes pieds, talon-pointe, talon-pointe. Surtout ne pas buter sur un obstacle. Bien balayer tous les recoins. Ne pas se faire surprendre.

J'essaye d'ouvrir mes sens, de limiter l'effet tunnel qui me priverait d'une vision claire et périphérique de la zone. Mes oreilles bourdonnent encore et j'essaye de calmer ma respiration. Mes yeux cherchent un nouvel abri derrière lequel je pourrais faire une nouvelle pose. La pièce est grande, seules deux portes ouvertes se dessinent au fond, une de chaque côté, se faisant face. Il va me falloir du renfort. Nettoyer une maison avec seulement deux opérateurs compétents est une folie. Mon pied tape sur un gros morceau de bois dur. Je baisse les yeux et m'aperçois qu'il s'agit d'une énorme table de bois renversée au sol. Je me baisse et la relève sur le flanc, puis m'accroupis derrière. Maigre protection. Des balles de kalachnikovs tirées depuis une des portes à environ sept mètres traverseraient sans difficulté le bois et viendraient faire de jolis trous dans nos gilets pare-balles pas beaucoup plus efficaces à cette distance. Je jette un œil au-delà, en direction des portes. Toujours pas de mouvement. Mon regard est attiré par un semblant de corps, quatre à cinq mètres derrière mon abri de fortune. Un buste humain, juste un buste, ouvert en deux comme si un alien s'en était échappé, la cage thoracique béante. Je comprends alors que la maison n'a pas été piégée, mais que ses occupants étaient très certainement porteurs de ceintures de TATP, communément appeler le peroxyde d'acétone. D'où les explosions multiples qu'il m'a semblé entendre et ressentir. Le TATP est un explosif maison très facile à fabriquer avec peu de moyens, de l'eau oxygénée et de l'acétone.

- Pour tous ici 11. J'ai un Tango au sol. Ils avaient des ceintures d'explosif. La pièce principale est sécurisée. J'ai deux portes face à moi, mais je ne peux pas continuer sans renforts.

- On laisse 13 en protection et on te rejoint tous. Faut se manier, ça va pas tarder à bouger dans le quartier. Des fenêtres commencent à s'ouvrir pour observer le spectacle.

- OK . Faites vite. Je vous renvoie Rachid, il ne nous sera plus utile à présent.

Mohamed demande au Nigérien de retourner derrière les véhicules et éventuellement de tenir la police hors de portée si elle arrive avant que nous ne soyons sortis.

Nous pouvons souffler, le reste de la maison est vide. La salle de bain à droite est même intacte, sale, mais intacte. La chambre de l'autre côté a par contre été ravagée, le lit ayant servi de protection aux défenseurs de la maison, et s'il y avait eu des meubles, ils devaient à présent être volatilisés dans la pièce principale. Aucun cadavre ne s'y trouve. Trois corps ont été découverts en plus des hommes de Rachid, tous visiblement se sont fait sauter lors de l'entrée de l'équipe d'assaut. À première vue, pas un n'est atteint par une balle. Touché un homme retranché alors que l'on est soit même en mouvement et pas suffisamment entraîné est un miracle. Et visiblement aujourd'hui, leur Dieu n'était pas avec les hommes de Moussa Safiétou.

Nous retrouvons le jeune chef à l'extérieur, visiblement secoué par les pertes subies.

- Je connaissais chacun de ces hommes personnellement. Pour certains, j'embrasse leurs mères et mange avec leurs familles régulièrement. Nous sommes tous issus de la même tribu.

J'ai de la peine pour lui, nous savons tous ce que c'est que de perdre un proche, alors plusieurs en même temps, ça ne doit pas être évident. Je pose une main sur son épaule, mince signe de réconfort.

- Nous sommes désolés Rachid. Nous te présentons toutes nos condoléances. La guerre est terrible. Vous n'étiez pas prêts à ça.

- J'aurais dû vous écouter.

- Ce n'est pas l'heure des regrets. Tu en tireras les enseignements plus tard. Pour l'instant, nous devons continuer. Si tu es en état de le faire bien sûr ? Nous comprendrions que tu veuilles prendre un peu de repos.

C'était un peu méchant de ma part, mais je savais qu'en jouant sur la corde sensible de la fierté, Rachid n'allait pas se défiler. J'étais sincèrement peiné pour tous ces hommes qui étaient morts trop jeunes, mais il était inutile d'accabler un peu plus Rachid. Et puis notre mission à nous n'était pas terminée et nous avions besoin de lui encore un peu.

Après un bref débat avec Rachid, nous convenons qu'il nous est impossible d'évacuer tous les corps de son équipe, le temps presse et c'est déjà un miracle que les flics ne soient pas sur les lieux. Certainement courageux, mais pas téméraires. Le chef d'équipe s'éloigne un peu pour passer un coup de fil à son patron et lui rendre compte des derniers événements. À voir sa triste mine, l'ambiance ne doit pas être à la fête de l'autre côté du téléphone. Moussa Safiétou aura des comptes à rendre une fois que les corps de ses hommes de main auront été identifiés, à moins qu'il ne parvienne à graisser certaines pattes pour étouffer l'affaire. Une chose est sûre, il va devoir être inventif s'il veut retourner la situation à son avantage. Mais ce n'est pas notre problème. Le plus urgent à présent est de reprendre la route, il est impératif que nous soyons sur le site de la pyramide où doit avoir lieu le rendez-vous avant les gens d'Al-Qaeda et ceux de Boko Haram.

Nous rejoignons nos guides et nos véhicules où nous retrouvons Amadou et Ibrahim, chacun au téléphone de leurs côtés, en train de faire passer l’information de l’attaque dans toute la caste touarègue. Et leur mine n’était pas celle des grands jours. Lorsqu’ils eurent raccroché, Ibrahim s’approcha de nous d’un air déterminé.

- Ces morts auraient pu être évitées si vos conseils avaient été écoutés, mais nous ne pouvons pas revenir en arrière. À présent, il est temps de faire payer ces sales chiens. En route !

CHAPITRE 17

Nous arrivons devant un mince portail grillagé aux alentours de midi. Comme convenu, Rachid nous montre l'accès d'un geste rapide de la main puis continue sa route sans s'arrêter, envoyant juste un coup de feux de détresse en signe d'adieu. Impossible de savoir si nous le reverrons un jour, il serait compliqué pour nous de retourner chez Moussa Safiétou après l'assaut du petit matin. Rachid avait fait pour nous du bon boulot, venez de vivre des heures difficiles où il avait perdu pas mal d'amis, et avait encore beaucoup de problèmes qui l'attendaient du côté d'Agadez. La police n'allait certainement pas le laisser tranquille et il allait peut-être même servir de fusible et payer les pots cassés afin de préserver l'intégrité de son patron.

Le décor avait radicalement changé par rapport aux étendues désertiques rencontrées plus au nord. Nous avions traversé d'abord une zone agropastorale ou quelques cultures de mil et de sorgho se détachaient au milieu de terres en jachère voire de parcelles encore complètement désertiques. Ensuite, à l'approche de Zinder puis dès la sortie de la ville, des acacias de près de trente mètres de haut couvraient de leurs feuillages tout le paysage au milieu de champs immenses de céréales. Malgré la saison sèche, tout était étonnamment vert, la terre étant bien plus humide dans cette région et l'irrigation complètement maîtrisée.

Derrière le portail, assis sur une vieille chaise en fer à l'ombre d'un palmier dattier, un homme jeune, mais très maigre vêtu d'un survêtement clair maculé de terre battue ocre croque dans un sandwich. Seul un grand bâton appuyé à l'arbre lui sert de moyen de défense. À part d'éventuels gamins, il ne devait pas faire peur à grand monde. Le regard du gardien est tout de même attiré par ces deux tout-terrains qui s'arrêtent devant lui. Son avenir va se jouer dans les minutes qui vont suivre et il n'en a pas conscience. Il s'approche à la rencontre d'Amadou qui arbore son sourire le plus avenant. Une discussion s'engage dans une langue que je ne parviens pas à reconnaître, puis en moins de deux minutes, une poignée de billets bien épaisse change de main à travers le portail entrouvert. Le jeune Nigérien vient de sauver sa vie, au moins pour l'instant s'il tient sa langue. Je remets la sûreté de mon HK que je tiens contre la garniture intérieure de la portière et le repose à mes pieds. Le portail s'ouvre et l'homme nous salue avec un grand sourire.

- Il ne dira rien, il vient de gagner de quoi nourrir toute sa famille pour les six prochains mois.

- J'espère pour lui. Et pour sa famille.

Amadou ne relève pas, mais il n'a pas l'air choqué par mon intention. Son mental est passé en mode « guerre totale », et à ce stade-là, je pense qu'il nous suivrait jusqu'en enfer pour venger sa famille et sa tribu.

Nous avançons quelques minutes sur une piste sinueuse au milieu d'un terrain toujours arboré puis tout à coup, un grand découvert sablonneux s'ouvre devant nous parcouru de quelques touffes d'herbes avec en fond une grosse colline. Je comprends immédiatement pourquoi il est possible de confondre l'endroit avec une pyramide. L'élévation de terrain semble d'une forme circulaire presque parfaite, montant en pente plutôt aiguë sur un dénivelé d'environ dix mètres et surmontée d'un château rocailleux d'une hauteur de presque trois étages. Quasiment la même forme que les temples aztèques que l'on trouve encore au Mexique, mais aucune trace de montées d'escaliers ou d'ouvertures dans ce qui pourrait être un bâtiment au sommet.

Nous effectuons rapidement un tour de la zone et trouvons un bosquet plutôt épais, à plus de deux cents mètres à l'ouest, à l'opposé de l'accès, dans lequel les deux véhicules seront invisibles tout en restant disponibles. Inutile d'exposer Amadou et Ibrahim de façon inconsciente. La première partie de la stratégie semble évidente. Nous devons placer notre binôme sniper-observateur au sommet de la colline, sur le toit du château de pierre. Ils auront une vue imprenable sur plusieurs centaines de mètres à la ronde, des lignes de tir plutôt dégagées, et peu de chances d'être repérés à l'avance. Leur emplacement semble justement presque trop évident, mais nous ne comptions pas laisser l'échange durer trop longtemps. Le seul risque pour eux pouvait être le manque de sécurité s'ils devaient se replier en urgence. En effet si la fusillade tournait mal pour nous, ils seraient piégés. Giles demande l’avis des deux concernés.

- Vous préférez peut-être une position plus sécurisée sur le plat ?

Christophe le regarde d’un air amusé en tapotant sur son Barrett.

- Je n’ai pas pu encore réellement tester mon joujou, alors je prends la position haute. Je pourrai faire de gros cartons de là-haut.

- On se doit de faire passer la sécurité avant tout Chris.

- Je sais, mais ne te fais pas de soucis. Ma sécu c’est Romuald. Et puis trouver une ligne de visée dégagée assez longue pour que je sois en sécurité ça va être une vraie galère.

- C’est ton dernier mot ?

- Mais oui Jean-Pierre !

Christophe et Romuald descendent alors des voitures, récupèrent le matériel qui leur sera nécessaire et entreprennent l'ascension du monticule. Je les regarde partir et ne peux m'empêcher d'éprouver de la compassion, car ils vont devoir supporter la pleine chaleur du soleil et celle renvoyée par la pierre, simplement protégés par une mince bâche. Christophe trimbale son lourd fusil, Romuald se chargeant de son arme personnelle, du télémètre laser nécessaire à la prise de mesures, de la bâche et d'un jerrycan d'eau.

Le reste de l'équipe quitte ses vêtements civils, nous revêtons nos treillis au camouflage désert, prenons par binôme un peu de provisions et nous dispersons afin de trouver une planque. Mohamed et moi nous dirigeons vers le sud-est, et nous plaçons environ cinquante mètres à gauche de la piste arrivant du portail d'entrée par la droite. Nous pouvons ainsi couvrir presque tout le côté droit avec la piste d'accès et le secteur sud. Giles et Peter se placent à l'opposée de nous, un peu excentrés du côté est également, afin de pouvoir prendre en compte le secteur nord derrière la pyramide et de croiser les feux sur la piste. Charge à chacun à présent de se trouver un groupe de buissons suffisamment denses pour cacher deux opérateurs, et permettant des secteurs de tir les plus larges possible.

Avec Mohamed, nous avons la chance de trouver très rapidement une ligne de jeunes gommiers verts et épais sous lesquels nous allons pouvoir nous allonger. Nous sommes déjà en transpiration, mais nous serons au moins un peu protégés du soleil. Nous faisons une vérification du terrain sur les quatre à cinq mètres à la ronde, histoire de vérifier qu'aucune bestiole, serpent, araignée ou autre insecte, n'est établi son logement à proximité. Je ne tenais pas vraiment à revivre l'expérience des termites, surtout en plein milieu de la surveillance de la rencontre. Je jette un œil vers la colline et remarque que nos deux snipers ont bien avancé dans leur ascension. Ils doivent déjà être trempés de sueur, et pour eux ce n'est que le début. Après encore deux minutes d'escalade, ils atteignent le plateau calcaire, nous voyons la bâche se soulever puis ils semblent trouver une position confortable et disparaissent de notre champ de vision. Christophe lance alors le contrôle radio. Nous annonçons tour à tour nos numéros de matricule suivis d'un "fort et clair" pour chacun. Même Amadou et Ibrahim jouent le rôle de la procédure. Je suis de plus en plus admiratif de ces frangins. Nous les avons déjà conduits plusieurs fois dans des situations périlleuses auxquelles ils n'avaient jamais été confrontés et à aucun moment ils ne s'étaient plaints, avaient eu un moment de recul ou même affiché un semblant de peur sur leur visage. Ils étaient poussés par un tel désir de vengeance et une telle haine envers les djihadistes que rien ne pourrait plus les faire reculer.

Cela fait plusieurs heures que nous sommes allongés là. Je suis déshydraté, mais je n'ai pas le droit de me plaindre. Nos snipers doivent être dans un état proche de la léthargie et je me demande comment ils vont être capables de réussir leurs tirs de précision dans ses conditions. L'expérience désertique de Christophe à Djibouti et celle de Romuald en Afghanistan seraient primordiales sous cette chaleur, avec tous les effets mirages que l'on voit danser devant nos yeux. Ma bouche et ma gorge sont sèches, j'ai terminé mon Camelback, plus une goutte d'eau chaude, la sueur piquante me brûle les yeux et j'ai l'impression d'avoir de la fièvre. La chaleur n'est pas descendue alors que ça fait plus de trois heures que nous sommes sur zone. Je n'ai même pas envie de pisser, l'eau n'a pas le temps d'atteindre ma vessie qu'elle est entièrement utilisée par mon organisme et je sais que ma transpiration ne va pas tarder à s'épuiser également. C'est à ce moment-là que l'on entrait dans la zone de danger. En condition de chaleur extrême, le corps va vouloir retenir toute la réserve d'eau afin d'alimenter les organes vitaux et choisira de ne plus réguler sa température interne. Nos capacités physiques, et avec elles nos compétences vont être amoindries. L'attente touche de toute façon à sa fin, je le sens. Un des deux camps va forcément vouloir arriver en avance. Nous effectuons un autre contrôle radio puis décrétons le black-out jusqu'au déclenchement de l'attaque.

En effet, moins de quinze minutes plus tard, un bruit de moteur se rapproche. Évidemment, nous voyons arriver au ralenti un vieux pick-up beige Mercedes, qu'auraient-ils pu avoir d'autre comme type de véhicule? Toute la partie basse de la voiture est recouverte d'ocre, latérite collée à la carrosserie, et sa caisse est bourrée d'hommes en armes tous très noirs de peau, ne faisant aucun effort pour dissimuler leurs kalachnikovs ou leurs lance-roquettes. Leurs visages sont fermés et ils sont aux aguets, fouillant du regard le moindre recoin de la zone. J'espère vraiment que l'enveloppe qu'Amadou a lâchée a suffi pour que le gamin à l'entrée ait gardé le silence et n'ait pas vendu notre arrivée. Nous n'avons pas entendu de coup de feu, ce qui veut dire qu'ils n'ont pas exécuté le jeune homme. Avec un peu de chance pour lui, il a récupéré une seconde enveloppe de la part des Nigérians. J'arrive à compter onze soldats en tout, conducteur et passagers de la cabine compris, peut être d'autres se cachent-ils au milieu. Le 4x4 entame une grande boucle autour de la pyramide, par la droite, roulant toujours au pas. Ils passent donc d'abord devant Peter et Giles puis disparaissent derrière la colline avant de revenir devant nous. S'ils avaient été au courant de notre présence, ils auraient sans doute débarqué pour ratisser la zone, ou ne se seraient pas présentés. Le véhicule s'arrête face à nous, au pied de la colline, et tous les soldats équipés de RPG-7, trois en tout, commencent l'ascension de la pente douce. Si certains entreprennent de grimper sur le rocher, le combat devrait être anticipé pour sauver Christophe et Romuald. Je vois avec satisfaction le groupe se mettre en ligne au pied de la muraille minérale et s'asseoir au soleil. Ils semblent se détendre et entamer de grandes discussions. Nous venons de gagner un délai supplémentaire.

Deux hommes que je n'avais pas vus émergent alors de la caisse du pick-up et mettent en batterie une mitrailleuse Belge FN Mag de calibre 7,62mm avec un bipied. Aucun doute sur la provenance de cette arme, elle a été saisie lors d'une attaque sur les Forces armées nigérianes. La Mag est une arme de grande qualité utilisée par beaucoup de forces armées du monde, mais elle est trop onéreuse pour qu'un groupe terroriste s'en procure, même au marché noir, préférant les armes russes qui sont bien moins coûteuses et dont les munitions sont plus courantes que le calibre de 5,56mm OTAN. L'armée nigériane est dotée de ce type d'arme et voilà qu'on la retrouve face à nous maintenant. Trois lance-roquettes, une mitrailleuse légère, et déjà plus du double d'ennemis en face, avec l'arrivée de la troupe de Jamaal, nous savons que nous allons jouer à un contre trois, plus la mitrailleuse lourde déjà repérée. L'effet de surprise allait être déterminant.

Ce n'est qu'au crépuscule que l'une des motos arrive en éclaireur. Il s'agit en fait d'une petite Vespa conduite par un grand homme à la longue barbe blanche. Je suis surpris, car personne du groupe n'a relevé cet individu jusqu'à présent. J'espère que les djihadistes n'ont pas bénéficié de renforts plus importants à l'occasion de leur passage à Agadez. La tension monte immédiatement d'un cran, les gars de Boko Haram saisissant instantanément leurs armes. Personne dans notre groupe ne prend la parole.

L'homme met son deux roues sur la béquille, lisse sa barbe d'un geste tranquille et s'avance paisiblement au milieu des Nigérians, sortant une cigarette roulée, sans aucune peur apparente. Son sang froid est troublant. Après quelques palabres très calmes dont nous ne parvenons à entendre aucun mot, un individu élancé s'avance du groupe. Il porte un bas de treillis léopard et au-dessus, un simple gilet camouflé bardé de munitions, sans t-shirt. Ses bras nus sont fins, mais musclés et respirent la puissance. Il me semble voir une cicatrice sur le côté droit de sa mâchoire. Il a une tête de baroudeur, une allure féline. Il transpire l'expérience du combat, ou du moins des tueries, puisque Boko Haram se confronte rarement à de grosses unités de l'armée nigériane, préférant évidemment la guérilla, et perpétrant des atrocités dans les villages du nord du pays. Je sais qu'il ne s'agit pas d'Abubakar Shekau, le chef du mouvement, car j'ai vu énormément de photos de l'individu, qui est plus trapu et porte une barbe plus fournie que le jeune chef présent aujourd'hui. Ce dernier accepte une autre roulée que lui tend son interlocuteur et la discussion semble se détendre. La plupart des Nigériens prennent alors à leur tour le temps d'allumer des cigarettes ou des joints. La glace est brisée. Un moment après, le dernier arrivé sort un téléphone portable de sa poche et compose un numéro.

Après quelques minutes, Peter brise le silence.

- Ici 12. Que la fête commence, le convoi arrive.

Il a beau avoir chuchoté, j'ai l'impression que mon oreillette décuple le son et que toute la troupe ennemie va se retourner vers moi pour m'allumer. J'essaye de me faire encore plus petit et d'enfoncer mon corps dans le sol.

Lorsque le Toyota de Jamaal entre en scène, tout le monde écrase sa clope et reprend son arme. Le pick-up surmonté de son énorme mitrailleuse stoppe à côté de la Vespa. Trois hommes en descendent ; Jamaal, que j'identifie rapidement, un colosse, jumeau de celui resté en caisse derrière l'arme destructrice, et un autre gars non identifié, mais qui paraît presque incongru dans le tableau tant il semble propre sur lui et respire la peur. Il porte deux valises qui semblent plutôt lourdes. Un motard ferme la route, le visage fermé et hautain, mais respirant la confiance en lui. Il décide apparemment de façon très consciente de rester au guidon de son véhicule. Avec le géant placé derrière la mitrailleuse lourde, ils fournissent l'appui. Je suis surpris de ne pas voir l'imam et me doute que son corps doit reposer quelque part entre ici et Agadez. Mais ce n'est pas le moment de m'attendrir sur son sort. Le précurseur rejoint El Malek et après une brève discussion, Jamaal s'avance vers le Nigérian au visage de tueur. Les kalachnikovs pendent sur le flanc des hommes, l'ambiance est pacifique. Poignée de main, chacun se touche le cœur de la main droite, les présentations sont faites.

Giles prend la parole afin de sortir tout le monde de sa torpeur et de remonter notre seuil de vigilance. Il a besoin de plus de renseignements, car une partie de la colline lui cache le visuel.

- Pour tous, le contact doit être établi. Faites un compte-rendu.

- Ici 11. Le contact est bien effectué. Jamaal El Malek est sur place avec cinq hommes, trois à pied, un en moto et le servant de mitrailleuse. Plus le précurseur. Il y a en tout treize Nigérians. Les snipers vous ne devez pas avoir de visuel, mais au pied de votre falaise se trouvent trois RPG.

Deux clics de radio se font entendre, Christophe et Romuald ont reçu. Giles reprend.

- Ici nous n'avons le visuel que sur le véhicule de Jamaal et le motard. Je propose qu'on traite le Toyota avec le lance-grenade de 12. Moi j'essaierai de me faire le gus en moto.

- Ici 13, négatif. Ce pick-up est ma seule cible disponible pour l'instant laissez la moi. Je peux faire un doublé sur le gars à la mitrailleuse puis sur le moteur.

Encore une fois, le Barett n'est pas fait pour engager des cibles à si courte distance. Mais la configuration des lieux oblige Christophe à optimiser les capacités de son arme, et donc à choisir un véhicule. Le tir le plus compliqué sera le premier sur le mitrailleur à cause du grossissement trop important de la lunette. Une fois le recul de l'arme maîtrisé, neutraliser le moteur du 4x4 ne devrait être qu'une formalité. Christophe ajuste ses clics afin de descendre le grossissement de sa lunette au minimum.

- OK, mais alors il va falloir qu'on descende vers le sud pour s'ouvrir un secteur de tir. Et avec le peu de végétation, ça va pas être évident.

- Ici 11 ! Nous allons engager en priorité les deux chefs terroristes. Ce serait bien que 12 se charge des RPG avec son M203, sinon on va se faire dégommer comme des lapins.

Un petit silence se fait pendant lequel chacun analyse la stratégie. Je me dis que nos deux hommes sur le haut de la pyramide auraient pu lâcher quelques grenades en contrebas, mais cela aurait encore une fois risqué de les trahir et puis il y aurait eu une telle confusion et un tel nuage de poussière que les autres cibles seraient devenues moins évidentes. Comme aucune nouvelle idée ou protestation ne se fait entendre, Giles reprend la main.

- D'accord ! Donc nous, le binôme lance-grenade, on descend plein sud pour se retrouver presque derrière le Toyota. Les snipers vous gérer ce véhicule et nous on engage les lance-roquettes au pied de la falaise et le motard. 1 et 11, vous abattez les leaders. Ensuite, on fait au mieux pour traiter les cibles restantes. C'est bon ?

Chacun appuie deux fois sur sa radio. Rien ne servait de partir trop loin dans les prévisions, de toute façon ça ne se passait jamais comme prévu, surtout sur une opération lancée dans l'urgence. On avait déjà vu un peu loin à mon avis.

Le porteur de valises dépose ses deux mallettes au sol, au pied du responsable de Boko Haram et les ouvre. De ma position, j'arrive à distinguer sans peine le contenu de la première valise marron. Elle est pleine de billets. Impossible de dire s'il s'agit de dollars ou autre, mais si ce sont bien des billets verts, alors la somme est colossale. Dans la seconde, bien plus lourde vu la manière dont le djihadiste la manipule, je ne distingue qu'une masse claire à fleur du rebord. Ce n'est que lorsqu’un reflet du soleil couchant vient frapper l'intérieur, que je m'aperçois avec effarement qu'il s'agit certainement de lingots d'or. Je mets quelques secondes à réaliser puis annonce.

- Les gars, le Père Noël est en avance. Une valise pleine de billets et la seconde remplie d'or. De quoi passer le reste de notre vie à la retraite à mon avis.

Romuald, perché sur le rocher, parvient à se pencher par-dessus le rebord de pierre et jette un coup de jumelles en contrebas.

- Et je confirme que ça m'a tout l'air d'être des dollars américains. Et de bons gros lingots.C'est le jackpot !

Évidemment, Mohamed ne peut s'empêcher de rebondir sur la situation.

- Je sais que ce n'est pas l'objectif prioritaire de la mission, mais on ne nous a pas interdit de ramener quelques souvenirs n'est-ce pas ?

Cette discussion chuchotée peut paraître incongrue dans une telle situation, mais elle nous permet d'évacuer un peu de pression avant les prochaines minutes qui, nous le savons, vont être terribles.

Je décide tout de même de faire redescendre tout le monde sur terre.

- Allez les gars, ils sont tous obnubilés par les valises, 3 et 12, commencez votre mouvement.

Deux clics. Je décide de ne pas perdre de vue nos cibles, d'un signe, j'annonce à Mo que je vais m'occuper de Jamaal. Il me donne son accord d'un signe de tête et me confirme par la même occasion qu'il se chargera du chef nigérian. Rien de sorcier, nous prenons simplement chaque cible en face de nous, inutile de croiser les tirs. Si jamais Giles et Peter étaient repérés pendant leur progression d'une vingtaine de mètres, il nous faudrait engager immédiatement le combat. Et les premières salves seraient déterminantes pour faire basculer l'avantage numérique des terroristes. L'impact que créer la perte des chefs en situation de combat peut à tout moment faire basculer le court d'une bataille en annihilant la volonté des troupes.

Je place le point rouge de mon Aimpoint au centre du corps d'El Malek. J'aurais pu tenter ma chance et essayer un tir direct à la tête, surtout avec mon module de grossissement, mais je préfère assurer mon tir. À cette distance que j'estime à moins de 120 mètres, une cartouche de 7,62mm dans le buffet ferait très bien son office. Même s'il ne meurt pas du premier coup, il y a peu de chances que Jamaal aille bien loin avec un tel pruneau dans la poitrine. D'autant plus qu'aucun des hommes présents ne semble porter de gilet pare-balles.

Du coin de l'œil, j'aperçois un mouvement furtif au nord-ouest de ma position. Merde !

- 3 et 12, baissez-vous et ralentissez ! Vous faites trop bouger les herbes, on vous voit à un kilomètre !

Le mouvement cesse aussi tôt. L'homme derrière la mitrailleuse semble être absorbé par la réunion qui se déroule devant ses yeux et ne prête pas attention à son environnement. Le motard par contre est aux aguets. Ses yeux fouillent la scène à trois cent soixante degrés, sa main droite posée en permanence sur la poignée des gaz, la gauche enfouie dans son blouson de toile beige légère, certainement refermée sur la crosse d'une arme. Il est d'un calme parfait, mais pourtant toujours à l'affût.

- Faites très attention au type en moto, c'est lui le plus vigilant.

Double clic. Peter et Giles reprennent leur progression.

Au niveau de la rencontre, l'un des gars de Boko Haram a récupéré les deux valises et les a apporté à l'arrière de la caisse du Mercedes. Il commence à compter les liasses de billets. L'ambiance au niveau des chefs s'est nettement détendue, ce qui devrait nous faciliter un peu la tâche.

- Avec un angle de cinquante-deux degrés en site négatif, j'ai une distance réelle de deux cent vingt mètres. Le vent est négligeable. La température est de vingt-huit degrés Celsius et la pression atmosphérique est de mille-neuf hectopascals.

Christophe effectue les derniers réglages, même s'ils sont minimes, et place le réticule bien au centre du buste du mitrailleur.

- Pour tous ici 3. Nous sommes en place et prêts à faire feu. Pour 13, c'est toi qui donnes le top pour le déclenchement du tir.

- Bien reçu. Prenez tous en compte vos cibles.

CHAPITRE 18

Je fais sauter la sûreté de mon arme et replace mon point rouge au niveau de la poitrine d'El Malek. Même s'il est de profil par rapport à moi, mon tir devrait faire l'affaire et toucher le terroriste pas très loin de la région du cœur. Je suis tellement concentré sur ma prise de visée que je suis surpris par le début du compte à rebours.

- 3, 2.

Je place rapidement mon doigt sur la détente de mon HK. Trop rapidement. Une fraction de seconde, je me demande si le coup va partir. Non, tout va bien. Merde ! Maintenant il faut que je reprenne ma visée.

- 1. TOP !

J'entends les détonations de mes équipiers, surtout celle de Mohamed juste à côté de moi. Le temps que je repositionne mon point rouge, j'ai perdu une seconde. J'appuie tout de même sur la détente, peut-être un peu trop fort. Ou alors c'est El Malek qui a bougé. Quoi qu'il en soit, je sais immédiatement que mon tir est manqué. Je vois le djihadiste faire une pirouette sur lui-même, tomber sur le côté, mais se remettre immédiatement debout et courir vers le pick-up Mercedes. Je double mon tir, mais avec le nuage de poussière soulevé par le premier coup de feu je ne parviens pas à terminer le travail. Je sais que j'ai touché, certainement à l'épaule ou sur le haut du buste, mais je suis aussi conscient que mon tir n'est pas létal. Je suis furieux intérieurement, mais je dois très rapidement me ressaisir.

- Coup au but !

Romuald a bien vu le gros type se faire éjecter de la caisse du 4x4, la cage thoracique explosée par le projectile de Christophe. Il affermit la prise sur son arme et cherche à présent une cible pour lui, le sniper pouvant se débrouiller seul un moment.

Christophe ne se préoccupe déjà plus de l'homme, il sait que son énorme balle n'a laissé aucune chance au terroriste. Il descend un peu sa visée pour aligner sa lunette sur le capot moteur du véhicule. Sans trop se poser de questions, il tire à deux reprises, histoire d'être sûr que personne ne pourra plus l'utiliser. À cette distance et sur une cible de cette taille, le tir est une formalité. Une fumée blanche s'échappe immédiatement du moteur et du radiateur, par les trous créés par les balles de 12,7 mm.

Peter encaisse le recul de son arme provoqué par le départ de la grenade. Une fine traînée de fumée file jusqu'aux hommes armés de RPG et le projectile finit sa course légèrement au-dessus de leurs têtes, dans le bloc de pierre. Le premier des trois est tué sur le coup par un éclat qui lui sectionne le bulbe rachidien. Le second est projeté au sol, d'où il ne pourra plus se relever, les jambes hachées par un mélange de pierre et de métal. Il met quelques secondes pour réaliser ce qui lui arrive puis commence à hurler. Le dernier, plus chanceux, se contente de lâcher son tube lorsque son visage est balayé par une pluie de gravillons arrachés à la falaise. Il reste tétanisé un instant sous les effets du blast avant de se ressaisir, de ramasser son lance-roquettes et de partir vers le pick-up de Boko Haram en chancelant, sa vue brouillée et son oreille interne complètement perturbée.

Giles est très surpris lorsqu'il voit la moto faire une embardée vers l'avant. Putain, ce type est un diable. Sa balle a bien percuté, mais trop bas, elle a atteint le moteur de l'engin. Apparemment pas au bon endroit pour l'empêcher de rouler. Le gars est agile, s'envolant dans un nuage de poussière et en zigzaguant. Giles ne peut pas doubler son tir sans risquer de toucher Mohamed ou moi qui nous retrouvons en face dans son secteur de tir.

À côté de moi, je vois que Mohamed n'a pas perdu sa concentration. Il a abattu le leader de Boko Haram dès son premier tir et leur homme de main le plus proche avec quelques cartouches de plus. Face à nous, la situation est confuse, les gars courant dans tous les sens. Ils ont tellement été surpris par l'attaque qu'aucun d'eux n'a eu le temps d'identifier la provenance des tirs et de riposter. Nous avons toujours l'avantage, il faut à présent le pousser au maximum et faire un maximum de dégâts, car cela ne va pas durer.

Jamaal s'était retrouvé au sol sans comprendre pourquoi. Puis il avait vu le chef de Boko Haram s'écrouler sur lui-même avec une gerbe de sang s'échappant de sa poitrine. Il avait immédiatement compris qu'ils étaient tombés dans une embuscade. Immédiatement remis sur ses pieds, il avait couru le plus vite possible vers le véhicule le plus proche, le pick-up des Nigériens. Maintenant qu'il pouvait risquer un coup d'œil, il fait un rapide état des lieux. D'abord sa poitrine, au début il n'avait senti qu'une petite oppression, mais à présent un étrange picotement montait à la surface de sa peau et Jamaal remarque qu'une traînée rouge de chair en bouilli et de sang raye son buste sur toute la largeur. Une balle est passée par là, rasant la cage thoracique et à cinq centimètres près, il serait mort. Allah avait décidé qu'il ne mourrait pas de suite. Youssef errait au milieu de la fusillade, complètement désorienté. Le pauvre ! Il allait mourir sans même s'en rendre compte. Ousmane et Ajeeb courraient vers leur voiture, à côté de laquelle gisait la grosse carcasse inanimée de Wyss, certainement mort. La priorité à présent était de sauver sa peau. Les gars qui leur tiraient dessus ne comptaient sûrement pas faire de prisonniers et les soldats de Boko Haram n'avaient rien à gagner à le garder vivant lui non plus maintenant que leur chef était mort. Ils chercheraient certainement en plus à voler le butin.

Devant lui, dans la caisse du Mercedes, le Nigérian chargé du compte des billets avait saisi une kalachnikov et cherchait maintenant une cible. Jamaal devait prendre le véhicule pour s'enfuir, mais il ne pouvait pas laisser un passager en caisse, surtout s'il n'était pas de son camp. Il épaule alors son propre fusil d'assaut qu'il avait eu la bonne idée de garder en bandoulière et tire une rafale dans le dos de l'homme qui bascule par-dessus la ridelle. Sans lâcher son arme, il se précipite ensuite vers la cabine du pick-up. Alors qu'il pose la main sur la poignée de la porte, une main l'attrape par l'épaule et la douleur dans sa poitrine lui arrache un petit cri. Il se retrouve face à un homme noir armé d'un RPG, les yeux ahuris. En un éclair, Jamaal lui plante le canon de son fusil dans le ventre et presse la détente. Le gars s'écroule en regardant le djihadiste de ses yeux ouverts.

Ajeeb contourne le Toyota et se précipite vers le corps de son frère, une colère sourde s'emparant de lui. Avant qu'il n'atteigne le cadavre de Wyss, une série de balles frappe le hayon arrière du véhicule et Ousmane doit utiliser toute sa force pour parvenir à le tirer en arrière, évitant qu'il ne soit touché à son tour.

- Monte ! Ton frère est mort. Tu seras plus utile vivant pour le venger *Inch'Allah* !

Au guidon de sa moto, Amine est parvenu à sortir de la zone d'affrontement. Il contourne la pyramide par l'ouest et s'enfonce un peu dans la brousse en tirant plein nord. Il a besoin de réfléchir, et de toute façon, c'est inutile de se faire tuer pour rien.

- Ici 3 ! On est repéré ! Les mecs avec la mitrailleuse nous fixent, impossible de bouger.

En effet, les Nigérians se trouvent pile dans l'axe du binôme et les ont identifiés dès les premiers coups de feu. Du haut de son rocher, Romuald a une vue imprenable sur le tireur et son chargeur, entre la falaise et le pick-up Mercedes.

- 2 ! Je m'en charge !

Le tireur n'a pas la moindre chance en tant que cible fixe. Lorsque les balles de Romuald le touchent, il tente de s'accrocher à son arme, mais ne parvient qu'à la faire pivoter un peu sur la droite, ce qui place son rayon mortel sur la trajectoire de Youssef. Et comme l'avait prédit son ami d'enfance, le français meurt sans même s'en rendre compte, quasiment coupé en deux par une rafale de fusil mitrailleur. Affolé, le chargeur de l'arme tente de prendre la fuite et part en marche arrière plein ouest. Alors que je suis à la recherche d'El Malek que j'ai vu disparaître derrière le véhicule de Boko Haram, je vois le gars partir en courant. Même s'il ne représente plus réellement un danger, il se dirige droit vers le lieu où sont stationnés nos guides. Je ne peux pas faire prendre ce risque à Amadou et Ibrahim. La distance de tir s'est allongée, je monte un peu ma visée, la première cartouche rate sa cible, la seconde la fait rouler au sol dans un nuage de poussière. Je choisis d'assurer le coup et appui une seconde fois sur la détente sur ma cible au sol. Lui au moins, ne représentera plus une menace pour personne.

L'arme de Mohamed sur ma droite tonne sans discontinuer. Il a choisi d'éliminer les soldats de Boko Haram les uns après les autres, méthodiquement. Deux hommes sont déjà couchés, mais nous sommes à présent repérés. Les trois restants se sont agenouillés et tentent de riposter. Leur manque d'entraînement associé à un léger manque de précision de leurs armes nous épargne pour l'instant. Les projectiles frappent soit trop court, en faisant se lever de petits geysers de poussière, soit trop haut en sifflant loin au-dessus de nos têtes.

- Chargeur !

Putain, il est déjà vide.

- C'est bon je couvre !

Et c'est mon tour d'engager les survivants pendant que Mohamed fait son changement de chargeur.

Christophe à bien vu le colosse essayer de s'approcher du corps de son frère.

- T'inquiètes pas mon gars, je vais t'envoyer le rejoindre.

Il sait très bien que toucher une cible humaine en mouvement avec un fusil de sniping lourd relève plus du loto que du tir de précision, mais Peter et Giles ne peuvent pas se charger du géant. La balle de Christophe frappe la carrosserie du Toyota avec un bruit métallique et le djihadiste fait marche arrière. La lunette un peu trop puissante à cette distance ne permet pas de reprendre une visée immédiate sur un objectif aussi petit et notre tireur relève la tête afin de laisser reposer un peu son œil.

- Romu, j'ai au moins un type derrière la bagnole de gauche, tu peux prendre le relais ?

OK ! Par contre, il y a le type en bécane qui s'est barré au nord derrière nous, vois si tu peux pas le repérer, et au pire traite-le.

- Ça marche. Pour tous ici 13. Je fais mouvement sur le rocher au nord, on a la moto qui s'est barrée dans cette direction, je vais jeter un œil.

Sans attendre de réponse, Christophe saisit son arme et part courbé en deux vers l'autre versant du château de pierre.

Jamaal se penche sous le volant et constate avec satisfaction que les clefs sont sur le contact. Il démarre le moteur, enclenche la première, et écrase l'accélérateur de son pied droit. Sans se soucier des trois Nigérians qui sont devant lui et qui font feu vers le sud. Le 4x4 bondit en avant. L'un des hommes est frappé de plein fouet sur le côté par le pare-buffle et va s'écraser deux mètres plus loin, malheureusement pour lui toujours sur le trajet du véhicule. Jamaal sent un cahot lorsque ses roues passent sur le corps du pauvre bougre qui n'était jusque là pas encore mort. De sa cabine, il n'entend pas le craquement que font les os de la cage thoracique qui cèdent sous les deux tonnes de l'engin. Surpris, le collègue de l'homme le plus proche se retourne et voyant le Mercedes écraser son ami, lâche une rafale de kalachnikov à la volée. Les balles frappent le sol, mais l'une d'elles vient percer la roue arrière droite qui éclate aussitôt.

Ousmane ouvre la porte du Toyota et pousse tant bien que mal Ajeeb jusqu'au siège passager au moment où son chef passe à côté de lui dans la voiture des hommes de Boko Haram. Il comprend que la fuite reste la seule option, lui non plus, après tout, n'est pas un guerrier. Alors si le chef décampe, pourquoi jouer sa vie ? Une fois la grosse carcasse du Libyen assise sur le siège droit, le sage se pose au volant et envoie machinalement la main vers les clefs de contact; sans rien y trouver.

Sans se concerter, Romuald, du haut de son rocher, et Giles, par derrière, ouvrent le feu sur le Toyota arrêté au milieu du découvert. Les balles du premier ricochent sur le pare-brise avant, le faisant voler en éclat, mais ne touchant personne, celles du second entrant comme dans du beurre par l'arrière de l'habitacle, à travers la tôle. Les deux corps à l'intérieur s'affalent immédiatement sur les sièges.

Ousmane sent un choc dans son dos. Il se voit partir sur le côté droit, mais ne parvient pas à contrôler son corps, plus aucun de ses membres ne lui répondent. Sa tête vient se poser sur les genoux d'Ajeeb. Il sent le colosse s'allonger brusquement à son tour sur lui, écrasant sa tête et l'étouffant progressivement sous son poids. Une balle vient de lui sectionner la moelle épinière.

Venant de finir de recharger une grenade antipersonnelle, Peter aperçoit le second véhicule croiser celui qui est stoppé. Il se redresse afin de pouvoir l'engager par-dessus Giles qui est toujours allongé et tire sur l'autre pick-up.

- Surtout ne bouge pas !

- Vas-y !

Il sait que les effets de la munition seront limités sur le gros 4x4, mais cela devrait suffire au moins à l'arrêter. Il doit précipiter un peu son tir s'il ne veut pas que la voiture prenne trop de vitesse et s'éloigne à une portée trop conséquente. La grenade s'écrase au sol à quelques centimètres de la roue avant-gauche, mais l'explosion suffit à arracher le pneumatique et à soulever légèrement le Mercedes, déjà légèrement déséquilibré par la crevaison sur la roue arrière.

Le Mercedes sursaute du sol et un flash aveugle Jamaal sur le côté gauche. Dans un mauvais réflexe, il braque le volant complètement à droite, mais ne parvient qu'à planter la roue dans le sol meuble, et la voiture vient s'écraser sur son flanc droit, Jamaal glissant de son siège et venant percuter la portière passager. Son fusil d'assaut atterrit directement en travers de son front et il perd connaissance sous le choc.

D'un commun accord avec Mohamed, nous engageons chacun l'un des survivants de Boko Haram, toujours seuls au milieu du chaos. Les deux hommes s'écroulent tour à tour. Je sais que mon chargeur n'est pas terminé, mais je préfère profiter de l'occasion pour effectuer un rechargement tactique.

- Chargeur !

- Je prends !

Je pivote légèrement sur mon flanc droit, arrache un chargeur plein d'une de mes poches sur le côté gauche, déverrouille le magasin en place à l'aide de mon pouce droit et aide à le faire tomber avant d'introduire le nouveau.

- Prêts !

Mais tout semble étonnamment calme. Plus un bruit, du moins pas de bruit de tir. Quelques gémissements se font entendre, la carcasse d'un des pick-up grince sur ma droite, mais je n'ai plus de cible qui se présente à moi. J'en profite pour ramasser mon chargeur usager. Il restera assez d'étuis vides au sol pour que les enquêteurs aient du travail.

Un peu plus au calme, Amine fait faire un demi-tour à sa moto. Il tend l'oreille. La fusillade intense de l'autre côté de la pyramide vient de cesser. Il prend le temps de souffler et d'analyser la situation. Que faire? Prendre la fuite ou tenter de porter secours à son équipe? Son choix serait plus facile s'il connaissait l'issue du combat qui se déroulait là-bas. Amine avait donné sa vie pour le djihad. Il ne pouvait pas reculer à présent. Il vérifie l'état de sa moto, persuadé d'avoir senti un impact lors de son démarrage, mais rien n'est apparent. Il sort son arme de la main gauche, passe une vitesse et met les gaz.

Après quelques secondes de silence, Giles prend les choses en main.

- Avec 12 on va nettoyer le pick-up accidenter, 1et 11 vous vous occuper de l'autre voiture !

- Reçu !

Mohamed et moi partons l'un derrière l'autre. Je prends la tête et garde mon arme braquée de façon à traiter toute menace venant de l'avant et du côté gauche, où reposent l'essentiel des corps des hommes de Boko Haram. Derrière moi, Moh surveille le 4x4 Toyota vers lequel nous nous dirigeons en gardant un œil sur celui versé sur son flanc plus à l'est. Je choisis de ne pas passer devant le pare-brise et fais un arc de cercle à droite afin d'appréhender le véhicule par l'arrière de la portière conducteur. Je jette un coup d'œil rapide par la vitre ouverte et vois les deux corps couchés l'un sur l'autre. J'ouvre la portière et essaye de tirer d'une main les jambes du conducteur, mais son corps est coincé sous le poids du géant affalé dessus.

- Celui là est coincé, on va d'abord sortir l'autre.

- OK !

Nous passons de l'autre côté, toujours en contournant le véhicule par l'arrière. Je passe mon arme dans le dos, car vu la carcasse qu'il va me falloir tirer, je sais que mes deux mains ne seront pas de trop. À côté de moi, Mohamed épaule son HK, paré à toutes éventualités. Je me décale afin de ne pas prendre la portière dans la gueule si le passager y met un coup de pied alors que je l'ouvre, puis envoi les mains pour tirer le gros bonhomme par l'épaule. J'aurai dû commencer par lui mettre une balle dans la tête. Il se redresse à ce moment-là et me saisit à la gorge, me poussant de tout son poids hors de la voiture. Mohamed ne peut pas tirer, car je me retrouve exactement dans son axe, et une balle de 7,62mm envoyée à cette distance ne manquerait pas de traverser deux corps sans aucune peine. Le colosse me jette au sol d'une seule main et d'un même mouvement, arrache le fusil d'assaut de Mohamed qui se retrouve projeté avec son arme, entraîné par la bretelle qui lui passe autour du cou. Un formidable coup de coude à la tempe vient assommer Moh, qui glisse le long de la carrosserie du Toyota. Je viens à peine de me remettre debout que le géant se jette dans mes jambes et me plaque au sol à la façon d'un rugbyman. Je parviens à sortir mes jambes de sous son corps et les croise dans son dos alors que nous atterrissons sur le sable. Ses poings s'abattent sur moi et je parviens in extremis à bloquer les coups avec mes avant-bras ramenés devant mon visage. J'arrive au bout de quelques secondes à saisir la tête de mon adversaire de mon bras gauche et à emprisonner son bras fort de l'autre côté. Nous nous retrouvons collés l'un à l'autre, et j'ai droit à quelques secondes de répits. Je sens l'haleine du gars et entends ses grognements d'effort. J'essaye une première fois de dégager mon corps sur le côté pour me remettre debout ou tenter un renversement, mais le poids du colosse est trop important. Alors que je décroise une autre fois les jambes de son dos, le mastodonte prend appui sur moi et se remet debout. J'explose sur mes bras et mes jambes, ne voulant surtout pas me retrouver au sol à la merci des coups de pieds du type. Nous nous toisons une demi-seconde, puis il s'élance en avant, armant son poing droit bien en arrière. Je fais un pas de retrait envoi un enchaînement gauche-droite qui trouve la mâchoire, mais ne suffisent pas à arrêter mon adversaire. Cependant, un peu emporté par son élan et perturbé par mes deux coups de poing, il me laisse un espace suffisant. Je parviens à me décaler sur le côté droit et j'envoie mon tibia frapper à pleine puissance derrière son genou. Le géant perd l'équilibre et s'affale de tout son long dans la poussière. Ne pouvant pas perdre cet avantage, je sors mon Glock de son étui de cuisse et loge cinq cartouches de 9mm dans le dos de l'individu. Je reprends un peu mon souffle, puis emporté par la colère, je m'approche à côté de la tête de mon adversaire, pose le canon de mon pistolet contre son crâne et appuie deux autres fois sur la détente. Du sang monte sur ma main et mon menton, que j'essuie d'un revers de main. C'est à ce moment-là que je remarque un impact plus bas, à hauteur des lombaires de mon adversaire. Je n'en crois pas mes yeux. Le type avait pris une cartouche dans le dos et avait quand même continué à se battre. Je m'approche alors de Mohamed et remarque qu'il reprend ses esprits alors qu'un bel hématome apparaît sur sa tempe lorsque j'entends la voix de Christophe dans mon oreillette.

- Attention pour tous, j'ai la moto en visuel qui revient !

Une grosse détonation se fait entendre, le Barrett vient de parler.

- Je l'ai manqué, il vient vers vous par l'ouest !

J'attends la moto sans la voir alors qu'elle passe derrière le Toyota, mais je sais qu'elle se dirige vers Giles et Peter.

Notre dernier binôme vient juste d'atteindre le 4x4 Mercedes lorsque la bécane déboule sur leur côté droit. Ils parviennent à se jeter devant le nez du véhicule alors que le pilote ouvre le feu sur eux à l'arme de poing. Du haut du rocher, Romuald tire sans discontinuer, mais la vitesse et la distance trop importante ne lui permettent pas d'ajuster son tir. Il s'arrête lorsque la moto se rapproche de nos équipiers, par peur de les toucher.

Jamaal entend des coups de feu, ce qui le tire de son évanouissement. Il lui semble percevoir également le son d'une moto. Il parvient difficilement à se remettre sur pied dans l'habitacle et s'aperçoit que le pare-brise est au sol. Devant lui, de l'autre côté du capot, deux hommes armés de fusils d'assaut se cachent. Jamaal ne sait pas quoi faire. Il cherche sa kalachnikov et s'aperçoit qu'elle est à ses pieds. Il se penche en avant pour la saisir.

Amine voit les deux soldats se précipiter à l'abri derrière le pick-up, mais il est trop lancé pour modifier sa trajectoire, surtout d'une seule main. Il va devoir effectuer un tir croisé et comprend que sa vie va se jouer à un cheveu. Alors qu'il dépasse l'avant du capot du véhicule, il aperçoit, mais trop tard, l'un des deux types qui s'est couché au sol.

- Bien joué !

Puis une force titanesque le soulève de sa selle, et il va s'écraser au sol.

Giles sait que ses trois cartouches ont fait mouche. Le motard roule et s'immobilise. Il s'élance en courant et ajoute deux cartouches de plus, en plein visage.

De son côté, Peter a été attiré par un mouvement à l'extrémité de son champ de vision. Dans la cabine du 4x4, un homme est en train de ramasser une arme. Peter s'élance et saisit l'individu par la nuque, l'éjectant de l'habitacle, sans son arme. Il récupère son HK pendant à son côté, épaule et se fige. Il reconnaît immédiatement Jamaal El Malek.

- Putain tu tombes bien toi !

Et il lui écrase sa semelle en plein visage. Le djihadiste tombe inconscient immédiatement.

CHAPITRE 19

Je ne vais pas me faire baiser deux fois ! Je tire une cartouche de 9mm dans la cuisse du conducteur pour tester sa réaction. Rien ! Bien ! Soit il est mort, soit il ne va pas tarder à l'être, dans tous les cas, il ne représente pas un danger immédiat. Je range mon arme et tracte l'homme par les chevilles. Beaucoup moins lourd que son pote, sa tête vient heurter le bas de caisse puis le sol. À ma grande surprise, ses yeux sont ouverts, mais je les sens vivants. J'approche ma tête du visage du barbu.

- Tu es en vie mon salaud !

Je vois les yeux pétiller, mais le gars ne bronche pas. J'aperçois un petit filet de sang couler sous lui. Je le retourne sans ménagement et m'aperçois que lui aussi a pris une balle dans le dos. J'essaye de le remettre sur pied, mais l'homme est un véritable poids mort et s'écroule aussitôt, sans un cri.

- OK mon gars. Tu sais que tu vas mourir. J'aimerais te laisser agoniser dans ta merde et que tu finisses dans le caniveau, mais je ne peux pas prendre de risque.

Une nouvelle cartouche met fin à ses jours.

El Malek est à genoux au sol, nu, les mains sur la tête. Du sang perle de son front et sa bouche est pleine d'hémoglobine. La trace du pied de Peter est imprimée par la poussière sur son visage. Lui aussi sait qu'il va mourir, mais il ne sait pas encore comment ni qui va l'abattre.

Nous avons nettoyé toute la zone, chaque homme ayant reçu une balle supplémentaire dans la tête. Certains, les blessés, ont vu la mort arriver. Pour les autres, il ne s'agissait que d'une simple précaution. Tout le matériel va rester sur place, les Nigériens en feront ce qu'ils voudront.

Peter est posté au débouché de la piste menant au portail d'entrée, avec son lance-grenades afin de prévenir toute arrivée de force de l'ordre ou de simples curieux. Le grabuge a dû s'entendre à des kilomètres à la ronde, et nul doute que des gendarmes ne vont pas tarder à pointer le bout de leur nez dans quelques minutes. Nous aurions tant de questions à poser à El Malek, mais nous devons faire vite. Pourtant, nous ne voulons pas gâcher la « fête ». Nous avions discuté de l'éventualité de le prendre avec nous pour le faire mijoter un peu plus tard, mais en cas de contrôle, il aurait été difficile à cacher.

Giles s'avance vers Ibrahim.

- Je sais mon ami que tu es un homme de paix. Mais si tu veux, tu peux venger la mort de ton fils.

Ibrahim tourne la tête vers nous tous et nous regarde d'un air apaisé. Puis il prend la parole.

- Oui, je suis un homme de paix. Je me satisferais seulement de le voir mourir.

Il s'avance alors vers El Malek et le fixe droit dans les yeux.

- Je ne te tuerais pas. Pas parce que j'en ai peur. Mais parce que je suis un vrai croyant.

Il nous désigne de la main.

- Certains de ces hommes sont peut-être aussi de vrais croyants, et j'espère qu'Allah leur pardonnera leurs pêchés. Tu fais partie de ceux qui ont tué mon fils à Arlit. Et aujourd'hui, tu vas rejoindre le Tout-Puissant afin qu'Il te juge.

Ibrahim recule enfin et rejoint son frère. Les deux hommes s'étreignent brièvement, première marque d'affection que nous les voyons échanger depuis que nous les avons rencontrés.

Nous avançons tous et nous mettons en ligne face au djihadiste. Giles fait un pas en avant pour s'adresser alors à lui, sans animosité.

Avant qu'il n'ouvre la bouche, El Malek s'exprime avec un regard de défi.

- Je ne crains pas la mort ! C'est ce chien d'imam qui nous a vendu ?

- C'est bien ça !

- J'aurais dû tuer ce chien plutôt que de le laisser repartir.

Olawale n'est donc pas mort. Une idée commence à germer dans l'esprit de Giles.

- En effet, tu aurais dû. Car à présent, il n'aura pas d'autres choix que de travailler pour nous et de nous renseigner sur tous les fous qui ont des projets de djihad.

Un masque de haine apparaît sur le visage du prisonnier.

- Au final, tu auras fait plus de mal que de bien à ta cause. Nous savons que tu ne crains pas la mort. La France t'offre ta rencontre avec ton créateur. J'espère pour toi qu'il est vraiment miséricordieux, sinon ta seconde vie va être extrêmement difficile pour toi.

Nous sortons tous nos armes de poing. Giles laisse le temps se suspendre quelques secondes, puis sur un signe de sa tête, cinq cartouches transpercent le crâne du terroriste.

Face à nous, le portail est grand ouvert. Le jeune gardien a bien évidemment disparu. Je l'imagine sans peine prendre ses jambes à son cou dès le début de la fusillade, se disant que tous les billets empochés seraient certainement plus à l'abri chez lui. Notre convoi tourne à droite en sortant.

- Nous n'allons pas repasser par Zinder. Si des gendarmes arrivent, ce sera certainement par cette route-là.

Même plus besoin de briefer Amadou, son sens tactique s'est développé à son maximum.

- Cela va rallonger un peu notre retour, mais nous passerons la nuit à Tessaoua. Comme ce n'est pas le même département, on ne devrait pas être embêtés. La communication et la coordination ne sont pas bonnes dans notre pays entre les forces de l'ordre.

Je regarde notre guide avec un sourire en coin.

- Si tu savais comme c'est aussi le cas chez nous !

Il me regarde surpris.

- Vraiment ? Avec tous les moyens et la technologie que vous possédez ?

- Eh oui mon ami, parfois le plus et l'ennemi du bien. Trop de couches de commandement et de chefs ne sont pas forcément bons pour l'efficacité sur le terrain.

Nous passons donc une dernière nuit sous les étoiles, l'ambiance s'est relativement détendue, l'essentiel de la mission étant derrière nous. Demain, nous avons prévu de faire un crochet rapide par Agadez puis de filer sur la capitale pour planifier une extraction que nous espérons la plus courte possible. Nous laissons un tour de garde pour éviter une mauvaise surprise, mais peu de chances que des gendarmes viennent nous chercher dans le petit coin rocailleux que nous a déniché Ibrahim.

Mohamed frappe trois coups à la petite porte de la mosquée. Nous n'avions pas vu l'imam ressortir, auquel cas nous l'aurions suivi jusque chez lui. Le soleil n'est pas encore complètement levé et lorsqu'il ouvre la porte, il semble ne pas reconnaître Mohamed. Ce n'est que lorsque je descends mon chèche et le pousse à l'intérieur pour me libérer le passage que son regard s'illumine de terreur. Moh referme rapidement la porte et nous nous retrouvons dans la pénombre.

- j'ai fait tout ce que vous m'avez demandé ! Ils étaient très méfiants, je ne pouvais pas en dire plus.

- C'est très bien Olowale. Ne te fais pas de soucis. Ils sont tous morts. Eux au moins ne te feront pas de mal.

- Ne me tuez pas ! Je ne parlerais à personne.

- Au contraire. Nous voulons que tu parles.

L'imam ne comprend plus rien, il est blanc comme un linge.

- Tu vas continuer à prêcher exactement comme tu le faisais jusqu'à présent. Si tu as des liens avec des filiales djihadistes, entretiens-les.

- Je ne comprends pas.

- Mais si tu comprends. Tu vas signaler tous nouveaux venus, tous mouvements, toutes informations qui te sembleront utiles aux hommes de Moussa Safiétou.

- Mais un jour ou l'autre, je me ferais démasquer ?

- Tu préfères mourir aujourd'hui ou « un jour ou l'autre » ? Nous t'offrons un sursis. Meilleur tu es, plus vieux tu vivras.

- Je crois que je n'ai pas le choix.

- Tu comprends vite.

Son visage venait de prendre dix ans de vieillesse. Il savait qu'il était piégé, et qu'aucun des deux camps ne lui ferait plus de cadeaux.

- Quant à nous, tu ne nous reverras certainement plus jamais. Mais sache que si tu ne fais pas ce que l'on te dit, nous le saurons. Et des gens, nous ou bien d'autres, viendront pour terminer le travail.

Nous laissons l'imam dans un état proche de la dépression nerveuse et du suicide. Il est temps pour nous de rejoindre Niamey d'où nous pourrons contacter Paris. Nous y prendrons les instructions sur le devenir de tout notre matériel. La police doit être aux aguets et a peut-être déjà fait le rapprochement entre l'explosion au centre d'Agadez et les morts de Zinder. Nous n'avons même pas prévenu Rachid ou son patron du chantage que nous avons imposé à l'imam. Paris se chargera de transmettre l'information afin que l'homme politique ne soit pas surpris le jour ou des informations vont commencer à arriver. La DGSE en profitera pour négocier un arrangement et Safiétou deviendra une nouvelle source pour la Direction dans cette partie du monde où beaucoup d'enjeux vont se retrouver dans la balance.

- Société Fluxis bonjour !

- Bonjour, nous travaillons sur le site d'Arlit et nous aurions besoin de revenir sur Bruxelles. Nous sommes six et actuellement nous nous trouvons à Niamey.

- Très bien Monsieur. Est-ce que vous avez des bagages particuliers ou des impératifs de vols ?

- Non tout va bien merci.

- Dans ce cas, ne quittez pas, je vous transfère. Passez une bonne journée.

Le groupe à éclaté, certains en binôme, d'autre comme Giles au téléphone ou moi au bar, seul. Amadou et Ibrahim sont restés aux véhicules, au cas ou il nous faudrait déguerpir rapidement. Le hall de l'aéroport est quasiment vide. Rien dans le regard des gendarmes présent ne me laisse penser qu'ils sont aux aguets et à la recherche d'un groupe d'Européen. Rien n'ont plus n'a filtré sur *la voie du Sahel*, la radio populaire du pays. Par-dessus la maquette géante du futur aéroport, j'ai un visuel parfait sur Giles, qui tourne le dos à sa cabine téléphonique et me fait face. Un clin d'œil me fait comprendre que tout va bien.

- Ici Rémi !

- salut, c'est 3. Nous avons terminé, tout s'est bien passé. Nous voudrions rentrer et savoir ce que l'on fait du matériel ?

- Vous me rappelez dans une heure, j'aurais préparé votre vol, en attendant vous laissez le matériel dans une des voitures. Vous me donnerez la plaque et le numéro de la place de parking.

- OK, à toute à l'heure.

Comme l'a demandé Rémi, nous abandonnons le pick-up récupéré en début de mission avec tout le matériel compromettant à l'intérieur. Lorsque la police découvrira le gros lot, ils se heurteront au silence de la caste touarègue et ne devraient pas insister pour connaître le nom du réel propriétaire du véhicule.

Amadou loue une berline dans la petite agence de Nigercar proche de l'aéroport, et nous voilà tous repartis vers le nord, nos deux guides souriants et allégés par la tâche accomplie. Nous roulons toute la nuit et à notre grande surprise, le Foker presque blanc nous attend de nouveau sur la piste de l'aérodrome.

Certainement en raison de la fatigue et de la descente de tension accumulée ces derniers jours, l'émotion est palpable alors que nous faisons chaleureusement nos adieux à nos guides. Des larmes brillent dans les yeux d'Ibrahim. Une nouvelle vie va commencer pour lui. Il va pouvoir rejoindre ses enfants à la capitale et essayer d'oublier la mort de son fils. Nous nous sommes rapidement attachés à ses deux frères et je sens un pincement au cœur lorsque je les étreins à mon tour.

Jusqu'à ce qu'ils disparaissent de notre champ de vision, nous sommes tous collés aux hublots et agitons nos mains en direction du sol où nous laissons nos deux amis. Nous nous sommes promis de nous revoir, mais chacun sait que ce sera bien évidemment impossible.

ÉPILOGUE

Je prends une profonde inspiration avant de passer la porte. Ma femme sait que je vais rentrer, mais elle a gardé le suspens pour les enfants. Pour une fois, la mission aura été plus courte que prévu, c'est toujours une bonne surprise. J'espère que mon grand va apprécier le *Rôdeur mortel* que je lui ramène. Ce scorpion jaune au puissant venin est magnifique sous sa vitre de plexiglas. Pour le plus jeune, j'ai opté pour un superbe masque de lion en bois peint à la main, le petit diable serait capable de me casser la vitre pour vérifier que le scorpion est bien mort ! Lorsqu'ils m'avaient vu arriver au premier débriefing avec mes papiers cadeaux en plus de mon sac de fringues, tous les membres de l'équipe s'étaient moqués de moi. Les plus jeunes étaient soit célibataires, soit sans enfants, les autres divorcés ou avec des gamins à l'âge adulte. Nous avions expédié la séance, tout s'étant relativement bien passé, et nous étions tous d'accord pour nous retrouver dans trois semaines à Perpignan pour une réunion plus approfondie. Nous avions tout raconté dans les grandes lignes et chacun ferait un petit rapport écrit que nous décortiquerions par la suite. L'essentiel était de confirmer la mort des terroristes et d'avertir du retournement de l'imam radical d'Agadez.

J'entre et ne trouve que le plus petit, debout en train de rebondir sur le canapé, qui me regarde avec une seconde d'hésitation.

- Papa !

Et il me saute au cou. Que ça fait du bien. Du coup, je ne me sens même pas la force de le gronder. Une grande lassitude s'empare de moi, toute la fatigue et la tension tombent alors en un instant, et je sais que les prochains jours de repos me seront très profitables.

- Où sont Maman et ton frère ?

Une voix douce me répond de l'étage.

- À la douche, on rentre du sport.

Mon grand s'est mis lui aussi au Mixed Martial Arts, pour mon plus grand bonheur. Et il m'était complètement sorti de la tête que l'on était jeudi, jour d'entraînement. Je suis parti il y a deux semaines jours pour jours, quasiment un record de rapidité pour une mission. Les pas de l'aîné frappent lourdement l'escalier en bois alors qu'il les dévale en courant, suivi de ma femme qui arbore son plus beau sourire.

- Ça va Papa ? Qu'est-ce que tu m'as ramené ?

Je regarde ma moitié avec un sourire en coin et prends un air faussement fâché.

- Hey ! C'est la seule chose que tu trouves à dire à ton vieux père ?

- Non ! T'as l'air d'avoir vieilli d'un coup!

Au regard que ma femme pose sur moi, je comprends que ma mine doit refléter mon état.

- Bonsoir ma Reine ! Tu vas bien ?

- Ça va oui merci. Pas sûre qu'on puisse dire la même chose pour toi. Tout s'est bien passé au moins ?

- Oui super, une bonne mission. Les gars ont appris très vite, on a pu raccourcir les délais.

Je m'attendais à une réflexion sur le manque de nouvelle, mais je la sens heureuse de me voir.

- Tu as prévu quelque chose pour le repas ?

Elle comprend où je veux en venir.

- Oui, mais ça peut se garder au frais jusqu'à demain.

- OK alors les garçons vous ouvrez vos paquets, et on file à Mc DO !

- OOOOUUUUAAAAIIIIII !!!!!

FIN

Remerciements.

À Cédrick, encore et toujours, pour l'inspiration, les photos, son expérience du Mali et son carnet de bord.

À ses frères d'armes, aux miens, aux anciens et à ceux qui sont encore au service de la France, partout dans le monde.

À ceux tombés au combat ou en mission, particulièrement ceux du 19, Jérémy et Facrou.

À Thérèse, pour l'aimable participation à la correction.

À ma Reine, évidemment !

33290760R00137

Printed in Poland
by Amazon Fulfillment
Poland Sp. z o.o., Wrocław